# 스피드

# 스피드

지은이 권석
펴낸이 임상진
펴낸곳 (주)넥서스

초판1쇄 발행 2022년 8월 5일
초판9쇄 발행 2024년 11월 25일

출판신고 1992년 4월 3일 제311-2002-2호
10880 경기도 파주시 지목로 5
Tel (02)330-5500 Fax (02)330-5555

ISBN 979-11-6683-328-1 43810



가격은 뒤표지에 있습니다.
잘못 만들어진 책은 구입처에서 바꾸어 드립니다.

**Komca 승인필**

www.nexusbook.com
&(앤드)는 (주)넥서스의 문학 브랜드입니다.

# 스피드

권석 장편소설

&

심호흡을 하고

출발대에 올랐다.

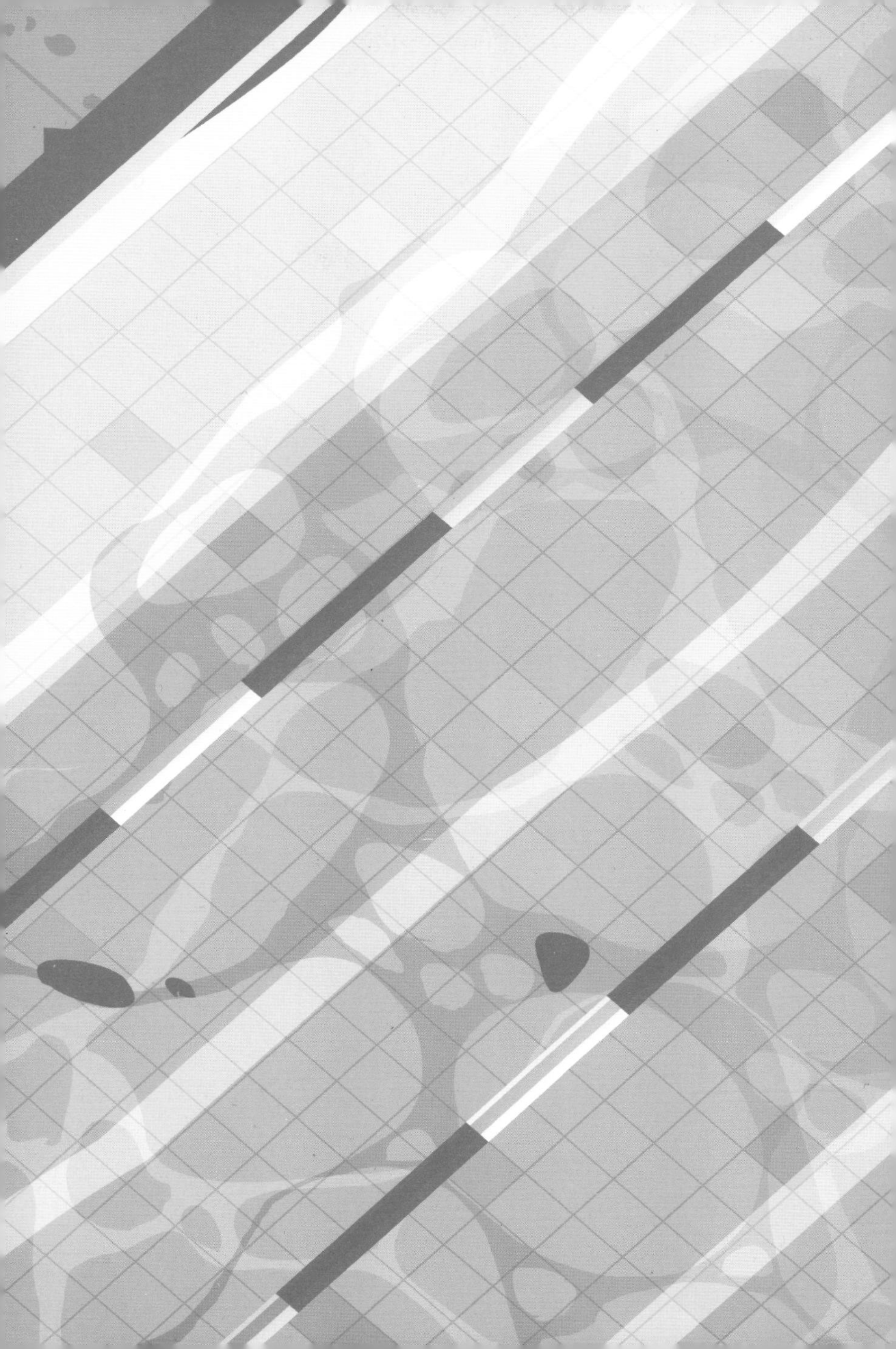

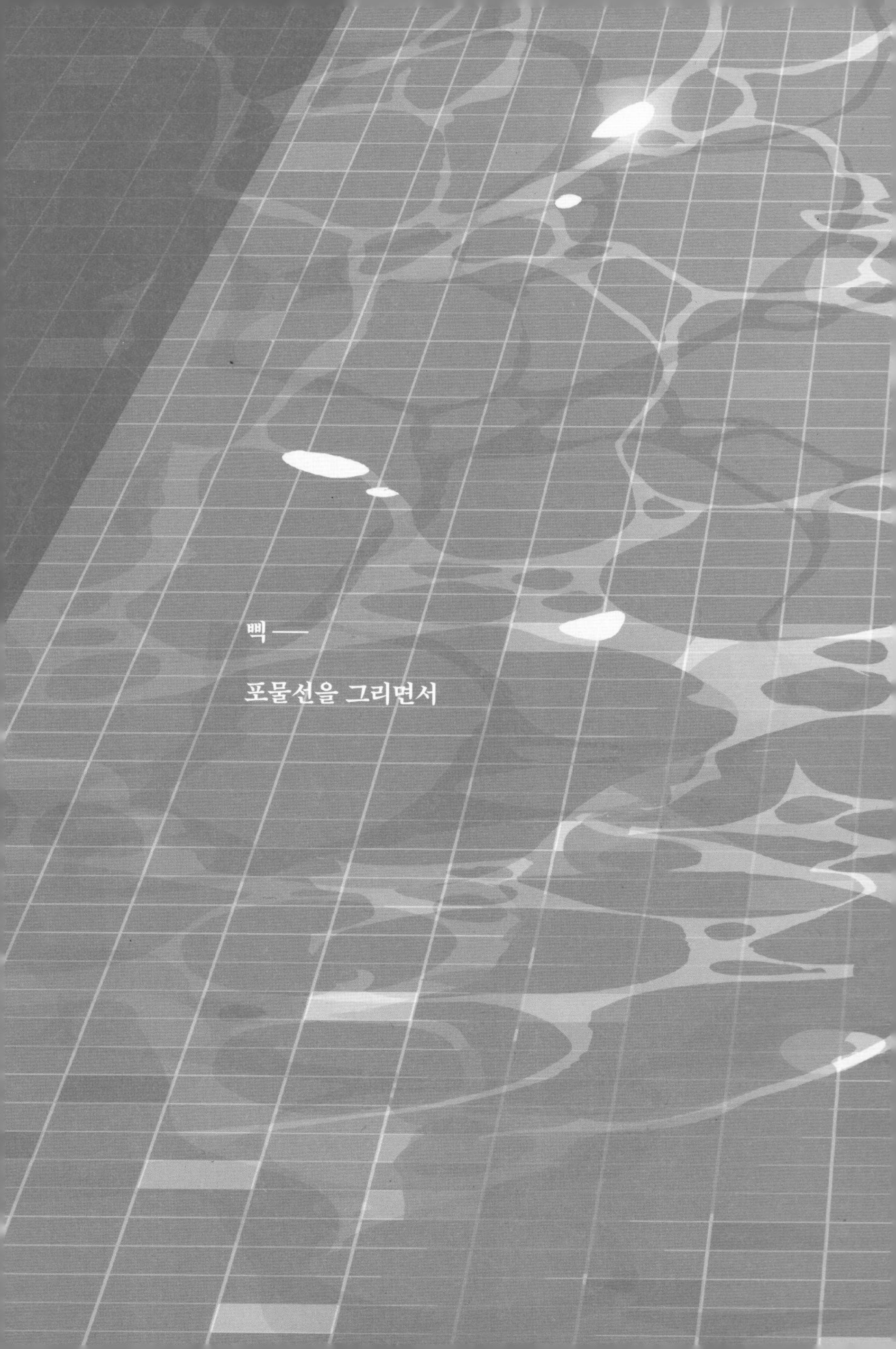

# 삑 —

# 포물선을 그리면서

하나의 점을 찍듯 쏙 들어갔다.

그렇게 물속으로 미끄러져 나아갔다.
물보라를 만들며.

**일러두기**

- 《슬램덩크》(이노우에 타케히코 저, 대원), 《TI 수영 교과서》(테리 래플린 저, 보누스), 《수영 일기》(오영은 저, 들녘)에서 모티브와 정보를 얻었음을 밝힙니다.
- 맞춤법은 국립국어원의 원칙을 따랐으나 부분적으로는 캐릭터를 위해 입말을 사용했습니다.

차례

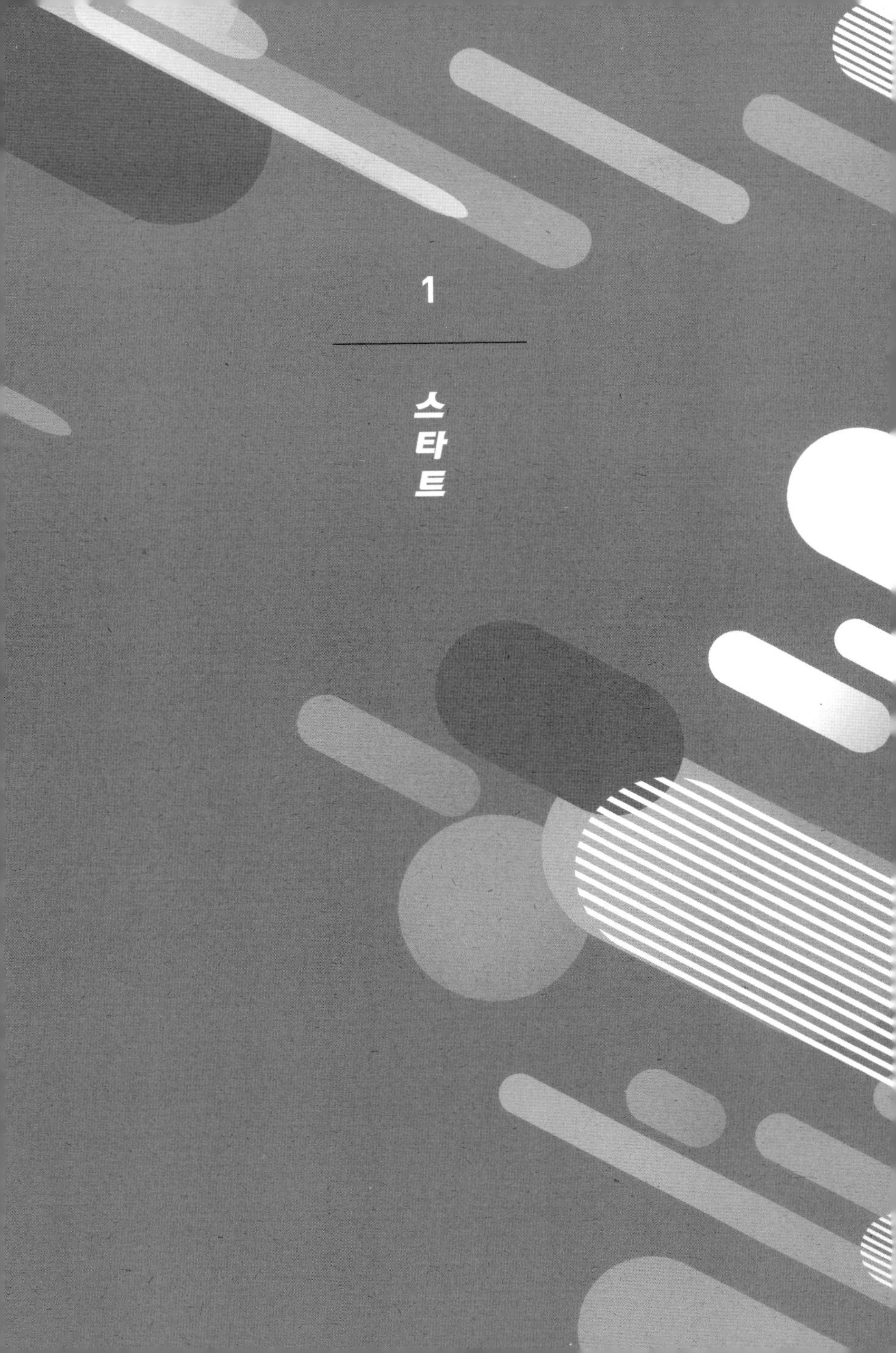

# 1

# 스타트

# 1

수영장 건물은 생각보다 초라했다. 감색 슬레이트 지붕은 여기저기 칠이 벗겨졌고 흰색 벽에는 검푸른 곰팡이가 피어 있었다.

**水泳場**

건물 입구 위에 붙어 있는 누런 글자 세 개. 처음엔 금빛으로 번쩍였을 '水泳場(수영장)' 글자도 이제는 허옇게 색이 바래 추레해 보였다. 현관 앞에는 커다란 청동상이 생뚱맞게 서 있었다. 학교의 상징인 참치였다. 수산 시장도 아니고 학교의 상징 동물이 참치라는 게 이상했지만 청동상도 나름대로 수난을 겪는 중이었다. 피뢰침 같은 주둥이를 위로 한 채 'C'자형으로 허리를 말고 있었는데 그 모습이 마치 통째로 기름에 튀긴 것 같았다. 몸통은 돌에 맞았는지 옴폭옴폭 패었고 눈은 무언가에 까맣게 그을려 흉측했다. 한때 학교의 자랑이었을 수영장은 봄이 왔어도 겨울잠에서 깨어나지 못하는 동면 동물처럼 산속에 조용히 엎드려 있었다.

욱은 가쁘게 숨을 내쉬었다. 땀으로 등에 눌어붙은 러닝 때문에 기분이 찜찜했다. 수영장이 학교에서 이렇게 멀리 떨어져 있을 줄은 미처 몰랐다. 지름길이라고 알려 준 대로 따라왔지만 미로 같은 숲길을 헤매다가 반 시간 만에 간신히 도착했다.

이 학교는 무슨 수영장을 산꼭대기에 지었담?

속초 바다고등학교로 전학 온 지 한 달 남짓 되었지만 욱에게 학교는 여전히 낯설었다. 교실에서 욱은 그냥 사물함이었다. 선생님들은 욱의 얼굴은 알아도 이름은 몰랐다. 서울에서 전학 와 무난히 적응하고 반 평균 성적을 까먹지 않는 아이쯤으로 여기는 것 같았다. 친구들도 욱을 있어도 좋고 없어도 아쉽지 않은 아이, 모둠 활동 때 인원이 부족하면 찾지만 방과 후에 놀 때는 부르지 않는 아이, 딱 그 정도의 존재감으로 대했다.

전날 밤, 수학 학원을 나오는데 입구에서 성수가 기다리고 있었다. 성수는 욱의 오래된 친구다. 욱은 속초에서 태어나 서울로 이사 갈 때까지 성수와 같은 동네에서 자랐다. 3년 만에 속초로 다시 돌아왔을 때 마음 터놓고 얘기할 수 있는 친구는 성수가 유일했다. 학교 수영부원인 성수는 스스로 에이스라고 우겼지만 욱은 믿지 않았다. 성수는 우주가 자기를 중심으로 돈다고 생각하는 녀석이었다. 욱은 성수의 그런 근거 없는 자신감이 어이없으면서도 한편으로는 부럽기도 했다. 아무도 알아주지 않아도 자기 안에 숨어 있는 콩알만 한 가능성을 발견해서 그것을 수박만 하게 뻥튀기하는 배짱이 좋아 보였다. 욱은 정반대였다. 머릿속은 항상 뒤죽박죽이고 모든 일에 시큰둥했다.

성수 옆에 한 여자애가 큰 눈을 깜박거리며 서 있었다. 핑크색 머리띠가 유독 도드라져 보이는 그 애 역시 수영부원이다. 예전에 성수가 그 애에 대해 이야기한 적이 있다. 성수는 여자애가 자기를 따라다녀서 귀찮아 죽겠다고 했지만 욱은 반대라고 생각했다.

셋이 학원을 나서려고 보니 밖은 이미 깜깜해 있었다.

"윤지선이야, 얘는. 따라오겠다고 해서, 굳이."

지선은 어이없다는 표정을 짓고는 성수를 툭 쳤다.

"뭐래? 네가 같이 가자고 억지로 끌고 왔잖아."

"쑥스럽냐, 왜? 네가 말했잖아, 보고 싶다고. 잘생겼……."

지선은 당황하며 성수의 입을 막았다.

"도치, 너 오늘 내 손에 죽고 싶구나."

'도치'는 성수의 별명이다. 성수는 말을 할 때 항상 도치법을 쓴다. 순서를 뒤바꿔 말한다. 듣는 사람의 짜증을 돋우고 나불대는 입을 한 대 때리고 싶게 만드는 그 도치법을 성수는 나름 힙하다고 생각하는 모양이었다. 도치는 잠시 머뭇거리더니 지선이 눈짓하자 조심스레 입을 열었다.

"너 말이야, 욱……."

성수가 쭈뼛쭈뼛거리며 말끝을 흐렸다. 무슨 말이기에 천하의 뻔뻔한 도치가 저렇게 소심해졌을까. 욱이 궁금해하던 순간 지선이 답답했는지 성수를 밀치고 앞으로 나왔다.

"너 우리 스피드에 들어오면 어때?"

"스, 스피드?"

뜻밖의 제안에 욱은 말을 더듬었다. 스피드는 이미 알고 있다. 등굣길에 '**SPEED**'라고 쓰인 유니폼을 입고 떼 지어 교실로 들어가는 수영부원들을 본 적도 있었다. 그들의 젖은 머리와 벌겋게 달아오른 얼굴을 보면서 욱은 왜 저렇게 굳이 사서 고생을 하는지 궁금했다. 이번엔 도치 성수가 나섰다.

"안 나, 기억이? 우리 어렸을 때 헤엄쳐 갔던 거, 조도까지?"

지선이가 바통을 이어받았다.

"너 수영 엄청 잘한다며? 우리 스피드에 들어와."

욱은 초등학교 졸업 때까지 속초에서 엄마와 살았는데 학교가 끝나면 친구들과 바닷가에서 수영하며 놀았다. 해변에서 꽤 떨어진 조도라는 섬까지 헤엄쳐 건너가기도 했다. 성수와 지선은 미리 호흡을 맞추고 온 것처럼 차례대로 한마디씩 던졌다.

"따라올 수 있어, 금방. 넌 좋으니까, 체력이."

"욱아, 지금부터 준비해서 가을 전국체전에 같이 나가자."

머릿속에 문득 한 사람이 떠오르면서 욱은 잠시 솔깃했지만 전국체전이란 말에 마음을 다시 닫았다. 그런 건 새끼손톱의 때만큼도 관심이 없었다. 귀찮은 건 질색이었다. 그리고…… 욱에겐 감추고 싶은 비밀이 있었다. 프라이버시라 차마 밝힐 수는 없었지만 스피드에 들 수 없는 가장 큰 이유였다.

"미안해. 난 안 될 거 같아."

욱은 자전거의 자물쇠를 풀고 안장에 올랐다. 그러자 기다렸다는 듯이 성수가 무심히 한마디 했다.

"하긴, 다 받아 주진 않아, 들어오고 싶다고. 받아야 하거든, 입부 테스트."

페달을 밟으려던 욱의 발이 멈칫했다. 지선이 말을 이어받았다.

"맞다. 깜박했네. 욱이는 힘들 수도 있겠다. 50미터를 30초 안에 끊어야 하거든."

뭔가 걸쭉하고 뜨거운 것이 안에서 꿈틀했다. 욱은 이미 초등학교 때 동해의 높은 파도를 헤치며 조도를 왕복했다. 30초 안에 끊을지 말지는 재 보지 않고는 모를 일이다. 욱의 별명은 '급발진'

이었다. 한번 욱하면 물불 가리지 않고 뛰어들었다. 할아버지는 욱을 볼 때마다 "욱아, 욱하지 마라. 너만 손해다." 했다. 욱의 이름을 지은 사람은 할아버지다. 당신이 욱이라고 이름 지어 놓고서는 정작 욱하지 말라고 했다. 욱은 심호흡을 하면서 급발진하려는 성질머리를 꽉 부여잡았다.

"성수, 너는 50미터 몇 초에 끊니?"

성수는 능글맞게 씨익 웃었다.

"24초 23."

성수는 중학교 때부터 선수 생활을 했다. 두각을 나타내진 않았지만 도 대회에서 상도 몇 번 받았다. 그런 성수도 50미터를 24초대에 끊는다. 지난 3년간 제대로 수영을 해 본 적 없는 욱은 40초도 어려울 것이다. 머릿속으로 계산하고 있는 욱에게 지선은 아무것도 모르는 척 말을 던졌다.

"욱이 너, 아무리 수영 잘한다 그래도 30초는 오버겠지?"

"응? 그렇겠지……."

욱은 엉겁결에 대답하고 자전거에 올라탔다. 페달을 몇 번 구르는데 핸들이 옆으로 꺾이면서 넘어질 뻔했다. 돌아보니 성수와 지선이 욱을 지켜보고 있었다. 욱은 팔을 들어 머리를 양옆으로 번갈아 가며 꾸욱 눌렀다. 우두둑. 관절 꺾이는 소리가 났다.

이래 봬도 초딩 때 속초 바다에서 나보다 수영 잘하는 놈은 없었다.

욱은 큰 소리로 말했다.

"30초는 힘들겠지만 그래도 내일 테스트 한번 받아 볼게."

성수와 지선이 주먹을 마주쳤다.

수영장 2층 객석에는 플라스틱 의자들이 나란히 놓여 있었다. 깨지거나 아예 뽑혀 나간 자리가 눈에 띄었다. 욱은 쭈뼛거리며 그나마 온전한 의자를 찾아 앉았다. 풀 안에서 수영부원들이 한창 연습 중이었다. 레인은 네 개뿐이었지만 고등학교 수영장으로는 드물게 50미터 길이였다. 실내도 외관처럼 낡기는 마찬가지였지만 첨벙대는 물장구 소리와 간간이 들리는 구호로 수영장은 활기를 띠었다. 수영복을 입지 않은 사람은 욱뿐이었다. 욱은 괜스레 머쓱해져서 교복 셔츠 단추 몇 개를 풀었다.

성수는 쉬 보이지 않았다. 지선은 핑크색 수영복을 입고 이마에 콜라 캔을 얹은 채 배영을 연습하고 있었다. 이어서 욱의 눈에 들어온 것은 지선 옆 레인 출발대에 서 있는 여자 부원이었다. 욱은 그녀를 이미 알고 있었다. 교정에서 성수와 얘기하는 그녀를 몇 번 본 적 있었다. 그녀는 성수와 같은 저지를 입고 있었다. 바다고 수영부 스피드의 유니폼이었다. 활짝 웃을 때 초승달 모양이 되는 두 눈과 양 볼에 팬 보조개가 귀여웠다.

그녀가 깍지 낀 두 손을 위로 쭉 뻗고 이어서 상체를 아래로 굽히자 매끄러운 등이 보였다. X자형 수영복 끈 사이로 오랜 시간 수영으로 다져진 잔근육이 드러났다. 그녀의 수영복은 짙은 파랑이었다. 속초 앞바다의 색깔, 이탈리아 축구대표팀의 유니폼 색깔, 아주리색이었다. 통유리를 통과한 투명한 햇살이 그녀 뒤로 쏟아졌다. 그녀가 스트레칭을 끝내고 허리를 펴자 큰 키가 한눈에 들어왔다. 170은 넘어 보였다. 긴 머리를 말아 올려 넣어서 불룩해진 하늘색 캡은 수영복과 잘 어울렸다. 그녀는 고글을 쓰고 출발대에 성큼 올라섰다. 한순간에 허리를 숙이고 망설임 없이 훌쩍 물 위로 날아올라 크게 포물선을 그리면서 부드럽게 입수했다. 잠영★으로 허리를 흔들며 나아가는 모습이 반짝이는 물결 아래로 비쳤다.

"멋지지, 저 선배? 에이스야, 우리 스피드."

어느새 성수가 옆에 다가와 있었다. 그녀가 2학년 선배란 건 욱도 알고 있었다. 전날 성수가 스피드에 들어오라고 했을 때 머릿속에 떠오른 사람도 그녀였다. 수영에 아무 관심도 없는 자신을 이곳으로 이끈 사람은 성수가 아니라 어쩌면 그녀가 아니었을까 하는 생각이 들었다. 성수는 욱의 속내를 읽은 듯 의뭉스레 물었다.

---

★ 잠수 영법으로, 물 위에 몸을 드러내지 않고 물속에서만 헤엄치는 것.

"혹시, 너……?"

"아냐! 무슨 소리야."

갑자기 큰 소리가 나와서 욱도 놀랐다. 세상 눈치 없는 도치도 이런 쪽엔 촉이 밝았다. 성수는 피식 웃었다.

"깨라, 꿈. 수빈 선배는 노는 리그가 달라, 우리랑."

수빈……. 욱은 그 이름을 속으로 되뇌었다. 수빈 선배는 정확한 리듬으로 팔을 뻗고 발을 찼다. 풀 반대쪽에 다다라 턴을 하자 엉덩이가 물 위로 나타났다가 사라졌다. 다시 긴 잠영 뒤에 수면으로 떠올랐고 한결같은 자세로 물을 갈랐다. 미끄러지듯 부드럽게. 수영장에 풀어놓은 한 마리 돌고래처럼. 성수를 돌아보니 이미 네 마음을 다 안다는 듯이 느물거리며 웃고 있었다. 성수가 욱의 어깨를 툭 쳤다.

"수빈 선배에게 한번 보여 줘, 네 실력."

수영장 샤워실에 들어간 욱은 되도록 오래 몸을 씻었다. 조금이라도 결전의 시간을 뒤로 미루고 싶었다. 샤워실에는 타일에 누렇게 물때가 끼고 헤드가 아예 빠져 버린 샤워기도 몇 개 보였다. 성수에게 빌린 수영복을 입고 캡과 고글을 챙겼다. 밖을 엿보니 스피드 부원들이 모여 있었다. 분위기는 들떠 있었고 호기심이 가득한 표정들이었다. 욱은 모둠발을 하고 제자리에서 몇 번 강중강중 뛴 다음 샤워실을 나섰다. 피하지 못할 바엔 즐기자. 어깨를 쭉 펴고 당당하게 걸었다.

"꺄악!"

여자 부원들의 비명이 맨 먼저 욱을 맞았다. 남자 부원들은 부끄러운 듯 배시시 웃으면서도 슬쩍슬쩍 욱의 몸을 쳐다봤다.

욱은 털북숭이다. 초등학교 6학년 때부터 털이 나기 시작했다. 처음엔 팔다리에서 나더니 어느새 손등과 발등까지 털이 올라왔다. 중학생이 되어서는 콧수염은 기본이고 턱선을 따라 구레나룻이 자랐다. 욱을 가장 힘들게 한 부위는 은밀한 거기였다. 거기가 너무 무성하여 정작 중요한 것은 보이지 않았다. 털은 거기를 중심으로 위로는 배꼽을 지나 가슴까지, 아래로는 허벅지를 지나 무릎까지 여름철 옥토에 자라는 잡초처럼 맹렬하게 뻗어 나갔다. 마지막 보루였던 엉덩이마저 중3 겨울을 지나며 털이 듬성듬성 자랐다. 욱은 샤워를 하고 나서 거울 보는 것을 피했다. 고릴라 한 마리가 자신을 마주 보고 서 있는 모습은 언제 봐도 충격적이었다.

"아이, 징그러."

두 손으로 얼굴을 가리고 손가락 사이로 욱의 털을 보던 한 여자 부원이 말했다. 욱은 구원을 간구하는 눈길로 성수를 찾았다. 성수는 뒤쪽에서 이를 악물며 웃음을 참고 있었다. 친구가 아니라 웬수였다. 지선은 우는 것도 아니고 웃는 것도 아닌 애매한 표정이었다. 벌써부터 수영장에 떠다닐 털들을 걱정하는 눈치였다.

"너 길리슈트 입은 거 같다. 귀여워."

수빈 선배였다. 귀엽다고? 엄마에게조차 평생 듣지 못했던 말이었다. 욱은 자신의 콤플렉스를 부원들 앞에서 귀엽다고 선언해준 선배가 참으로 고마웠다.

'길리슈트'는 컴퓨터 게임 〈배틀 그라운드〉에 나오는 아이템으로 적의 눈에 띄지 않으려고 위장할 때 입는 옷이다. 털실이나 헝겊 조각들을 주렁주렁 붙여 만든 옷인데, 길리슈트를 입으면 보호색처럼 주위 환경에 파묻혀 몸을 숨길 수 있다. 욱의 별명에는 털보, 늑대 인간, 혹성 탈출 등이 있지만 주로 길리슈트로 불렸다. 애칭도 있었다. 길리.

욱은 주위의 뜨거운 시선을 받으며 서둘러 풀로 뛰어들었다. 털북숭이 몸을 조금이라도 빨리 숨기고 싶었다. 물속으로 들어오자 몸이 시원해지며 마음이 진정됐다.

"우와, 털이 살아 있어."

지선이가 손가락으로 욱의 가슴을 가리켰다. 내려다보니 물속에서 가슴털이 해초처럼 부드럽게 흔들리고 있었다. 푸흡, 성수가 폭소를 터뜨리자 부원들 모두 더 이상 참지 못하고 와하하 웃기 시작했다. 털끝에 매달려 있던 공기방울 몇 개가 수면 위로 떠올라 톡톡 터졌다.

"거기서 뭐 해? 나와서 출발대에 서야지!"

영화 속 캡틴 아메리카 같은 어깨를 가진 남자가 고함쳤다. 와하하, 또 한 번 웃음이 터졌다. 욱이 고개를 들어 보니 성수가 빨리 나오라고 손짓하고 있었다. 물속에서 출발하는 게 아니었다. 선수들은 당연히 출발대에서 다이빙으로 스타트한다. 문제는 욱이 출발대에 한 번도 서 보지 않았다는 사실이었다. 욱의 얼굴이 후끈 달아올랐다. 데크를 짚고 밖으로 나왔다. 물이 차르륵 몸에서 떨어졌고 숨 죽은 털들이 몸에 찰싹 달라붙었다. 물이 묻으니 털색이 더 짙어지고 자르르 윤기가 흘렀다. 모두 욱의 털만 보고 있는 것 같았다. 욱은 당장이라도 도망치고 싶었지만 겉으론 아무렇지도 않은 척 어깨를 돌리며 출발대로 걸어갔다. 스피드 부원들은 장난기 가득한 두 눈을 빛내며 욱의 일거수일투족을 관찰했다.

바다 수영은 많이 해 봤지만 실내 수영은 경험이 거의 없었다. 욱은 마인드컨트롤에 들어갔다. 숨을 크게 들이쉬고 자신에게 유리한 점을 하나하나 짚어 봤다.

파도가 없으니 더 쉬울 것이다. 물을 먹어도 짜지 않으니 그 점도 유리하다. 시야를 확보하기도 편할 것이다. 출발대가 별거냐. 초딩 때 이미 까마득한 높이의 바위에서 다이빙해 바다로 뛰어들지 않았던가. 그러고도 건너편 섬까지 한 마리의 물개처럼 헤엄쳤다. 그에 비하면 50미터는 식은 죽 먹기다. 더구나 그때는 초딩이었다. 체력이나 폐활량이 지금에 비할 바가 아니다. 반드시 30초 안으로 들어온다.

욱이 막상 올라서 보니 출발대는 생각보다 높았다. 수면이 아득히 멀어 보였다. 흔들리는 물 위로 욱의 모습이 비쳤다. 바닥의 하늘색 타일 때문에 수영장 물은 스포츠 음료처럼 차가워 보였다. 팔에 난 털이 오소소 일어났다. 고개를 들어 보니 어느새 수빈 선배는 피니시 라인에 서 있었다. 기록을 재려는 모양이었다. 캡을 벗은 선배는 아까와 또 다른 모습이었다. 어깨까지 흘러내린 머리카락이 흔들리면서 어서 오라고 욱을 부르는 것 같았다. 욱은 스스로에게 용기를 불어넣었다.

그래, 수빈 선배를 만나러 가는 거다. 선배, 날 응원해 줘요.

"준비!"

캡틴 아메리카가 호루라기를 입에 물자 스피드 부원들이 레인을 따라 나란히 섰다. 무언가 재미있는 일이 벌어지길 기대하는 눈빛이었다. 노랑머리를 한 녀석은 스마트폰으로 동영상까지 찍을 태세였다. 욱은 덜덜덜 다리가 떨렸지만 남들이 눈치채지 못하게 제자리걸음을 재게 반복했다. 수빈 선배가 수영하던 모습을 떠올렸다. 선배를 그대로 따라 하면 된다. 욱은 선배가 했던 대로 엄지 발가락을 출발대 끝선에 맞췄다. 상체를 숙여 양 손가락을 발가락 옆에 나란히 세웠다.

삑!

예상보다 빨리 울린 출발 신호에 당황했지만 욱의 반사신경도 빨랐다. 두 팔을 쭉 뻗은 채 몸이 토마호크 미사일처럼 발사됐다. 수빈 선배의 다이빙처럼 스윽 조용하게 입수하면 된다. 하지만…….

짝!

기대했던 소리는 스윽!이었는데 짝! 소리가 났다. 얼굴부터 가슴, 배까지 청테이프 백 개를 붙였다가 한 번에 떼어 낸 것 같은 통증이 밀려왔다. 배 치기 기술이 제대로 들어갔다. 구경꾼들은 기대치를 훌쩍 뛰어넘는 볼거리에 몸부림치며 웃었다. 하지만 욱은 창피를 느낄 여유가 없었다. 높은 곳에서 뛰어서인지 예상보다 물속 깊숙이 들어와 당황했다. 바닥에 머리를 찧지 않은 게 다행이었다. 고글에 물이 훅 들어왔다. 성수의 낡은 고글을 쓴 게 잘못이었다. 하지만 욱은 두 팔을 쭉 뻗고 허리를 꿀렁이며 앞으로 나아갔다. 아직 끝나지 않았다. 수빈 선배의 수영 이미지를 다시 떠올렸다. 몸을 반듯하게 펴고 힘을 빼고 미끄러지면서 나아간다. 하지만 잠영이 끝나고 몸이 떠오르자 마음이 급해지면서 물에 빠진 사람처럼 마구잡이로 팔을 돌렸다. 선배가 보여 준 크고 여유 있는 발차기는 다음 기회로 미뤘다. 전속력으로 할머니들이 다듬이질을 하듯 잔망스럽게 발을 굴렀다. 기술이 안 되면 힘으로 밀어붙인다.

선배를 만나러 가자!

욱은 마음속으로 외쳤다. 다행히 속도가 붙었다. 물이 가득 찬 고글을 통해 수영장 바닥의 타일이 뒤로 쑥쑥 지나가는 게 보였다. 똑바로 가기 위해 바닥에 붙어 있는 청색 타일 라인만 보고 나아갔다. 0.01초라도 아끼려고 숨도 쉬지 않았다. 꾸르륵아무르르…… 난생처음 들어 보는 괴상한 소리가 들렸다. 플랭크★를 할 때처럼 시간이 한없이 늘어지는 것 같았다. 끝날 때가 됐는데 손이 벽에 닿지 않았다. 숨이 차서 더 이상 참을 수 없게 되자 욱은 물을 꿀꺽꿀꺽 마셨다. 숨을 쉬면 시간 안에 못 들어갈 것 같았다. 산소 부족 때문인지 정신이 몽롱해졌지만 속도를 늦추지 않았다.

선배를 만나러 가즈아!

물먹은 스펀지처럼 온몸에 물이 가득 차올라 욱은 수영장 물과 진정한 물아일체를 이루었다. 어깨는 아무 감각도 없었고 다리는 당장이라도 쥐가 오를 것 같았다. 하지만 그럴수록 무거워진

---

★ 엎드려서 몸을 어깨부터 발목까지 일직선으로 만들어서 하는 코어 운동.

팔다리를 더 힘껏 휘저었다.

아, 하지만 더 이상은…….

이대로 끝이라는 생각이 들었다. 눈앞이 번쩍했다.

쿵!

욱은 정신을 잃었다.

시간이 얼마나 지났는지 알 수 없었다. 어디선가 웅웅거리는 소리가 들렸다. 깜깜한 터널에서 걸어 나올 때처럼 시야에 빛이 천천히 들어왔다. 욱을 둘러싼 채 내려다보고 있는 얼굴들이 하나씩 보였다. 이름도 모르는 부원들이 반가웠다. 그리고 편안했다. 가만히 있어도 가라앉지 않는 딱딱한 수영장 바닥이 고마웠다. 성수의 여드름투성이 얼굴이 눈앞으로 쑥 들어왔다. 도치라는 별명에는 또 다른 숨은 뜻이 있다는 것을 그 순간 깨달았다. 누워서 본 성수의 얼굴은 생선 도치와 너무 닮아 있었다. 우둘두툴 심통 맞게 생겼지만 맛은 좋은 도치. 도치가 빼끔거리며 물었다.

"괜찮아, 욱?"

욱은 안 괜찮았다. 콧구멍에서는 고장 난 수도꼭지처럼 물이 줄줄 흘러내렸다. 손을 뻗어 정수리를 더듬어 보니 큰 혹이 부풀어 올라 있었다. 멋쩍은 나머지 웃어 보려 했지만 찌릿 통증이 느껴져 인상을 찌푸렸다. 욱은 웃음 한가득인 성수의 얼굴을 보며 물었다.

"몇 초야?"

이번엔 지선의 얼굴이 보였다.

"너 정말 대단해. 29초 95야. 합격이야!"

욱을 둘러싼 사람들이 이제야 환하게 웃었다. 초시계를 흔들며 미소 짓는 수빈 선배가 보였다. 천장의 형광등이 눈부셨다. 일어나려고 무릎을 세우는데 갑자기 콰악, 입에서 물이 뿜어져 나왔다. 물을 너무 많이 마셨다. 우웩. 축하해 주러 모여든 부원들이 후다닥 뒤로 물러났다. 지선이 외쳤다.

"와, 길리슈트가 물을 뿜는다!"

## 2

50미터 테스트가 끝나자마자 축하 파티를 한다며 모두 수영장 근처 분식집으로 몰려갔다. 학교에서 수영장까지 이어지는 도로가 산 옆으로 나 있었다. 성수는 욱에게 가르쳐 준 등산로가 지름길이라고 우겼지만 아무도 그 길을 이용하지 않는 것 같았다. 500미터쯤 도로를 따라 내려가자 '럭키분식'이라는 조그만 가게가 나왔다. 허름한 겉모습과는 달리 안은 아늑하고 편안했다. 성수는 오늘의 주인공이라며 욱을 가운데 앉히더니 맞은편 자리는 비워 두었다.

부원들이 돌아가면서 간단히 자기소개를 했다. 캡틴 아메리카는 주장 황문기다. 3학년이고 별명은 메기. 두 눈 사이가 넓은데다가 큰 입 아래로 턱이 튀어나와 생김새도 메기와 비슷했다. 지난달 선발전에서 접영 100미터 국가대표가 됐다고 성수가 알려 줬다. 메기는 올해 좋은 성적을 거둬 예전 스피드의 명성을 되찾자고 주장다운 환영사를 했다.

교복을 입은 정수빈은 깜찍해 보였다. 포니테일 스타일로 머리를 뒤로 질끈 묶고 앞머리를 수수하게 내려 볼록 튀어나온 이마를 가렸다. 평영이 주 종목인 수빈은 메달을 많이 따서 Y대학 체육교육과에 입학하고 싶다고 했다.

아까부터 궁금했던 노랑머리는 1학년 이태호였다. 원래 머리 염색은 학칙상 금지 사항이었지만 태호는 원래부터 노랑머리라고 우겼다. 올해의 루키라고 스스로를 소개하면서 올림픽 금메달이 목표라고 건들건들 다리를 흔들며 말했다.

스피드 부원은 욱까지 포함해서 1학년이 넷, 2학년이 셋, 3학년이 셋, 모두 열 명이었다. 선후배의 위계질서는 엄격하지만 수영을 좋아해서 모인 만큼 서로 친밀해 보였다.

럭키분식의 시그니처 메뉴라는 돈가스떡볶이가 세숫대야 같은 그릇에 담겨 나왔다. 사람 좋게 생긴 주인아저씨는 계속해서 튀김, 순대를 가져와 수북하게 쌓았다. 스피드 부원들은 주인을 얼큰 아저씨라 불렀는데 음식이 얼큰해서가 아니라 한가위 보름달만큼 얼굴이 크기 때문이었다. 럭키분식은 맛보다는 양에 승부를 건 것 같았다. 연습을 마친 뒤라 다들 걸신들린 것처럼 먹어 치웠다. 욱도 부원들에 둘러싸여 허둥지둥 먹다 보니 맛있다는 착각이 들었다.

어느 정도 배가 불렀을 때 성수가 종이 한 장을 가져와 욱 앞에 내밀었다. 제목을 읽어 보니 스피드 입부 원서였다. 다들 먹는 것을 멈추고 욱을 바라봤다. 알 수 없는 묘한 긴장감이 럭키분식에 흘렀다. 욱은 먼저 학년과 이름, 전화번호를 적고 아래에 적힌 주의 사항을 읽었다.

**1. 연습에 빠지지 않는다.**

**2. 시간을 엄수한다.**

**3. 학교 수업에 빠지지 않는다.**

**4. 학교 명예를 실추시키지 않는다.**

욱은 스피드가 보기와 달리 뭔가 체계가 잡힌 운동부라고 생각하면서 사인을 하려는데 맨 마지막에 손 글씨로 급하게 덧붙인

한 줄이 눈에 들어왔다.

5. 할 수 없다, 탈퇴. 졸업할 때까지, 한 번 입부하면.

이건 뭐지? 한 번 들어오면 졸업할 때까지 나갈 수 없다는 말이었다. 아이돌 가수들이 악덕 기획사를 만나 노예 계약을 맺었다는 뉴스가 떠올랐다. 욱의 손이 멈칫하자 성수가 말했다.

"얘기다, 그냥 그렇다는. 쓸 거 없어, 신경. 사인해, 빨리."

성수는 당황한 듯 도치법을 유난히 많이 썼다. 욱이 고개를 들어 성수를 봤다. 눈이 마주치자 억지로 웃고 있던 성수의 눈동자가 흔들렸다. 다른 부원들도 욱을 제대로 쳐다보지 못했다. 뭔가 켕기는 눈치였다. 옆에 있던 지선이 나섰다.

"남자가 뭐 그리 의심이 많냐? 어서 사인해."

부원들 모두 고개를 급히 끄덕이며 재촉했다. 그럴수록 더 수상한 냄새가 피어올랐다. 욱이 볼펜을 내려놓으려고 했다.

"박욱, 우리 같이 가자."

수빈 선배였다. "귀여워."라는 말에 이어 두 번째로 욱에게 건넨 말이었다. 수빈은 굵게 쌍꺼풀 진 눈을 반달 모양으로 만들며 욱에게 안심하고 사인해도 좋다는 듯 고개를 몇 번 주억거렸다.

그래, 선배를 의심하면 안 되지.

욱은 볼펜을 다시 집어 들고 이름을 휘갈겨 썼다. 그 순간 성수는 거의 뺏다시피 입부 원서를 채가더니 머리 위로 흔들면서 외쳤다.

"이것으로 드디어 두 자릿수가 됐습니다, 스피드 부원이!"

이제껏 조용히 지켜보던 부원들이 갑자기 소리를 지르고 박수를 쳤다. 2학년 남자 선배들은 테이블을 다다닥 두드렸고 누군가는 욱의 어깨를 붙잡고 흔들었다. 주장이 콜라를 가득 채운 컵을 높이 들더니 낮은 베이스 톤으로 건배를 제안했다.

"새내기 길리슈트를 위하여!"

다 같이 콜라를 원샷했다. 영문은 잘 몰라도 자신을 진심으로 반겨 주는 부원들을 보며 욱은 감동했다. 콜라의 달착지근한 맛이 입안에서 사라질 즈음 낯선 할아버지와 아저씨가 분식집으로 들어왔다. 할아버지의 거대한 체구와 튀어나온 배가 푸근한 인상을 주었다. 굵은 뿔테 안경은 도수가 높아 보였다. 옆의 아저씨는 삐쩍 마르고 까무잡잡해서 날카로워 보였다. 주장이 벌떡 일어나 허리를 숙였다.

"감독님, 코치님, 안녕하십니까."

나머지 회원들을 따라 욱도 엉거주춤 일어났다. 감독 할아버지는 인자한 미소를 짓더니 욱의 맞은편 빈자리에 앉았다.

"1학년 박욱입니다."

욱도 따라 앉으며 인사드렸다. 감독은 고개를 끄덕이더니 욱의 손을 잡아끌었다.

"좋은 손이야. 손이 크면 물을 많이 움켜잡을 수 있어 유리하지."

이번에는 감독이 탁자 아래로 고개를 숙이더니 욱의 발을 봤다. 욱은 왕발이었다.

"좋은 발이야. 발이 크면 킥을 할 때 유리하지."

스피드 부원들은 다들 욱의 손과 발을 힐끔거리며 훔쳐봤다. 부러운 눈치였다. 남들에게 부러움을 사는 것은 처음이었다. 그것도 손과 발이 크다는 이유로. 감독이 다짜고짜 팔을 위로 뻗어 보라고 했다.

"좋은 팔이야. 팔이 길면 터치패드를 찍을 때 유리하지."

욱에게도 좋은 게 있었다. 그것도 세 개씩이나. 깡마른 몸피의 코치가 성수를 보고 말했다.

"성수가 수고했다."

성수는 욱의 눈치를 살피더니 머쓱해하며 대꾸했다.

"코치님. 이것으로 간신히 막았어요, 스피드 해체."

지선이 상기된 표정으로 말을 받았다.

"작전 성공이에요. 이제 두 자릿수를 채웠으니 이사장도 별말 못 하겠죠."

이어서 다들 성수의 등을 토닥이며 왁자지껄 떠들었다. 지선은 성수와 주먹을 마주쳤다. 욱은 눈앞의 상황을 어떻게 해석해야 할지 혼란스러워 어제부터 자신에게 일어난 일들을 퍼즐 조각처럼 하나씩 떠올렸다. 갑작스런 수영부 입부 제안, 급발진을 부추겨서 받게 한 테스트, 입부 원서의 알쏭달쏭한 마지막 조항. 이 모든 미스터리가 하나로 꿰맞춰져 '스피드 존속 작전 성공'이라는 큰 그림이 완성됐다. 누군가 큰 소리로 외쳤다.

"길리슈트는 스피드의 복덩어리야!"

와하하하. 럭키분식 안에는 웃음소리가 끊이지 않았다. 욱은 배신감에 창밖으로 눈을 돌렸다. 일찌감치 나온 개밥바라기를 보며 억지웃음을 지으려 했으나 잘되지 않았다.

## 3

밤늦게 집에 도착한 욱은 조심조심 바깥 계단을 통해 옥상으로 올라갔다. 회색 새시 문을 열면 조그만 부엌과 욕실이 나오고 그 옆으로 옥탑방이 붙어 있었다.

할아버지는 자는 것 같았다. 낚시꾼들을 태우고 고기잡이배를 모는 할아버지는 언제나 일찍 자고 일찍 일어났다. 욱은 할아버지와 살고 있다. 은행원인 엄마가 새아버지와 같이 지내자고 말했을 때 욱은 급발진했다. 나는 상관없으니 엄마 하고 싶은 대로 살라고, 그렇게 말하고 무작정 할아버지네로 왔다.

옥탑방은 원래 아버지의 방이다. 아버지가 학생 때 쓰던 책상과 의자, 책장과 침대를 욱이 그대로 사용하고 있다. 하늘색 벽지로 도배된 벽에는 작은 미닫이 창문만 하나 나 있다. 옥탑방 천장은 지붕의 경사를 따라 비스듬히 기울어져 있었는데 창 쪽은 높이가 낮아 몸을 구부려야 했다. 욱은 그대로 잠자리에 누웠지만 쉽사리 잠들지 못했다. 몸은 피곤한데 정신은 더 맑아졌다. 스피드 부원들이 짜 놓은 각본에 맞춰 원맨쇼를 한 것 같았다. 생각할수록 창피해서 이불을 파바박 걷어찼다.

집으로 돌아오는 길에 욱은 노랑머리에게 혹시 동영상으로 찍었으면 보여 달라고 했다. 출발대에 섰을 때 노랑머리는 스마트폰으로 욱을 촬영하고 있었다. 자신이 수영하는 모습을 화면으로 보고 있자니 마음이 짠했다. 수영을 한다기보다 풍차에게 달려드는 돈키호테처럼 마구 팔을 돌리며 물과 엉겨 붙어 싸우는 꼴이었다. 역시 짐작이 맞았다. 동영상 재생 시간이 60초가 훌쩍 넘었다. 29.95초라는 기록도 조작이었다. 어쩐지 커트라인 30초에 0.05초 부족한 기록이더라니, 할리우드 영화도 아닌데 너무 드라마틱하다 싶었다. 그럼에도 아무 의심 없이 혼자 감동 먹고 스스로를 얼마나 대견해했던가. 욱은 얼굴이 화끈거렸다. 노랑머리는 빙글빙글 웃으면서 “동영상 보내 줘?” 하고 물었다. 욱은 또 욱해서 스마트폰을 바닥에 내동댕이치려다 폰이 비싸 보여서 참았다.

천장 곳곳에 조그마한 별들이 보였다. 학창 시절에 아버지가 붙였을 야광 별들. 한때는 초록색으로 밝게 빛났겠지만 오래전에 수명을 다해 지금은 아무 빛도 내지 못했다. 몇 개는 별 모양 자국만 남아 있었다.

욱은 아버지를 한 번도 못 봤다. 결혼식 사진으로만 봤을 뿐이다. 환하게 웃는 엄마 옆에서 아버지는 경직된 자세로 서 있었다. 속초에서 나고 자란 아버지는 대학 졸업 후 건설회사에 취직했고, 곧바로 아프리카 건설 현장으로 파견을 나갔다. 그리고 몇 달 후 물에 빠진 아프리카 학생을 구하다 목숨을 잃었다. 그때 욱은 엄마의 배 속에 있었다. 아버지도 욱의 얼굴을 한 번도 못 봤다. 그 사실이 욱은 슬펐다. 한 번만이라도 서로 얼굴을 봤다면 좋았을 텐데. 그랬다면 비록 기억은 못할망정 같은 공간에서 마주 봤던 그 순간만큼은 우주의 시간 속에 영원히 남았을 텐데…….

아버지가 없어서 별다른 아쉬움은 없었다. 태어날 때부터 없었으니 욱에게는 아버지의 부재가 디폴트값이었다. 아버지가 없다는 사실을 실감한 순간이 있었다. 초등학생 때였다. 욱과 엄마는 그다지 사이가 좋지 않았다. 엄마는 속초 시내에 있는 은행에서 일했는데 항상 바빴다. 한번은 엄마가 어린이날에 욱을 데리고 서울 나들이를 했다. 큰맘 먹고 준비한 어린이날 이벤트였다. 버스를 타고 모자가 도착한 곳은 잠실 야구장이었다. 욱은 야구팬들의 성지와도 같은 잠실 구장에 압도됐다. 어마어마한 크기, 관객들의 함성, TV로만 보던 전설 같은 선수들. 즐거워하는 아들을 흡족하게 바라보던 엄마의 표정을 욱은 아직도 기억한다. 둘은 3루 쪽 내야석에 있었는데, 마침 욱이 제일 좋아하는 선수가 타석에 들어섰다. 치어리더들을 따라 선수의 응원곡을 부르고 이름을 연호했다.

딱!

함성이 터져 나왔다. 빗겨 맞은 공이 하늘 높이 떠올라 3루 쪽으로 날아왔다. 그물망을 넘어 바로 둘의 머리 위로 공이 떨어지고 있었다. 누군가 호루라기를 길게 불었다.

"아앗!"

엄마가 비명을 질렀다. 욱은 몸을 움츠리고 눈을 질끈 감았다. 짧지만 강렬한 공포를 느꼈다. 그리고 아무 일도 없었다.

"와아!"

눈을 떠 보니 욱의 머리 위로 커다란 손이 보였다. 옆에 있던 아저씨가 날아온 파울볼을 맨손으로 잡은 것이다. 아저씨는 공을 들어 올리며 소리를 지르더니 옆자리에 있던 아들의 손에 공을 쥐여 주었다. 욱 또래의 아이는 공을 받아 들고 팔짝팔짝 뛰었다.

그 아이 옆에 동생으로 보이는 여자아이와 엄마가 활짝 웃고 있었다. 아들을 보고 흐뭇해하는 아저씨의 등이 잠실 구장만큼 넓어 보였다.

아버지가 있었다면 저 공은 내 건데…….

현실을 자각하는 순간이었다. 주위를 둘러보니 그제야 다른 가족들이 보였다. 엄마, 아이들, 아버지 순으로 앉아 있었다. 그게 평범한 가정의 모습이었다. 엄마만 있는 가족은 욱이네뿐이었다. 그날부터 욱은 야구가 싫어졌다.

어렸을 때 욱이 아버지에 대해 물어보면 엄마는 쓸쓸하게 혼잣말을 했다.

“네 아버지는 좋은 분이었어.”

욱은 거짓말이라고 생각했다. 아버지가 좋은 분이라면 가족과 같이 있어야 했다. 엄마와 욱을 떠난 아버지는 나쁜 놈이다. 아프리카에서 물에 빠진 사람을 구하고 죽은 아버지가 원망스러웠다. 엄마와 아들을 생각했다면 물에 뛰어들지 말았어야 했다. 가장이라면 그래야 했다. 욱은 자신과 엄마를 남겨 둔 채 훌쩍 떠난 아버지를 용서할 수 없었다.

할아버지는 아버지 얘기만 나오면 화부터 냈다.

“네 아비에 대해선 아무 할 말이 없다.”

다정다감하던 평소 모습하고는 딴판이었다. 단단히 화가 난 듯

했다.

"행여 아비에 대해서 더 알려고 하지 마라."

할아버지는 욱의 질문을 지레 막아 버렸다.

욱은 천장의 야광 별들을 가상의 선으로 이으며 여러 별자리를 그려 갔다. 옥탑방자리, 야구공자리, 아프리카자리……. 눈을 질끈 감았지만 처음 보는 별자리들이 깜깜한 어둠 속에서 꼬물꼬물 빛나고 있었다. 욱은 몸을 뒤척이다가 자정이 넘어서야 겨우 잠이 들었다.

## 4

"기본부터 가르쳐."

메기 주장은 성수에게 욱을 책임지고 가르치라고 했다. 욱은 레인 하나를 차지하고 성수에게 개인 레슨을 받았다. 성수가 자유형 시범을 보여 줬다. 성수는 크고 길게 팔을 뻗고 여유롭게 발차기를 하며 앞으로 나가더니 금세 한 바퀴를 돌아왔다. 다음은 욱 차례였다. 바다 수영으로 다져진 실력을 보여 주리라 생각했다. 욱이 출발하기 위해 머리를 담근 순간,

"기본부터 하라니까!"

메기가 버럭 소리 질렀다. 욱은 깜짝 놀라서 물을 꿀꺽 삼켰다. 컥컥거리며 머리를 들어 보니 성난 메기가 움츠러든 도치를 한입에 삼킬 듯 야단치고 있었다.

결국 욱은 킥판을 잡고 발차기부터 시작했다. 수영 기초반 수강생처럼 킥판을 잡고 음파음파 숨쉬기를 하자니 체면이 말이 아니었다. 초딩 때 이미 바다 수영으로 섬을 오갔고, 숨 한 번 안 쉬고 50미터를 수영한 몸인데……. 메기의 까칠한 성질머리가 불만이었지만 첫날부터 들이받을 수는 없었다. 성수가 몇 가지 발차기 노하우를 알려 줬다.

"발차기에서 가장 중요한 포인트는 몸을 일자로 유지하는 거야."

킥판을 잡느라 힘이 들어가서 그런지 욱의 하체는 돌덩이라도 매단 것처럼 아래로 추욱 가라앉았다.

"허리를 띄워야 일자가 돼. 고개를 드니까 허리가 가라앉는 거야. 입술까지 물속에 넣어."

성수 말대로 머리를 숙이니 하체가 떠올랐다. 입만 살아 있는 줄 알았던 성수가 새삼 달리 보였다. 욱은 내친 김에 발을 있는 힘껏 차며 앞으로 나아갔다. 하지만 속도가 좀처럼 붙지 않았다. 뭐가 문제인지 답답해서 성수를 찾았지만 그새 어디로 도망갔는지 보이지 않았다.

스피드 아침 훈련은 오전 7시부터 한 시간 동안 한다. 오후 연습도 있다. 수업이 끝나고 4시 반부터 두 시간. 하루에 세 시간씩 이다. 연습은 주로 코치가 프로그램을 짜서 진행했다. 코치는 몸이 말라서 '멸치'로 불렸다.

멸치 코치는 레인을 남녀로 나누어서 연습시켰다. 부원들이 순서대로 뛰어들면서 자유형으로 레인을 왕복했다. 팔과 얼굴이 규칙적으로 물 밖으로 나왔다가 사라지며 빠르게 이동했다. 쉼 없이 돌아가는 컨베이어벨트 같았다. 힘찬 물보라가 부원들의 내뻗은 팔과 어우러져 장관을 이루었다.

멸치 코치는 훈련을 정리하면서 둘씩 짝을 지어 100미터 대시★를 시켰다. 혼자 연습할 때와는 달리 일대일로 붙으면 각자의 자존심이 걸린 레이스가 된다.

갑자기 다시 나타난 성수는 태호와 짝을 이뤘다.

"준비!"

둘은 출발대에 올라섰다. 양쪽 발을 나란히 하고 머리를 숙였다. 진짜 시합은 아니지만 두 남자의 종아리 근육에서 긴장감이 느껴졌다. 삑! 코치의 호루라기 소리에 맞춰 둘이 풀 안으로 뛰어들었다. 스타트는 비슷했다. 높고 멀리 뛰어 물 위에 하나의 점을 찍듯이 쏙 들어갔다. 그리고 긴 잠영을 한 후 동시에 물 위로 나

---

★ 가장 빠른 스피드로 힘껏 헤엄치는 것.

왔다. 둘은 굉장한 힘으로 앞으로 나아갔다. 물이 부서지고 갈라지면서 하얀 물거품과 함께 요란한 소리가 났다. 50미터 턴은 거의 동시에 이루어졌다. 하지만 물 위로는 태호가 먼저 나왔다. 태호는 자세가 한결같았다. 후반으로 갈수록 속도를 올리더니 피니시 라인에 먼저 도착했다. 성수는 태호의 키만큼 뒤처져 있었다. 태호가 스스로 루키라고 부르는 게 허풍이 아님을 증명하는 레이스였다. 태호에게 뒤졌지만 성수도 멋졌다. 실없는 농담이나 던지며 게으름을 피우던 여드름투성이 도치가 아니었다. 집중해서 온 힘을 다해 헤엄치는 모습에서 선수의 오라가 뿜어져 나왔다.

이어서 수빈과 지선이 출발대에 섰다. 수빈의 캡 아래로 흘러내린 귀밑머리는 싱그러워 보였지만 고글 안 눈빛은 매서웠다. 지선은 글래머 몸매에 근육질이었다. 핑크색 수영복을 입었음에도 야무진 어깨 근육과 단단한 허벅지가 먼저 눈길을 끌었다. 삑! 소리와 함께 수빈과 지선이 물 위로 날아올랐다. 초원을 뛰는 두 마리의 가젤 같은 점프였다. 수빈이 앞서 나갔다. 큼직큼직한 스트로크★와 발차기. 물 위에 찰싹 붙어서 워터 슬라이드를 타듯이 부드럽게 미끄러져 나갔다. 장거리가 주 종목인 지선은 마지막 스퍼트를 냈지만 수빈 선배를 따라잡지 못했다.

---

★ 팔로 물을 끌어당기는 동작.

마지막으로 주장 황문기와 3학년 정문호가 출발했다. 정문호는 이름 때문에 '문어'라고 불렸다. 메기와 문어의 대결이었다. 메기는 역시나 힘이 넘쳤다. 폭풍우처럼 거칠고 세차게 밀어붙였다. 문어도 뒤지지 않았다. 큰 근육을 사용하여 성큼성큼 전진했다. 주장이 간발의 차이로 먼저 피니시 라인에 도착했다. 3학년의 위엄을 후배들에게 제대로 보여 주는 시합이었다.

"박욱! 물놀이하냐? 연습해라!"

넋 놓고 구경하던 욱을 발견한 메기가 소리를 질렀다. 욱은 다시 킥판을 잡았다. 메기의 닦달에 욱했지만 방금 목격한 주장의 수영 실력 앞에선 꼬리를 내릴 수밖에 없었다. 욱은 허벅지에 힘을 모으고 발차기를 시작했다.

아침 훈련을 마치고 욱은 후들거리는 다리를 끌고 중앙 현관으로 비칠비칠 들어갔다. 교실로 가는 지름길이다. 감독은 학과 성적을 중요하게 생각했다. 그래서 수영부원들이 수업에 빠지지 않도록 훈련 시간을 조정하고 내신이 7등급 아래로 떨어지면 훈련 뒤에 감독실에 남아 나머지 공부도 시킨다고 했다. 욱이 실내화로 갈아 신고 계단을 오르려는데 누군가 알은체를 해 왔다.

"스피드 들어갔다며?"

낯익은 얼굴이다. 쇼트커트에 둥근 안경을 써서 선머슴같이 보이는 아이. 일본 애니메이션 속 명탐정 코난을 닮은 아이. 같은 반 홍영롱이었다. 수업 시간에 같은 모둠이었던 적이 있어서 욱은 그 애를 알고 있었다.

영롱은 학교 신문《바다 소리》기자다. 월간으로 발행되는 학교 신문에서 그 애 이름을 봤다. 하지만 영롱은 'TMT'로 더 잘 알려져 있다. 투 머치 토커Too Much Talker의 약자다. 학교 내 온갖 가십과 루머를 몰고 다니는 바다고의 화약고다. 영롱의 입은 쉬는 순간이 없었다. 학교 안팎의 자잘한 소식을 물어 와 제일 먼저 전하고 쉬는 시간마다 교실 뒤에서 커다란 눈이 튀어나올 것처럼 열을 올리며 수다를 떨었다. 영롱의 입이 쉬는 시간은 수업 시간이 유일했다. 선생님이 교실에 들어오면 그녀의 입은 충전 모드로 바뀐다. 그리고 수업 끝종이 울리자마자 총알이 가득 장전된 기관총처럼 입을 난사한다. 따다다다다.

영롱은 어디에서 욱의 입부 소식을 들었을까? 겨우 어제 스피드에 가입했는데. 욱은 TMT에게 잘못 보였다가는 학교생활이 힘들어질 거라는 직감이 들었다. 욱은 영롱이 듣고 싶어 하는 말을 들려줬다.

"너 대단하다. 그걸 어떻게 알았냐?"

"후후, 그 정도야……. 열심히 해 봐. 길리슈트."

영롱은 욱의 별명도 이미 다 알고 있다는 듯 빙싯 웃었다.

"너는 여기서 뭐 해?"

욱은 하나도 궁금하지 않았지만, 영롱이 질문해 주길 바라는 것 같아서 한번 물어봐 줬다. 영롱은 기다렸다는 듯이 눈짓으로 한쪽 벽을 가리켰다. 거기에는 학교를 소개하는 게시판이 붙어 있었다. 욱은 여러 번 이 앞을 지나쳤다. 그럼에도 게시물에 관심을 가져 본 적은 없었다. 쭉 훑어보니 교표, 교목, 교화 소개와 설립자, 역대 교장들의 사진이 걸려 있었다. 그리고 그 아래로 바다고 역사가 주르륵 적혀 있었다.

근데 얘는 왜 이 따분한 걸 보고 있지?

욱의 마음을 읽었는지 영롱이 설명했다.

"올해가 바다고 개교 50주년이거든. 학교에서 《바다고 50년사》라는 책을 만든대. 내가 그 책 편집기자야."

영롱은 눈빛을 반짝이며 '편집기자'란 말에 힘을 주었다.

"나는 스피드 역사를 취재하는 중이야. 스피드가 곧 바다고의 역사니까."

영롱은 관광 가이드처럼 손바닥을 펴서 뒤쪽을 가리켰다. 진짜 볼거리는 뒤에 있다는 투였다. 욱은 빨리 자리를 뜨고 싶었지만 TMT의 심기를 거스르지 않으려고 뒤를 돌아봤다. 벽의 맨 위쪽에 낡은 액자가 걸려 있었다.

水泳報國

"수영보국, 수영을 해서 나라의 은혜를 갚는다는 뜻이야."

경제를 살리는 것도 아니고 바이러스를 퇴치하는 것도 아니고 어떻게 수영으로 나라의 은혜를 갚을까. 욱은 글귀의 맥락 없는 비장함에 픽 웃어 버렸다. 아래쪽에 적힌 글씨에 눈이 갔다. 글씨를 쓴 사람의 이름이 적혀 있었다.

"우리 학교 설립자래. 지금 이사장의 아버지."

액자 밑에는 '바다고의 자랑 스피드'란 제목과 함께 수영부의 역사가 촘촘히 소개돼 있었다. 언제 출범했고 어느 대회에서 우승했는지, 누가 메달을 받았고 기록은 어땠는지. 환영 파티에서 메기가 분하다는 듯이 했던 말이 생각났다.

"바다고는 한때 우리나라 최고의 수영 명문이었다. 전국체전에서 금메달을 휩쓸고 한국 신기록도 몇 개씩 갈아 치웠다. 우리가 그 전성기를 다시 만들어야 한다."

실제로 현관 유리장 안에는 우승 트로피와 상장들이 수두룩하게 전시돼 있었다.

아침 조회를 알리는 종이 울렸다. 욱은 먼저 간다는 손짓을 하고 계단을 올랐다. 뒤에서 영롱이 물었다.

"네 아버지가 혹시 박두하……?"

멈칫했다. 오랜만에 들어 보는 아버지의 이름이었다.

"뭐야, 진짜야? 대박!"

영롱은 처음엔 믿을 수 없다는 얼굴이더니 곧 복잡미묘한 표정으로 바뀌었다. 영롱이 안경을 올려 썼다.

"아버지는 잘 계시니?"

욱은 아버지가 죽었다고 밝히기 싫어 잠자코 있었다.

"네 아버지, 우리 학교 선배잖아."

처음 듣는 이야기였다. 아버지가 바다고를 나왔다니.

"스피드 출신이잖아. 몰랐어?"

욱은 우선 아버지가 바다고 선배이고 게다가 스피드 출신이라는 데 놀랐고, 아무리 《바다고 50년사》 편집기자라지만 30년 전 일을 알아낸 TMT의 정보력에 또 한 번 놀랐다.

"너, 아들 맞아?"

욱은 쓴웃음을 지었다. 영롱이 오묘한 표정을 지었다.

"아버지랑 대화 좀 해라. 너희 아버지 대단했어. '그 일'이 있기 전까진……."

영롱은 자기 말만 하고 휙 돌아서더니 교실로 뛰어 올라갔다.

## 5

할아버지는 낚싯배 운항을 마치고 돌아와 늦은 저녁을 준비하고 있었다. 트레이드마크인 마도로스 모자를 쓴 채로.

"손자, 같이 먹자."

배낚시로 잡은 문어와 가자미가 숙회와 구이가 되어 식탁 위에 올라왔다. 손님들이 남기고 간 우럭을 넣고 끓인 미역국도 있었다. 젊었을 때 고래잡이배를 타고 세계를 누볐다던 할아버지는 일류 셰프 못지않게 요리를 잘했다.

식사가 끝날 때쯤 욱이 영롱에게 들은 이야기를 조심스럽게 꺼냈다. 영롱이 말한 '그 일'이라는 단어가 하루 종일 욱의 머릿속에 맴돌았다. 할아버지의 표정이 단박에 서늘해졌다.

"네 애비에 대해선 말할 게 없다."

퉁명스럽고 단호한 말투였다. 욱은 물러서지 않았다.

"아버지에게 무슨 일이 있었어? 말해 줘."

할아버지는 묵묵히 일어나서 그릇들을 치우기 시작했다. 할아버지가 가자미 가시만 남은 파란 접시를 집으려 할 때 욱이 먼저 접시를 두 손으로 잡았다.

"한 번도 못 봤지만 내 아버지잖아. 난 아버지에 대해 아는 게 아무것도 없다고."

할아버지는 접시를 빼내려 잡은 손에 힘을 주었다.

“다 쓸데없는 일이야. 이미 벌어진 일은 달라지지 않아.”

뭔가가 있구나. 욱은 질세라 손아귀에 힘을 줬다. 양쪽에서 접시를 잡고 힘겨루기를 하는 모양새가 펼쳐졌다. 할아버지의 눈에는 노여움이 가득했다. 욱도 지지 않고 목소리를 높였다.

“달라지지 않아도 좋아. 하지만 아버지의 일을 아들은 알아야 하잖아.”

그제야 할아버지는 맥이 풀린 듯 손을 풀고 자리에 주저앉았다. 마도로스 모자를 벗고 구겨진 테두리를 만지며 모양새를 바로잡았다. 몇 가닥 남지 않은 흰머리가 정수리 주위로 엉켜 붙어 있었다.

“따라와라.”

할아버지는 자리에서 일어나더니 주방 뒤쪽에 있는 다락문을 열었다. 몇 개 되지 않는 가파른 계단을 엉금엉금 올라갔다. 주방 계단을 올라가면 작은 다락이 나온다. 욱의 옥탑방으로 연결되는 구조다.

천장이 낮아 욱은 허리를 숙여야 했다. 작은 창으로 달빛이 들어왔지만 다락 안은 바닷속에 가라앉은 난파선처럼 음침했다. 침침한 백열등 아래에서 할아버지는 쌓여 있던 낚시 도구와 아이스박스를 들어냈다. 낚싯배를 고정시킬 때 쓰는 굵은 밧줄 뭉치가 보였고 그 아래로 나무 상자가 보였다. 나뭇결을 그대로 살린 판자들로 꼼꼼히 짠 나무 상자는 사과 박스만 했다. 할아버지는 뚜껑에 쌓인 먼지를 손으로 쓱쓱 걷어 내고는 상자를 번쩍 들더니 백열등 아래에 내려놨다.

"고등학교 졸업하고 네 애비가 남겨 두고 간 거다."

할아버지와 욱은 상자를 두고 마주 앉았다. 판도라의 상자를 여는 것처럼 긴장이 됐다. 오래된 낚시 장비와 가재도구에서 나는 냄새가 후욱 코로 달려들었다. 욱이 상자의 뚜껑을 열었다.

끼이익.

녹슨 경첩 소리가 길게 났다. 아버지의 비밀 상자가 열렸다. 전깃불 아래에서 날리는 먼지 입자 하나하나가 선명하게 보였다. 나무 상자 안에는 여러 개의 작은 박스와 비닐 백 그리고 파우치가 잘 정돈돼 있었다. 비닐 백에는 스피드의 저지가 잘 개켜져 있었다. 오랜 세월에 아주리색도 푸르딩딩하게 변할 정도로 낡고 해진 저지 등판에는 여전히 '***SPEED***' 로고가 붙어 있었다. 욱은 그제야 아버지가 스피드 선배라는 게 실감이 났다. 상자 한편에 아버지의 수영복과 캡 그리고 고글이 보였다. 보라색 벨벳 소재로 된 파우치를 들어 올리니 달그락거리는 금속성 소리가 들렸다. 파우치를 뒤집자 끈에 매달린 둥근 쇠붙이들이 우르르 쏟아졌다. 메달이었다. 지금은 변색됐지만 한때는 눈부시게 빛났을 메달들이 뒤엉켜 있었다.

"네 애비는 마치 수영을 위해 태어난 아이 같았다."

할아버지는 추억에 젖어 열 개가 넘는 메달들을 하나씩 어루만졌다.

"너처럼 고등학생 때 수영을 시작했다. 늦은 만큼 남보다 몇 배로 노력했어."

1991년 전국체전 메달이 세 개나 됐다. 모두 금메달이었다. 영롱에게 아버지가 대단했다는 얘기는 들었지만 이 정도일지는 욱도 미처 예상하지 못했다.

"2학년 때부터 두각을 드러냈지. 전국 대회를 휩쓸었고 한국 신기록을 세웠다."

유난히 커다란 메달이 있었다. 1992년 아시아수영선수권대회 금메달이다.

"일본 히로시마에서 딴 메달이다. 자유형 100미터. 네 애비는 아시아 1등이었다."

당신보다 먼저 세상을 떠난 아들에 대한 할아버지의 노여움도 메달 앞에서는 스르르 녹아내리는 것 같았다.

욱은 상자 밑바닥에 있던 두꺼운 책을 꺼냈다. 옆쪽으로 굵은 스프링이 달린 파란 비닐 표지로 된 접착식 앨범이었다. 첫 장을 넘겨 보니 아버지의 고등학생 때 사진들이 붙어 있었다. 교실에서 친구들과 환하게 웃고 있는 얼굴, 수영을 끝내고 발갛게 상기된 표정, 바닷가 모래사장을 뛰어가는 아버지의 모습……. 긴장해서 굳어 있던 욱의 얼굴이 조금씩 풀어졌다. 아버지도 욱만큼 털이 많았다. 오히려 욱의 털보다 굵고 숱도 많아 보였다. 욱의 입꼬리가 조금 위로 올라갔다. 지금까지 머릿속으로만 그리던 아버지가 눈앞에서 살아나 뚜벅뚜벅 걸어오는 것 같았다.

한 장을 더 넘기자 스크랩한 신문 기사들이 붙어 있었다.

**'한국 신기록을 경신한 고등학생'**

**'수영계를 평정하다. 박두하, 3관왕!'**

**'연습 벌레 박두하 아시아 제패!'**

아버지에 대한 찬사 일색이었다. 메달을 목에 걸고 환호하는 사진이 보였다. 고등학생 아버지의 앳된 얼굴이 낯설었다. 그 뒤로도 아버지에 대한 기사와 사진들이 가득했다. 스피드를 소개하는 글과 부원들의 사진도 있었다. 사진 밑에는 '한국 수영의 미래! 바다고 스피드'라고 설명이 달려 있었다. 사진 속 스피드 부원들은 하나같이 밝고 건강해 보였다. 어깨동무를 하고 서로 마주 보며 환히 웃고 있었다. 수영부 선수들이라기보다 명절 때 한자리에 모인 가족 같아 보였다.

얼마 남지 않은 앨범의 다음 페이지를 넘기자 미처 붙이지 못한 신문 기사 스크랩들이 우수수 바닥으로 떨어졌다. 끄응. 할아버지가 앓는 소리를 냈다. 욱은 조금 전과는 다른 분위기를 감지했다. 빨간 바탕에 큰 글자로 인쇄된 기사 제목들이 보였다.

**'고등학생 도핑 파문, 수영계 충격'**

**'수영 신동의 몰락, 올림픽 출전 무산'**

**'박두하, 3년 자격정지, 사실상 수영계 퇴출'**

차르륵.

블록 하나를 잘못 빼냈을 때 젠가가 쓰러지며 나던 소리가 욱의 귓가에 들렸다. 공들여 쌓은 모든 것이 한순간에 무너지는 소리였다. 그 소리와 함께 아버지도 다시 욱에게서 멀어져 갔다. 자극적인 제목 아래로 고개 숙인 아버지의 모습이 보였다. 스피드 저지를 입고 얼굴을 감싸고 있는 사진도 있었다. 앨범 한 장을 넘겼을 뿐인데 거꾸로 뒤집힌 세상이 펼쳐졌다. 아버지를 향했던 열광적 환호가 원색적인 비난이 되어 부메랑으로 되돌아왔다. TMT 영롱이 말한 '그 일'이었다.

"……할아버지는 알고 있었어?"

할아버지는 바닥에 손을 짚고 힘겹게 일어났다. 백열등 아래로 할아버지의 얼굴이 검게 보였다.

"이제 와서 그게 다 무슨 소용이냐."

할아버지는 마치 남 얘기를 하듯 무심히 말하더니 계단을 내려갔다.

욱은 신문 기사를 손에 들고 바닥에 누웠다. 비스듬히 기울어진 천장이 보였다. 시멘트 벽 모서리로 늘어진 거미줄에 늙은 거미가 꼼짝 않고 숨어 있었다. 백열등이 몇 번 껌벅였다. 아버지의 여러 모습이 그려졌다. 기자들의 카메라 앞에 고개 숙인 아버지, 자기를 욕하는 신문 기사를 스크랩하는 아버지, 기사를 오리기는 했지만 차마 앨범에 붙이지 못하는 아버지…….

도핑에 대해서는 잘 모르지만 기억나는 장면이 하나 있었다. 지난겨울 동계올림픽 여자 피겨스케이팅 중계방송을 하는 중이었다. 한 선수가 등장하자 방송국 해설진이 입을 다물었다. 채널을 바꿔도 마찬가지였다. 그 선수가 경기하는 내내 주제곡만 흐르고 아나운서도 해설자도 아무 말을 하지 않았다. 나중에 뉴스를 본 뒤에야 속사정을 알게 됐다. 도핑 검사에 걸리고도 출전한 그 선수에 대한 항의 표시로 모든 방송사가 침묵 중계를 했다는 사실을. 깨끗한 몸으로 정정당당하게 경쟁해야 하는 스포츠에서 약물의 힘을 빌린다는 것은 반칙을 넘어 몸을 더럽히고 양심을 속이는 범죄 행위다.

욱은 속이 부글부글 끓어오르기 시작했다. 어렸을 때부터 아버지가 미웠다. 엄마와 자신을 남기고 먼저 떠난 아버지를 용서할 수 없었다. 그럼에도 가끔씩 아버지를 향한 그리움이 불쑥불쑥 차올랐다. 먼저 죽어서 미안하다고, 아버지 없는 아이로 자라게 해서 잘못했다고 꿈속에서라도 용서를 빌면 눈 딱 감고 한번 봐줄 수 있다고 생각했다. 하지만 이제는 다 끝났다. 아버지에게 품고 있던 막연한 기대감마저 무너져 내렸다. 아버지가 대기업 사장은 아니더라도 평범한 가장이길 바랐는데, 태어나 보니 아버지는 금지약물로 제명된 사기꾼 수영 선수였다. 욱은 아버지, 아니 박두하가 부끄러웠다.

바닥의 냉기가 등에 전해져 욱은 일어나 앉았다. 옥탑방으로 들어가려는데 나무 상자 안에 남아 있는 물건이 보였다. 자주색 가죽 표지의 두꺼운 노트인데 가죽 끈으로 꽁꽁 묶여 있었다. 욱은 어렵사리 끈을 풀고 겉장을 넘겼다.

**수영 일기**

첫 페이지에 굵고 크게 적힌 네 글자. 반듯하고 힘 있는 글씨체였다. 욱은 상자 안으로 노트를 던져 버렸다.

# 6

점심시간, 욱은 책상 위에 엎드려 있었다. 벌써 보름째 킥판만 붙들고 있다. 발차기엔 진전이 없었다. 물에는 떴지만 발을 빨리 구를수록 힘만 들 뿐 속도가 붙지 않았다. 수영 담임선생뻘인 성수도 건성이었다. 어차피 스피드 목표 인원도 채웠고 노예 계약으로 묶어 놨으니 욱이야 어찌 되든 상관없다는 식이었다. 수빈 선배도 가끔 말없이 욱을 쳐다볼 뿐 자기 연습에 열중했다. 메기만 계속 욱을 몰아붙였다. 메기는 훈련은 질보다 양이라고 했다. 양이 넘치면 질로 변한다고 믿었다. 그런 점에서 메기의 철학은 럭키분식 얼큰 아저씨의 신념과 닮았다. 얼큰 아저씨도 질보다는 양이었다. 메기는 수영을 잘 못하는 것은 용서해도 훈련을 게을리하는 것은 용서하지 않았다. 얼큰 아저씨도 마찬가지다. 맛이 없는 것은 용서해도 양이 부족한 것은 용서하지 않았다. 메기와 얼큰 아저씨가 신봉하는 '양질 전환의 법칙' 탓에 욱은 매일 아침 기절 직전까지 발차기를 할 수밖에 없었다.

하지만 욱은 모든 게 쓸데없다고 생각했다. 아버지와 관련된 도핑 사건을 알고부터 욱은 수영에 대한 흥미를 잃었다. 아버지가 모든 것을 바쳤고 모든 것을 잃었던 수영이었기에 더더욱 열심히 하고 싶지 않았다. 입부 원서에 사인한 것 따위는 신경 쓰지도 않았다. 다만 자기 때문에 인원 미달로 스피드가 해체됐다고 욕먹는 것은 피하고 싶었다. 욱은 기회를 노렸다. 스피드고 나발이고 빌미만 주어지면 당장이라도 킥판을 내던지고 뛰쳐나갈 것이다.

교실 안은 소란스러웠지만 몸과 마음이 지친 욱은 금세 잠의 바다로 빠져들었다.

"야!"

누군가 저 위에서 욱을 불렀다. 욱은 만사가 귀찮아 그 소리를 무시하고 잠 속으로 계속 가라앉았다.

"야! 길리."

이번엔 욱을 쿡쿡 찔렀다. 잠에 빠진 욱의 발목에 고리를 걸어 위로 쑤욱 끌어 올리는 느낌이었다. 욱은 고개를 돌려 꿀보다 달콤한 낮잠을 깨우는 훼방꾼을 게슴츠레한 눈으로 바라봤다. 콧잔등에 넓게 뿌려진 주근깨가 보였다. 이어서 커다란 안경과 조막만한 얼굴이 보였다. TMT가 쭈뼛쭈뼛 욱을 보고 있었다. 욱은 성가시다는 표정으로 '왜?' 하고 눈짓을 보냈다. TMT는 얼굴을 바싹 붙이더니 하이 톤인 평소의 목소리를 잔뜩 누그러뜨리고 들릴락 말락 말했다.

"지난번엔 미안했어. 네 아버지가 돌아가신 줄도 모르고……."

욱은 아버지에 대한 얘기가 튀어나오자 잠이 확 달아났다. 벌떡 일어나 괜스레 입가를 쓱 닦았다. 화제를 빨리 돌리고 싶었다.

"어, 괜찮아. 그럴 수도 있지."

영롱의 커다란 눈이 잠시 반짝 빛났다. 욱의 쿨한 반응에 감동한 눈치였다. 수업 시작종이 울렸지만 영롱은 욱의 책상머리에 걸터앉으며 말했다.

"근데, 너 인터뷰 좀 해라."

그럼 그렇지, TMT가 사과하려고 온 건 아닐 것 같았다. 뭔가 아쉬운 게 있으니 살갑게 굴었던 것이다. 영롱은 교실 출입문을 빠르게 돌아보더니 욱에게 다시 얼굴을 바짝 붙이고 말했다.

"이번 달《바다 소리》에 스피드 특집판을 꾸미기로 했거든. 바다고 하면 스피드니까. 거기에 네 인터뷰 기사를 실을 거야. 새내기 길리슈트 인터뷰. 끅끅끅."

영롱은 돌고래 울음소리를 냈다. 그 소리가 귀엽다고 생각하는 모양이었다.

"난 관심 없다. 딴 애 해라."

욱은 단박에 거절했다. 남에게 주목받는 일은 노땡큐다. TMT의 후환이 두렵더라도 더 이상 스피드 일에 엮이고 싶지 않았다. 영롱은 쉽게 물러나지 않았다.

"미안하지만, 벌써 편집회의에서 결정했어."

욱은 일부러 동작을 크게 하면서 책을 꺼내고 책상 정리를 했다. 팔꿈치로 영롱을 툭툭 밀어냈다.

TMT, 제발 네 자리로 좀 가라. 나한테 왜 이러니?

하지만 눈치가 없는 건지 일부러 모르는 척하는 건지 영롱은 꿈적도 하지 않았다.

"스피드 해체된다며?"

욱이 동작을 멈추고 영롱을 쳐다봤다. 처음 듣는 소리였다.

"스피드 해체,《바다 소리》가 막아 줄게."

영롱은 여우 같은 미소를 짓더니 그냥 해도 들릴 말을 굳이 욱의 귀에 대고 속삭였다.

"우선 스피드를 적극적으로 홍보해야 해. 너는 나만 믿고 인터뷰하면 되고."

선생님이 들어오자 영롱이 후다닥 자기 자리로 돌아갔다. 욱은 귓속을 후비고 귓바퀴를 털었다. TMT가 귀에 자꾸 바람을 불어넣어 간지러웠다. 그래도 TMT는 영양가가 있었다. 스피드 해체라니! 속초로 전학 온 후 들었던 말 중 가장 기쁜 소식이었다.

오후 훈련이 끝나고 럭키분식에 다 같이 모였다. 긴급 안건이 생겼다며 메기가 회의를 소집했다. 분식집에 들어서자 얼큰 아저씨가 부원들을 반겼다. 자리에 앉자마자 미리 주문한 엄청난 비주얼의 돈가스떡볶이가 세숫대야 접시에 담겨 나왔다. 젓가락과 포크를 들고 달려들려는 찰나, 메기가 손뼉을 딱 쳤다.

"잠깐!"

돈가스떡볶이로 몰려들던 부원들은 어정쩡하게 동작을 멈추고 주장을 바라봤다.

"먹기 전에 몇 가지 공지 사항이 있다."

부원들은 한숨을 내쉬며 젓가락과 포크를 내려놓았다. 성수는 빛의 속도로 떡볶이 한 점을 입에 집어넣었다.

"감독님과 상의했는데, 다음 달 동아수영대회엔 나가지 않기로 했다. 이번 학기는 지난 MBC 배 수영대회로 끝내기로 했다. 오히려 좋은 기회라고 생각하자. 연습할 시간을 벌었으니까. 특히 1학년들은 이번에 기록을 끌어올려야 한다."

주장은 1학년들과 일일이 눈을 맞췄다. 태호는 불만스런 표정이었다. 메달 딸 기회를 놓쳤다는 사실이 분한 것 같았다. 태호는 지난 3월에 있었던 MBC 배 수영대회에서 동메달을 땄다. 중학교에서 올라오자마자 전국 대회 메달을 딴 것은 이례적인 일이었다. 메기의 말이 이어졌다.

"일단 우리 목표는 8월에 있을 바하전이다."

바하전에 대해서는 욱도 잘 알고 있었다. '바다고 대 하늘고 정기전'의 줄임말이다. 속초시 바다고와 문화시 하늘고는 매년 여름 친선 수영대회를 열었다. 강원도에 있는 두 수영 명문고의 친선 경기라고 하지만, 두 학교는 바하전(하늘고는 하바전이라고 부른다)

에 사활을 건다. 다른 대회에서는 꼴찌를 하면 용서되지만 바하전에서 지는 것은 절대 용서가 안 됐다. 5년 전 문화시에서 열린 바하전에서 바다고가 역전패당하자, 이사장은 선수와 코치진에게 걸어오든지 동해를 헤엄쳐 오든지 알아서 하라며 스쿨버스를 속초로 되돌려 보냈다. 결국 코치진의 주머니를 털어 다 함께 시외버스를 타고 야밤에 초라하게 속초로 돌아와야 했다. 감독은 곧바로 교체됐다. 이 사건은 스피드의 흑역사가 되어 지금까지 전설로 내려오고 있다.

"알다시피 바하전에서 우리는 3년 연속 패했다. 이사장이나 교장 쌤은 물론 우리를 응원하는 시민들을 볼 면목도 없다."

돈가스떡볶이에서 더 이상 김이 올라오지 않았다. 얼큰 아저씨는 바하전 3연패보다 식어 가는 돈가스떡볶이 때문에 더 속상한 표정이었다.

"올해는 속초에서 열리는 만큼 무조건 이겨야 한다. 내일부터 오전 훈련 시간을 한 시간 당긴다. 6시 연습 시작이다. 토요일도 오전 훈련을 한다."

여기저기서 한숨 소리가 흘러나왔다. 메기는 부원들의 반응을 못 본 척하고 구호를 외쳤다.

"힘들겠지만 잘 해내자. 우리가!"

"……이긴다!"

이미 온기를 잃은 돈가스떡볶이에 다 같이 덤벼들었다. 하나라도 더 먹기 위해 맛을 느낄 새도 없이 허겁지겁 흡입했다. 욱도 끼어들어 열심히 포크질을 했다. TMT의 말이 사실이라면 럭키분식에서 이렇게 먹을 날도 머지않았다. 스피드가 해체되기 전에 먹을 수 있을 때 열심히 먹어 두자. 식어 버린 떡볶이가 한우 꽃등심만큼 맛났다.

길 양쪽으로 줄지어 서 있는 미루나무들이 긴 가지를 뻗어 초록색 터널을 만들었다. 나무 그늘 아래로 욱과 성수는 나란히 자전거를 몰았다. 체육복 차림으로 성수 뒤에 따라오던 지선이 앞으로 나오며 메기가 미처 얘기하지 않은 부분이 있다고 했다.

"이번 바하전이 끝나면 이사회는 당장 스피드를…… 해체시킬 거래."

'해체'라는 단어를 말하며 지선이 머뭇거렸다. 입 밖으로 내서는 안 될 금기어를 말하는 것처럼 들렸다. 내리막길이라 자전거에 속도가 붙자 욱이 앞서 나갔다. 성수가 목소리를 높였다.

"이번 동아수영대회에도 못 나가는 거야, 재단에서 돈을 안 주니까. 우리는 눈치채고 있었어, 주장이 말하기 전부터."

성수는 학교 이사회가 스피드를 해산시킬 기회만 노리고 있다고 했다. 어른들 일이라는 게 언제나 그렇듯 돈 문제였다. 스피드를 유지하는 데는 돈이 많이 든다. 수영장 물세, 전기료, 유지보수비뿐만 아니라 각종 대회 출전비, 급식비, 감독 사례비 등 밑 빠진 독이 따로 없었다. 게다가 바하전에서 연패를 하고 있고 다른 수영대회에서도 이렇다 할 성과를 못 내고 있으니 스피드가 눈엣가시일 수밖에 없다. 욱은 속도를 늦춰 성수와 나란히 달리며 물었다.

"스피드가 해체되면 넌 어떻게 할 거야?"

"다른 학교로 전학 가겠지, 수영부가 있는. 대학 갈 거니까, 수영으로."

지선이 둘보다 빠르게 나가더니 다리를 앞으로 쭉 뻗고 고개를 뒤로 젖히며 말했다.

"그렇게 생각하니 너무 슬프다. 스피드를 꼭 지켜야 해."

이번엔 성수가 욱을 바라보며 물었다.

"어때, 넌? 어떨 것 같아, 스피드가 해체되면?"

나야 땡큐지. 아, 하마터면 속마음이 튀어나올 뻔했다. 욱은 짐짓 심각한 표정을 지으며 페달에서 발을 내리고 속도를 줄였다. 그러곤 자기보다 앞서 가는 성수와 지선을 향해 소리를 높였다.

"설마 해체까지 되겠니? 잘될 거야. 걱정 마."

성수와 지선이 뒤를 돌아봤다. 표정이 조금 밝아지는 둘에게 욱은 미안한 마음이 들었다.

## 7

다음 날 오후, 여전히 킥판을 잡고 발을 차는데 멸치 코치가 욱을 불렀다. 영롱이 어떻게 구워삶았는지 멸치 코치는 학교 신문사와 인터뷰를 하라고 지시했다. 그러면서 스피드를 위한 인터뷰라고 덧붙였다.

영롱은 대포 같은 렌즈를 장착한 DSLR 카메라로 부원들의 연습 장면을 분주히 찍었다. 욱은 연습하며 영롱을 힐끗힐끗 바라봤다. 영롱이 골똘히 궁리하며 원하는 그림을 얻으려고 집중하고 있었다.

"박욱! 정신 똑바로 안 차려!"

잠깐 숨을 돌렸을 뿐인데 그 틈을 놓치지 않고 메기가 소리 질렀다. 영롱이 카메라 뷰파인더에서 눈을 떼고 욱을 쳐다봤다. 둘의 눈이 잠깐 마주쳤다.

"길리!"

영롱이 욱을 불렀다. 욱은 고글을 벗고 영롱을 올려다봤다. 슬그머니 킥판을 등 뒤로 감췄다.

"좀 나와 봐. 사진 찍게."

욱은 영롱의 의도를 간파했다. 소문으로 듣던 북실북실한 가슴털을 찍으려는 속셈이다. 길리슈트 어쩌고 하는 우스꽝스런 제목을 붙여서 킥판 사진과 함께 학교 신문에 실겠지.

"나 연습해야 돼. 수영하는 거나 찍어."

생각보다 쌀쌀하게 말이 튀어나왔다. 영롱은 입을 삐죽대더니 느닷없이 카메라를 들었다.

"내가 못 찍을 줄 알고!"

아쉬운 대로 길리슈트 상반신이라도 찍겠다는 거다. 하지만 영롱이 셔터를 누르는 속도보다 욱이 빨랐다. 욱은 참을 수 있는 한 오래오래 잠수했다. 주인 잃은 킥판만 물 위에 둥둥 떠 있었다.

사진은 안 찍혔지만 인터뷰까지 피할 수는 없었다. 욱은 저지로 갈아입고 수영장 입구에서 영롱을 다시 만났다. 둘은 참치 동상 옆 벤치에 나란히 앉았다. 스피드 부원들이 지나가며 둘을 힐끔거렸다. 영롱은 스마트폰 녹음 기능을 켰다.

"우선 인터뷰에 응해 줘서 고마워."

수영장에서 약 올라 하던 모습하고는 딴판이었다. 제법 기자다운 면모가 엿보였다. 성수는 욱에게 할 말이 있다며 자전거를 타고 공터를 휘휘 돌았다. 영롱은 수첩에 미리 적어 온 질문들을 하나씩 물어보았다. 질문은 평범했다. '왜 스피드에 가입했나?' '하루 일과가 어떻게 되나?' '스피드 자랑을 한다면?' 등등. 욱은 대충 대답했다. 어차피 얼마 안 가 스피드는 해체되고 자신은 자유의 몸이 될 테니 모든 게 의미 없다고 생각했다.

성수는 인터뷰가 길어지자 손을 흔들고 먼저 내려갔다. 해가 뉘엿뉘엿 기울며 땅거미가 깔렸다. 바람이 휘이익 불어와 머리 위 나뭇잎들이 출렁였다. 어슬녘 산바람은 서늘했다. 반팔 교복을 입은 영롱이 추운 듯 바르르 떨더니 수첩을 덮었다.

"내 질문은 여기까지야."

욱은 지겹던 차에 잘됐다 싶어서 옆에 세워 놨던 자전거에 훌쩍 올라탔다.

"먼저 간다."

욱은 페달에 체중을 싣고 산 아래 쪽으로 향했다. 수영장 불이 꺼지고 공터는 어둑해졌다. 해가 진 서쪽 하늘에서 먹구름이 몰려오고 있었다. 스산한 바람이 심상치 않았다. 뒤를 돌아보니 영롱은 카메라 장비를 챙기느라 분주했다. 욱은 비가 쏟아지기 전에 집에 도착하려고 서둘렀다.

럭키분식 앞을 지나치는데 빗방울이 떨어졌다. 달이 구름에 가려 어둠이 빠르게 내려앉았다. 장비 가방을 들고 끙끙대며 빗속을 혼자 내려올 영롱이 떠올랐다.

"에이, 씨."

욱은 유턴을 했다. 안장에서 엉덩이를 치켜들고 힘껏 페달을 밟았다. 가파른 길을 다시 오르는데 맞바람이 세차게 불어 속도를 내기 힘들었다. 제법 굵어진 빗방울이 얼굴을 때렸다.

공터에 올라서서 두리번거렸지만 아무도 보이지 않았다. 영롱이 도로를 따라 내려왔다면 놓칠 리가 없었다. 욱은 처음 수영장에 올 때 헤맸던 산길을 기억해 냈다. 낮에도 길을 찾기 힘든데 지금은 가로등 하나 없고 비까지 내리고 있었다. 욱은 핸들에서 LED 플래시를 떼어 낸 후 자전거를 아무렇게나 내동댕이치고 동굴처럼 어둑해진 산길을 따라 내려갔다. 경사는 가파르고 앞은 보이지 않았다. 영롱은 산속 어디선가 길을 잃고 헤매고 있을 게 분명해 보였다.

"홍영롱! TMT!"

욱이 목청껏 외쳐도 목소리는 요란한 빗소리에 묻혀 버렸다. 나뭇가지가 자꾸 덤벼서 한 손으로 얼굴을 가리고 주춤주춤 내려갔다. 플래시 불빛을 받아 쏟아지는 빗방울들이 하얗게 빛났다. 욱은 주위를 두리번거렸지만 LED 불빛이 약해 멀리 보지 못했다. 마음이 바빠지면서 서둘러 내려가다 나무뿌리에 발이 걸리며 몸이 기우뚱 앞으로 쏠렸다. 경사를 따라 아래로 뛰어 내려갔다.

"어, 어……."

급히 멈추려다가 균형을 잃고 욱이 데굴데굴 굴렀다.

욱은 숲속에 대자로 뻗고 말았다. 퍼붓는 비를 고스란히 맞으며 땅바닥을 더듬었지만 플래시는 사라지고 없었다. 사위는 더 깜깜해졌다. 욱은 몸을 옆으로 비틀어 간신히 일어나 앉았다. 비에 흠씬 젖은 저지가 진흙 범벅이었다. 옆구리가 욱신댔지만 다행히 다친 데는 없는 것 같았다.

"야!"

귀에 익은 목소리였다. 소리 나는 쪽을 돌아보니 수풀 사이로 스마트폰 불빛이 보였다. 욱은 눈을 한번 비비고 미간을 찡그린 채 다시 봤다. 나무에 기대 있는 영롱이 희미하게 보였다.

"나 좀 도와줘. 못 움직이겠어."

영롱이 울먹였다. 욱은 가까스로 몸을 일으켰다. 비바람이 거세지면서 몇 발자국 움직이는 것도 쉽지 않았다.

영롱은 욱을 보자 왈칵 울음을 터뜨렸다. 서두르다가 발을 헛디뎌 넘어졌다더니 목이 메는지 꺽꺽거렸다. 스마트폰 액정도 깨지고 물을 먹어서 전화도 걸리지 않는다고 했다. 영롱의 동그란 안경에 부옇게 김이 서렸다. 욱은 영롱의 오른쪽 신발과 양말을 차례로 벗겼다.

"아얏!"

발목을 만지자 영롱이 비명을 질렀다. 발목이 불룩 부어올라 있었다. 욱은 저지를 벗어 영롱의 어깨에 덮어 주었다.

둘은 잠시 어둠 속에 숨을 고르며 앉아 있었다. 욱은 영롱의 안경을 벗겨 러닝 밑단으로 닦았다. 빗방울에 다시 젖긴 했지만 희뿌옇던 렌즈는 깨끗해졌다. 욱은 조심스럽게 영롱에게 다시 안경을 씌워 줬다. 영롱은 어깨를 들썩이며 욱이 하는 대로 가만히 있었다. 영롱이 마음의 안정을 되찾은 듯했다.

빗속에서 산을 내려가는 것은 위험해 보였다. 영롱을 부축해서 산 위로 다시 올라가는 수밖에 없었다. 영롱이 제 발로 일어서려다가 풀썩 다시 주저앉는 통에 하마터면 욱까지 덜러덩 나동그라질 뻔했다. 결국 욱이 등을 내밀었고 영롱은 순순히 업혔다. 끙, 소리와 함께 욱이 일어섰다.

"너 왜 이렇게 무겁냐?"

"뭐래? 야! 내려줘. 누가 업어 달랬냐? 나 그냥 여기서 밤새울 거야."

영롱이 욱의 등을 팡팡 때렸다. 욱은 못 들은 척 산길을 다시 되돌아 올랐다. 길이 가파르고 미끄러워 내려올 때보다 몇 배 더 힘들었다. 영롱은 한동안 잠잠히 있더니 슬슬 입에 시동을 걸었다.

"근데…… 나 너한테 물어볼 게 하나 있어."

욱은 대꾸할 여유가 없었다. 벌써부터 다리가 떨리면서 땀이 솟았다.

"너 왜 다시 돌아온 거야? 나 걱정됐구나?"

욱은 영롱이 무슨 말을 하든 말든 그냥 내버려 뒀다. 입을 열 힘도 없었다. 욱의 등에서 김이 피어올랐다.

"보기와 다르게 너 의리 있다. 항상 쌀쌀맞기만 하더니. 근데 너 등이 엄청 넓다. 수영해서 그런가. 그리고 따뜻해. 수영하는 남자들이 멋지긴 하지. 귀여워. 후후후. 나도 수영을 배워 볼까 생각 중이야. 어떻게 생각해? 나 수영하는 거. 나도 스피드에 들어갈까?"

"……."

"근데 들어가자마자 해체되는 거 아냐? 이사장이 해체시키고 싶어 안달이래. ……근데 너 괜찮니?"

욱은 안 괜찮았다. 비바람과 어둠에 더해 영롱의 쉬지 않는 입 때문에 욱은 정신이 혼미할 지경이었다. 등에서 조금씩 흘러 내려가는 영롱을 중간중간 추어올렸다.

"내가 보기보다 좀 무겁지? 비에 젖어서 그래. 원래는 안 그런데……."

임계점에 다다른 욱은 더 이상 견디지 못했다. 아까부터 참았던 말을 내뱉었다.

"제발…… 말 좀 그만해. 그게 제일 힘들어. 말 좀 그만해. ……제발."

"……."

드디어 TMT의 입이 다물어졌다.

간신히 수영장 공터까지 올라왔다. 욱은 비와 땀으로 속옷까지 함빡 젖어 있었다. 영롱을 자전거 뒤에 태우고 욱은 동문 쪽으로 내려갔다. 장대비가 둘 위로 더 세차게 퍼부었다. 내리막길에 가속도가 붙자 영롱은 욱의 허리를 꽉 껴안았다. 영롱이 물에 빠진 몰티즈처럼 덜덜 떨었다. 앞쪽으로 럭키분식의 간판이 보였다. 우선 비부터 피해야 했다.

욱은 마른 수건으로 머리를 말렸고, 영롱은 얼큰 아저씨가 내준 회색 플리스 재킷 속에 폭 파묻혀 있었다. 얼큰 아저씨가 어묵탕을 냄비 한가득 끓여 내왔다. 따끈한 기운으로 뿌예진 영롱의 안경 너머로 안도하는 눈빛이 떠올랐다. 얼큰 아저씨도 덩달아 행복한 표정을 지었다. 럭키분식에는 언제나처럼 다른 손님이 없었다. 하지만 포근했다. 지붕을 요란스럽게 두드리는 빗소리마저 운치 있게 들렸다.

“야!”

욱은 맞은편에 앉은 쇼트커트의 말 많은 아이를 쳐다봤다. 막 샤워를 마친 것처럼 해사한 얼굴이었다.

“넌 나한테 궁금한 거 없어?”

홍 기자는 이번엔 거꾸로 욱에게 인터뷰를 당하고 싶은 모양이었다. 하지만 욱은 TMT에게 궁금한 게 하나도 없었다. 그렇다고 솔직하게 말하면 안 될 것 같았다. 욱이 당황하며 시선을 돌리자 영롱이 재촉했다.

"쑥스러워 말고 그냥 편하게 물어봐. 나에 대해 알고 싶은 거."

영롱은 두 손으로 어묵탕 그릇을 감싸고 기대에 찬 눈빛으로 욱을 바라봤다. 욱은 얼굴이 달아오르는 것을 느꼈다.

"남자애가 왜 그렇게 숫기가 없니? 끅끅끅."

영롱은 다시 돌고래 울음소리를 내며 웃었다.

"좋아, 그럼 내가 물어볼게. 이건 인터뷰할 때마다 매번 묻는 건데……."

영롱은 어묵탕을 후후 불더니 고개를 들어 욱과 시선을 맞췄다.

"넌 어떤 스타일의 여자가 좋니?"

영롱은 고개를 빼고 욱을 빤히 쳐다봤다. 영롱의 눈빛이 똘망똘망했다. 얼큰 아저씨는 괜스레 얼굴이 발개졌다. 영롱의 뜬금없는 질문에 욱이 피식 웃었다. 영롱이 발끈했다.

"야. 너, 왜 웃어?"

"내가 언제?"

"너 웃었잖아."

"안 웃었는데."

"너 지금도 웃고 있잖아. 칫, 내가 뭐 진짜 궁금해서 묻는 줄 아냐?"

욱은 웃음을 참고 누군가를 머릿속에 떠올렸다.

"음, 우선 키가 좀 컸으면 좋겠어."

키 작은 영롱의 눈이 흔들렸다. 얼큰 아저씨는 동감의 뜻으로 큰 머리를 크게 끄덕였다.

"그리고 쌍꺼풀이 있고 보조개가 있으면 더 좋지."

외꺼풀에 보조개가 없는 영롱의 얼굴이 굳어졌다.

"여자는 보조개지."

눈치라곤 눈곱만큼도 없는 얼큰 아저씨가 추임새를 넣었다.

"무엇보다 난 머리 긴 여자가, 악!"

"아얏!"

두 사람은 거의 동시에 비명을 질렀다. 욱은 정강이를, 영롱은 발목을 부여잡았다. 영롱이 오른발로 욱의 정강이를 냅다 걷어찬 것이다. 자신의 발목이 삐었다는 사실도 깜박 잊은 채. 영롱이 도끼눈을 뜨고 욱을 쏘아봤다. 얼큰 아저씨는 서둘러 주방으로 들어갔다.

## 8

"박욱, 시간 좀 재 보자."

아침 훈련 때 욱의 발차기를 유심히 지켜보던 메기가 제안했다. 욱은 킥판을 들고 호흡을 가다듬었다. 기다렸던 순간이다. 한 달째 킥판만 잡고 있으려니 떨어진 자존심이 수영장 바닥을 뚫을 기세였다. 그러면서 오기가 생겼다.

그만둘 때 그만두더라도 발차기는 떼고 그만둔다.

성수는 괜히 신나서 초시계를 들고 맞은편으로 갔다. 공짜 구경거리를 절대 놓치는 법이 없는 스피드 부원들도 눈을 빛내며 모여들었다.

역시 고수는 다르구나.

욱은 메기의 눈썰미에 적잖이 놀랐다. 요전 날 한 달 가까이 발차기만 하고 있는 욱이 딱했는지 수빈이 지나가면서 한마디 했다.

"통나무처럼 뻣뻣하게 차지 말고 채찍처럼 물을 때려 봐."

욱은 수빈의 말을 몇 번 속으로 되뇐 다음 무릎을 자연스럽게 굽히고 발목을 펴서 채찍질하는 느낌으로 물을 찼다. 발가락 사이로 많은 물거품이 만들어지면서 앞으로 향하는 추진력이 생겼다. 서너 번 발을 찼을 뿐인데 차이점을 확연히 느낄 수 있었다. 그동안 욱은 무릎을 펴는 데 신경을 쓰느라 속도에서 손해를 많이 봤다. 무릎에 힘을 주는 만큼 골반이 흔들리고 몸의 균형이 깨졌다. 유레카! 욱의 머릿속이 환해졌다.

출발선에 서자 건너편에 수빈의 모습이 보였다. 선배는 주먹을 쥐고 '파이팅'을 빌어 줬다.

삑!

호루라기 소리에 맞춰 욱은 힘차게 벽을 밀었다. 욱의 커다란 몸이 물을 헤치고 부드럽게 미끄러졌다. 욱은 서두르지 않고 허벅지부터 다리 전체를 이용해 물을 눌러 준 다음 발등에 물을 실어서 몸 뒤로 밀어냈다. 발목 스냅을 이용해서 발을 찼다. 이어서 부채질을 하듯 찰싹찰싹 물을 때렸다. 몸의 긴장이 풀리면서 하체가 떠올랐고 속도가 붙었다. 그렇게 숨을 한 번도 안 쉬고 50미터를 주파했다.

"39.15!"

성수가 초시계를 번쩍 들고 소리쳤다. 와, 하는 환호성이 들렸다. 욱도 자기 기록에 놀랐다. 연습 한 달 만에 20여 초를 줄였다.

"내일부터 자유형 연습한다."

메기의 말에 욱의 코끝이 찡했다. 성수가 욱에게 다가왔다. 평소 감았는지 떴는지 구분이 안 가던 성수의 단춧구멍 눈이 500원짜리 동전만큼 커져 있었다.

"된 거야, 어떻게. 이렇게 잘 가르친 거야, 내가?"

성수는 스스로의 재능에 놀라며 한껏 우쭐해져서 거들먹거렸다. 성수는 여전히 우주가 자신을 중심으로 돈다고 믿고 있었다. 수빈은 욱이 50미터를 숨 한 번 안 쉬고 발차기를 했다는 게 믿기지 않는 눈치였다. 모두 선배 덕분이에요. 욱은 고개 숙여 수빈에게 인사했다. 메기가 냉랭하게 말했다.

"감격할 거 없다. 이제부터 지옥 훈련 시작이다."

욱은 문득 가슴이 두근거렸다. '시작'이라는 말을 들었을 때 욱은 설레는 자신을 보고 놀랐다. 스피드가 해체될 날만 학수고대했는데 또 다른 욱은 그렇지 않은 것 같았다.

욱은 마음을 다잡았다. 노예 생활 같은 스피드에서 해방될 날도 머지않았다. 욱아, 그날까지만 참자. 욱은 킥판을 구석으로 툭 차 버렸다.

"대단하다, 너. 아무리 잘 가르쳤어도, 내가. 나도 바짝 차려야겠어, 정신."

욱이 샤워를 하는데 성수가 너스레를 떨었다. 샤워실에는 둘뿐이었다. 욱은 어림없는 소리라며 손사래 쳤지만 수력 4년차 선수에게 받는 칭찬이 싫지 않았다.

"어휴, 이 왕재수. 하기는, 겸손한 척……."

성수가 어깨동무를 하더니 욱을 자기 쪽으로 바싹 끌어당겼다. 샤워기 물이 두 사람의 어깨 위로 쏟아졌다.

"메기가 시작하래, 자유형. 가르치란다, 다이빙 스타트랑 플립턴★도."

---

★ 물속에서 공중제비 돌 듯 돌면서 벽면을 발로 차고 앞으로 나가는 턴.

알몸이 맞닿자 욱이 깜짝 놀라 성수를 밀어냈다. 성수는 파울을 범한 축구 선수처럼 두 손을 들고 뒤로 물러났다.

"어, 쏘리."

욱은 자신이 과잉 반응을 했나 싶어 괜히 미안했다. 성수가 욱의 얼굴을 물끄러미 쳐다봤다. 성수의 눈 주위로 고글 자국이 동그랗게 나 있었다. 성수는 머뭇머뭇하더니 어렵게 입을 열었다.

"너…… 혹시 좀 있냐, 돈?"

"돈?"

결국은 돈 빌려 달라는 소리였다. 욱이 샤워기를 잠갔다.

"얼마나?"

"빌려줄 수 있니, 얼마나? 최대한?"

욱은 엄마가 보내 주는 용돈과 할아버지의 낚싯배에서 아르바이트한 돈을 모아 둔 게 조금 있었다.

"근데, 어디에 쓰려고?"

"그게…… 쓸 데가 생겼네, 갑자기. 갚을게, 금방."

성수는 별거 아니라는 듯 얼버무렸다.

"다 긁어모아도 25만 원이야."

"그래……. 빌려줘, 그거라도."

성수의 표정이 급 어두워지더니 돌아섰다. 욱이 성수의 등 뒤에 대고 물었다.

"얼마나 필요한데?"

성수는 고글을 든 한 손을 가로저으며 샤워실을 나갔다.

집에 돌아온 욱은 그간 생각만 해 오던 홈 짐home gym을 옥상에 만들기로 했다. 먼저 집 안에 흩어져 있는 운동기구들을 모으기 시작했다. 지하 창고에 굴러다니던 벤치프레스부터 옥상으로 옮겼다. 말이 벤치프레스지, 커다란 깡통 두 개에 시멘트를 채우고 쇠파이프를 찔러 넣어 만든 역기와 누군가 공사판에서 목재를 얻어다가 직접 만든 것 같은 등받이 벤치였다. 다락에서 바벨과 아령도 몇 개 나왔다. 녹이 많이 슬었지만 사포로 문질러 벗겨 내니 사용하는 데는 문제가 없었다. 예전에 할아버지의 바다낚시 가게 앞마당에 깔았던 왕골 멍석도 찾아내 햇볕에 말린 다음 옥상에 활짝 펼쳤다. 욱은 삐걱거리는 벤치 다리에 지지대를 덧대고 못을 박았다. 벤치에 누워 하늘을 바라봤다. 딱딱하고 투박해서 불편할 줄 알았는데 오히려 등허리가 쫙 펴져 긴장되면서 자세가 잡혔다. 어깨보다 조금 넓게 간격을 두고 시멘트 역기를 들었다. 둔중한 무게감이 그대로 두 팔과 가슴에 전달됐다. 뻐근하면서도 기분 좋은 자극이 왔다. 욱은 퍼뜩 이상한 기분이 들어 서둘러 역기를 내리고 일어나 앉았다.

내가 왜 이렇게 들떠 있는 거지.

욱은 눈을 감고 숨을 깊이 들이마시며 마음속으로 교통정리를 했다.

이건 어디까지나 체력을 키우려고 하는 거다.

욱은 다시 벤치에 누워 역기를 들었다. 역기가 킥판처럼 가벼웠다. 저녁 하늘에 별들이 떠오르고 나서도 한참 동안 웨이트트레이닝을 계속했다.

밤늦게 수학 학원을 빠져나올 때였다. 지선이 학원 친구들과 토스트 가게로 들어가고 있었다. 욱은 지선을 불렀다. 묻고 싶은 게 있었다.

"도치 요즘 제정신이 아냐."

지선은 들릴 듯 말 듯 중얼거렸다. 지선은 어깨에 둘러멘 핑크색 크로스백을 바짝 조이면서 말했다.

"토토에 미쳤어."

"토토?"

"인터넷 불법도박, 토토 말이야."

욱은 쉬는 시간마다 교실 뒤에 모여서 얼마를 땄네, 잃었네 하면서 흥분하던 애들이 떠올랐다. 미국 메이저리그, 한국 프로야구, 유럽 축구 리그에 돈을 걸고 하루 종일 스마트폰만 쳐다보는 애도 있었다.

"처음엔 나도 재미로 몇 번 하다가 말았는데, 도치는 본전 찾겠다고 계속하더라고."

"얼마나 잃었대?"

"정확한 건 말 안 해 줘. 적어도 몇백만 원은 되는 거 같아."

예상보다 큰 액수에 욱은 놀랐다. 토스트 가게에 있던 친구 한 명이 문을 열더니 지선을 불렀다. 욱은 마음이 급해졌다.

"오늘 학원엔 왜 빠졌대?"

"그건 나도 몰라. 어디 돈 빌리러 돌아다니겠지. 미쳤어. 아무리 말려도 듣질 않아."

지선은 우울한 표정으로 인사를 하고 토스트 가게로 들어갔다. 성수의 스마트폰 전원이 꺼져 있었다. 욱은 자전거에 올랐다. 토스트 가게 유리문 너머 지선과 눈이 마주쳤다.

괜찮겠지. 큰일은 아닐 거야.

욱은 마음속으로 말했다.

## 9

"오올~ 박욱, 너 매스컴 탔더라."

아침 연습을 끝내고 교실로 들어가는데 복도에서 국어 쌤을 만났다. 쌤이 욱의 이름을 불러준 건 처음이었다. 쌤은 손에 들고 있던 신문을 흔들었다. 《바다 소리》였다.

"아직 못 봤니? 방금 나와서 따끈따끈해. 우선 이걸로 봐라."

욱은 쌤이 건네준 학교 신문을 받고 엉거주춤 인사했다. 국어 쌤은 난데없이 "박욱, 힘내!" 하고 외치고는 수줍은 듯 서둘러 걸어갔다.

《바다 소리》는 매달 첫째 주에 발행됐다. 학교 신문이 나오면 교내 곳곳에 비치해 놓기도 하고 등교 시간에 학생 기자들이 직접 나눠 주기도 했다. 교실에 들어서니 급우들이 힐끔힐끔 욱을 쳐다봤다. 영롱은 자리에 없었다. 욱은 친구들의 시선을 느끼며 《바다 소리》를 펼쳤다. 12페이지에서 두 면이 스피드에 대한 특집 기사였는데, 그중에서도 4분의 1이 욱의 인터뷰에 할애됐다. 예상보다 훨씬 많은 분량이었다. 하지만 기사 제목을 보는 순간 욱은 불길한 예감이 들었다.

**박두하 vs 박욱**

**"아버지의 꿈을 내가 이룰게요!"**

아, 이 유치한 제목은 뭔가. 욱은 온몸의 털이 쭈뼛 서는 것 같았다. 제목 아래로 짜깁기한 부자의 얼굴이 보였다. 경기를 막 끝내고 포효하는 아버지와 킥판을 잡은 채 숨을 내뱉고 있는 욱이 눈싸움하듯 마주 보고 있었다. 마치 숙명의 라이벌이 벌이는 권투경기 포스터 같았다. 오래전 일이라 구하기도 쉽지 않았을 텐데, 영롱은 용케 아버지의 사진을 찾아냈다.

욱의 인터뷰 내용은 신문 기사 앞부분과 마지막에 나왔고 중간에는 아버지의 이야기가 실려 있었다. 1990년부터 2년 반 동안 전국 대회에서 거둔 금메달 수와 그가 세운 한국 신기록들이 소개되면서 '박두하 선수가 세웠던 100미터 자유형 기록이 아직도 깨지지 않았다'고 전했다. 그렇게 자랑스런 바다고 선배라고 두하를 치켜세운 뒤 도핑 사건의 경위에 대해서도 자세히 설명했다.

욱은 기사에서 시선을 돌렸다. 날카로운 칼에 스윽 베인 것처럼 마음이 아렸다. 영롱은 왜 아무도 기억하지 않는 아버지의 이야기를 일부러 끄집어내어 시시콜콜 밝혀야 했을까. 한 사람을 나락으로 떨어뜨렸던 불행한 사건을 왜 이렇게 한낱 흥밋거리로 소비하는 걸까. 욱은 화가 치밀었다.

"욱아, 욱하지 마라. 너만 손해다."

어디선가 할아버지가 말하는 것 같았다. 욱이 흥분을 가라앉히려고 교실을 빠져나가는데 영롱과 정면으로 맞닥뜨렸다. 교문에서 신문을 나눠 주고 들어오던 길이었는지 영롱의 한쪽 팔엔《바다 소리》 한 뭉치가 들려 있었다. 영롱은 지난번 폭우 사건 이후 부쩍 욱에게 친한 척을 했다. 욱은 타이밍이 안 좋다고 느꼈다. 하지만 영롱의 얼굴을 보자 참았던 '욱'이 터져 나왔다.

"너 기레기냐?"

"……뭐?"

영롱은 안경을 올려 썼다. 외꺼풀 눈매가 위로 올라갔다.

"너 뭐라고 했니? 방금."

"들었잖아. 너 기레기냐고. 기자 쓰레기냐고!"

목소리가 크고 굵게 툭 튀어나왔다. 순간 교실 안이 조용해지면서 친구들이 돌아봤다. 영롱은 입을 앙다물더니 욱을 올려다보며 말했다.

"너, 무슨 말을 그렇게 해? 아무리 기사가 마음에 안 들었다고 해도……."

욱은 영롱의 팔에 있는 《바다 소리》를 거칠게 빼앗아 머리 위로 번쩍 들었다.

"아앗!"

영롱이 비명과 함께 비틀댔다. 욱은 학교 신문을 바닥에 있는 힘껏 내동댕이쳤다. 빠억! 투박한 소리와 함께 교실 바닥에 《바다 소리》가 여기저기 뿌려졌다.

"네가 원하는 게 이런 쓰레기 가십이냐?"

욱은 바닥에 깔린 학교 신문을 발로 뭉개면서 소리 질렀다.

“남의 불행이 재미있다고 네 멋대로 써 갈겨도 되는 거야? 그러고도 네가 기자야?”

영롱의 눈에 그렁그렁 눈물이 차올랐다.

“너무해!”

영롱이 교실을 뛰쳐나갔다. 한 친구가 영롱을 부르며 뒤따라갔다. 욱은 비틀비틀 자기 자리로 돌아왔다. 맥박이 빨라지고 목이 멨다. 수런수런 이야기하는 소리가 들렸다. 톡 알림 소리가 여기저기서 들렸다. 누군가 방금 벌어졌던 일을 동영상으로 찍었고 SNS로 퍼 나르고 있는 거다. 욱은《바다 소리》인터뷰 기사 때문이 아니라 TMT를 울린 남자로 하루아침에 학교에서 유명 인사가 됐다.

조회 종이 울렸다. 청소 당번이 서둘러 바닥에 흐트러져 있는 신문들을 모아 쓰레기통에 버렸다. 곧이어 담임 쌤이 들어와 한참 동안 무언가를 열심히 설명했다. 욱은 아무 소리도 듣지 못했다.

1교시가 시작됐다. 욱은 조용히 심호흡을 반복했다. 책상 위에 있던《바다 소리》를 구겨 서랍에 넣으려는데 미처 못 읽었던 기사의 나머지 부분이 눈에 들어왔다.

**소변에서 암페타민 성분이 검출됐지만 박두하 선수는 처음 부터 금지약물인지 몰랐다고 진술했다. 하지만 수영 연맹은 박두하 선수에게 3년 자격정지 징계를 내렸다. 도핑에 관한 진실은 아직까지 밝혀지지 않았다.**

기사 아래에 사진 한 장이 더 있었다. 욱은 구겨진 신문을 책상 아래로 펼쳤다. '스피드의 전성시대'라는 제목으로 전국체전을 끝내고 찍은 단체 사진이 실려 있었다. 다락에서 본 사진이었다. 스무 명 가까이 되는 스피드 부원들이 아주리색 저지를 입고 활짝 웃고 있었다. 아버지는 메달을 세 개나 목에 건 채 옆 친구와 어깨동무를 했다. 친구 역시 메달을 걸고 있었다. 맨 뒷줄 바깥쪽에서 있는 남자가 인상적이었다. 바짝 마른 체형에 검은 베레모, 선글라스를 쓴 남자는 당시 스피드의 코치 같았다. 결과가 불만스러웠던 걸까. 선글라스 코치만 웃고 있지 않았다. 욱은 오랫동안 사진을 들여다봤다.

옥탑방에 돌아오자마자 욱은 다락으로 연결된 문을 열었다. 벽을 더듬어 스위치를 켰다. 백열등이 몇 번 껌벅이더니 불이 들어왔다. 다락 한쪽에 놓인 상자가 어슴푸레 드러났다. 낮은 천장 탓에 욱은 엉거주춤 쪼그려 앉아 상자 속에 흐트러져 있는 신문 기사들을 하나씩 읽어 내려갔다. 욱의 짙은 눈썹 사이로 세로 주름이 잡혔다.

박두하는 날개 잃은 이카루스처럼 추락했다. 높이 올라간 만큼 떨어지는 속도는 빨랐고 충격은 컸다. 고3 때 바르셀로나 올림픽을 앞두고 도핑 검사를 받았다. 보통 도핑 검사는 선수들을 상대로 사전 예고 없이 무작위로 실시되는데, 박두하의 소변에서 금지약물인 암페타민 성분이 검출됐다. 암페타민은 신경 말단에서 도파민, 아드레날린의 분비를 촉진시켜 단기간에 기록을 향상시키는 약물이라고 했다. 효과가 확실한 만큼 부작용도 커서 사망에 이른 경우도 여러 번 있었다고 전했다.

박두하는 동네 병원에서 영양제를 맞았을 뿐이라고 결백을 주장했다. 조사 결과, 담당 의사도 금지약물인지 모르고 처방했다고 답했다. 하지만 수영 연맹은 모르고 맞았다고 해서 면죄되지 않는다고 확실히 선을 그었다. 선수라면 당연히 금지약물이 포함됐는지 미리 점검했어야 한다는 논리였다. 세계 스포츠계에서도 도핑에 대해서는 무관용 원칙을 적용한다고 전했다. 두하는 억울하다며 선처를 호소했지만 자격정지 3년을 선고받았다. 도핑 테스트 직전 대통령 배 수영대회에서 받았던 금메달 세 개를 몰수당했다. 두하의 선수 생명은 거기서 멈췄다. 수영 연맹의 결정에 대해 많은 논란이 있었다. 너무 가혹하다는 여론도 있었지만 박두하가 거짓말을 했다고 믿는 사람들도 많았다. 동일한 약물 성분이 다른 스피드 부원에게서도 검출됐기 때문이다. 메달에 눈이 먼 선수들이 조직적으로 저지른 범죄라는 소문도 돌았다.

백열등이 다시 껌벅였다. 전구 속 필라멘트가 부르르 떨렸다. 욱은 상자를 뒤져 자주색 가죽 노트를 꺼냈다. 두하의 수영 일기였다.

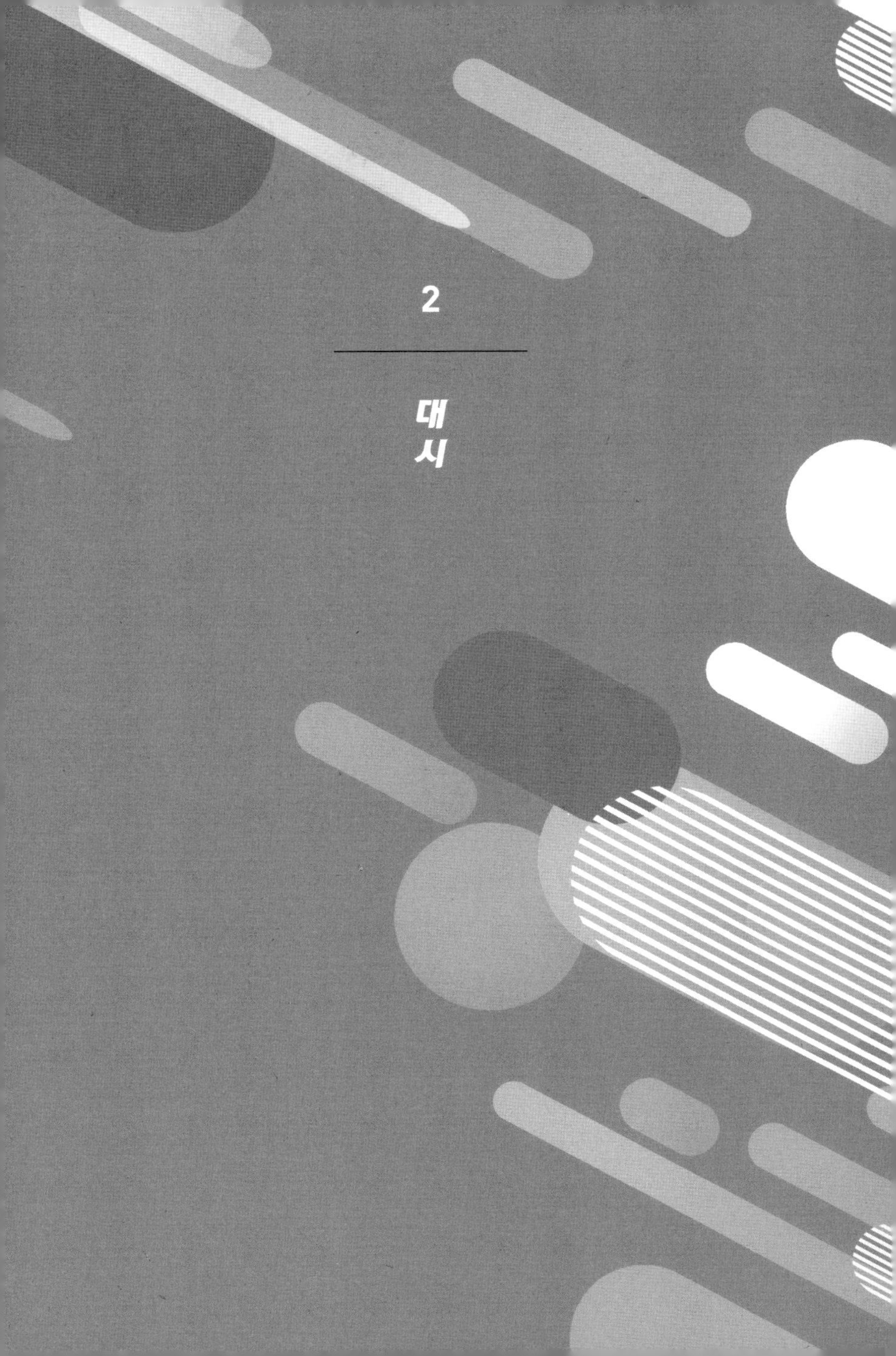

# 2

# 대시

## 10

아침에는 자유형을 연습하고 오후에는 플립턴을 배웠다. 성수는 여전히 걱정이 가득한 표정이었다. 욱은 성수가 말하기 전까지 인터넷 도박에 대해서는 모르는 척하기로 했다. 성수는 심란한 마음을 숨긴 채 플립턴을 설명하더니 시범을 보여 주었다. '앞구르기를 하듯 돌고 배꼽을 본다.' 이론은 쉬웠지만 실제로 해 보니 도무지 감이 잡히지 않았다. 앞으로 돌려고 하면 엉덩이가 바닥까지 가라앉고 발이 벽에 닿지 않아 허둥거렸다. 돌 때마다 코로 물이 들어와 머리가 띵하면서 수영장 물을 원 없이 들이켰다. 욱은 오기가 생겨 될 때까지 한다는 생각으로 다시 한번 플립턴을 했다. 이번엔 너무 벽에 다가선 채 턴을 해서 발뒤꿈치를 데크의 타일에 꽝 찧고 말았다. 온몸에 전기가 찌릿 오르면서 눈물이 찔끔

나왔다. 소리도 못 내고 뒤꿈치를 움켜잡고 주무르고 있는데, 수영장 입구에서 소란스러운 소리가 들렸다.

바다고 교복을 입은 남학생들과 다른 학교 여학생들이 반대편에 서 있었다. 남자 여덟에 여자 셋. 남자들 중 몇몇은 낯이 익었다. 학교 쓰레기장 옆에서 담배를 피우며 후배들의 돈을 뜯던 애들이었다. 머리를 삭발한 남자가 뭐라고 지시를 내리자 나머지 남자들이 악을 쓰며 야구방망이와 PVC 파이프를 휘둘렀다. 수영장 한쪽에 쌓아 두었던 킥판들이 와르르 쏟아졌다.

"엄마얏!"

스피드 여자 부원들이 비명을 질렀다.

"오, 쫄빵이들 섹시한데!"

우두머리로 보이는 삭발남이 여자 부원들을 놀렸다. 짧게 줄인 교복 스커트 아래로 레깅스를 입은 여자애들이 킥킥거렸다. 그들은 누군가를 찾는 듯 여기저기 둘러보았다. 성수가 욱 뒤에 숨어 속삭였다.

"욱아. 숨겨 줘, 나 좀."

성수의 목소리가 떨리고 있었다. 욱은 놈들이 성수를 찾고 있다는 걸 깨달았다. 삭발남이 소리를 지르며 오리발을 집더니 물 위로 던지며 소리쳤다.

"도치! 나와, 새꺄!"

메기 주장이 그들을 막아섰다.

"너희들 뭐냐?"

"너 말고 도치 새끼 어디 있어? 그 새끼 내놔."

이번엔 야구방망이를 든 남자가 소리 질렀다. 스키니 스타일의 꽉 붙는 바지를 입고 있어서 쪼그려 앉기만 해도 엉덩이가 터질 것 같았다. 하늘색 명찰, 3학년이었다. 메기와 스키니가 바짝 붙어서 서로를 노려봤다. 주장이 차분하게 말했다.

"수영장에서는 신발 벗어라."

스키니가 어이없다는 듯 피식 웃으며 말했다.

"븅신, 뭐라는 거야. 애들 앞에서 개쪽당하기 싫으면 메기 면상 치워라."

"신발 벗어라. 아니면 나가라."

"씨발 존나 조잘거리네. 그렇게 못 하겠다. 븅신아!"

스키니가 갑자기 야구방망이를 휘둘렀다. 메기는 상체를 뒤로 젖혀 간신히 피했다. 스키니가 휘청하더니 가까스로 균형을 잡고는 무안했는지 수영장에 침을 뱉었다. 스피드 남자 부원들이 나서려고 하자 메기가 손을 들어 제지했다. 그러고는 버럭 소리를 질렀다.

"방성수, 이리 나왓!"

성수가 그제야 풀 밖으로 쭈뼛쭈뼛 나갔다. 욱이 바짝 뒤를 따랐다. 메기가 엄중하게 말했다.

"방성수, 설명해 봐."

성수가 머뭇거리자 스키니가 소리를 질렀다.

"지랄, 설명은 무슨. 도치, 돈 없으면 몸으로라도 때워야지. 씨방새야."

성수는 공포에 떨며 메기 옆으로 피했다. 스키니가 갑자기 튀어나와 성수의 머리채를 잡아챘다.

"이리 와, 씨방새야. 오늘 너 제삿날이야."

성수는 속수무책으로 스키니에게 끌려 다녔다. 그때 누군가 스키니의 팔목을 거칠게 움켜쥐었다. 털이 북실북실한 손이었다. 욱은 송충이 눈썹에 힘을 잔뜩 주고 윽박질렀다.

"놔 줘!"

스키니의 눈이 번뜩였다.

"넌 또 뭐냐? 털보 새끼."

욱이 손에 더 꾹 힘을 주었다. 손톱이 스키니의 팔목을 파고들었다. 스키니가 얼굴을 찌푸렸다. 욱은 메기가 한 말을 반복했다.

"그리고 신발 벗어."

"병신, 가지가지 한다. 너 그 새끼구나. 학교 신문에 나왔던."

욱은 성수의 머리채를 잡고 있는 스키니의 팔목을 비틀어 떼어내려 했다. 하지만 스키니의 힘도 만만치 않았다. 스키니가 코웃음을 쳤다.

“지랄한다. 약쟁이 아들 새끼!”

“으아악!”

느닷없이 욱이 고함을 질렀다. 그러곤 해머질하듯 스키니의 얼굴에 머리를 내리찍었다. 우직. 뭔가 뭉개지는 소리가 났다. 성수가 풀려났고 불시에 기습을 당한 스키니는 얼굴을 감싸 쥐고 뒷걸음질 쳤다.

“…… 씨발. 약쟁이 아들 새끼 뭐야?”

스키니의 손가락 사이로 피가 뚝뚝 수영장 바닥에 떨어졌다. 욱은 벌겋게 달아올라 악을 썼다.

“약쟁이 아니거든!”

“이 새끼가 미쳤구나.”

스키니가 날린 미들킥이 욱의 옆구리에 제대로 꽂혔다. 둔중한 소리가 나더니 이어서 통증이 들이닥쳤다. 신음을 낼 수도 없을 만큼 숨이 막혀 욱은 옆으로 나뒹굴었다.

“길리!”

옆에 있던 수빈이 욱을 감싸 안았다. 메기가 뒤에서 달려들어 스키니의 목을 조이고 팔을 꺾었다. 우두둑! 관절 꺾이는 소리가 수영장에 울려 퍼졌다.

“씨발, 다 엎어!”

삭발남이 소리를 지르자 남자, 여자 할 것 없이 소리를 지르며 달려들었다. 교복 입은 무뢰한들과 수영복만 입은 부원들이 일대일로 서로 엉겨 붙으며 수영장은 난장판이 됐다. 성수는 바닥에 웅크린 채 투블록 머리의 뚱보에게 옆구리며 얼굴이며 난타를 당하고 있었다.

"그만 때려엇!"

지선이 달려들어 뚱보의 허리를 잡았다. 당황한 뚱보가 지선의 등을 주먹과 팔꿈치로 내려찍었다. 지선은 "엄마아아아!" 소리 지르며 뚱보를 앞으로 밀어붙였다. 지선은 여 장사였다.

"어어어?"

뚱보가 속절없이 뒷걸음질 쳤다.

풍덩!

뚱보와 지선이가 풀에 빠졌다. 뚱보가 허우적거렸다. 바다고 수영장은 1.3미터 깊이로 시작해 점점 깊어지면서 2미터로 끝난다. 스키니와 뒤엉켜 있던 메기가 소리를 질렀다.

"다 물에 빠뜨려!"

메기의 지시에 따라 스피드 부원들은 불청객들을 하나씩 부둥켜안고 풀 안으로 뛰어들기 시작했다.

욱은 수빈의 부축을 받고 비틀거리며 일어났다. 스키니와 메기는 두 손을 위로 올려 맞잡고 있었다. 힘을 겨루는 것 같기도 하고 음악에 맞춰 왈츠를 추는 것 같기도 했다. 욱은 이미 급발진한 상태였다. 부글부글 끓고 있던 마그마가 굉음과 함께 수영장 천장을 뚫고 설악산 높이까지 뿜어져 나오는 것 같았다. 욱은 투우장의 성난 황소처럼 전속력으로 달려가 스키니 옆구리를 머리로 받아 버렸다. 빼억! 소리와 함께 스키니가 옆으로 나동그라졌다. 욱은 스키니를 타고 앉아 귀에 대고 악을 썼다.

"약쟁이 아니라고!"

그러고는 스키니의 발을 잡고 기어코 신발을 하나씩 벗겨 냈다. 이어서 욱은 스키니의 허리를 잡고 번쩍 들어서 풀 속으로 던져 버렸다. 스키니는 물속 깊이 들어갔다가 한참 만에 물 위로 허우적거리며 나왔다.

"사, 살려 줘. 나 수영 못해."

물속은 이미 아수라장이었다. 남자 여자 할 것 없이 계속 물을 먹으며 자맥질을 하거나 여름철 매미처럼 레인 줄에 매달려 있었다. 패거리 애들이 헤엄쳐서 수영장 밖으로 나오려고 하면 밖에서 기다리던 여자 부원들이 오리발로 얼굴을 철퍼덕 휘갈겨 다시 물속으로 빠뜨렸다. 삭발남만 어찌할 줄 모르고 수영장 데크에 엉거주춤 서 있었다.

"좀 도와줘!"

지선이가 SOS를 쳤다. 같이 물에 빠졌던 뚱보가 자기 살겠다고 지선을 짓누른 채 물 위로 얼굴을 내밀고 있었다. 욱이 출발대에 올랐다. 성수에게 배운 것을 복습할 시간이었다. 허리를 굽히고 두 손으로 출발대를 잡았다. 곧이어 30도 전방으로 뛰어올랐다. 최고점에 도달했을 때 하체를 들어 올리고 45도의 각도로 손끝부터 입수했다. 깔끔한 스타트였다. 이어서 네 번의 스트로크 만에 뚱보 앞으로 왔다. 욱은 서두르지 않고 거리를 확보했다. 계속 실패했던 플립턴을 연습할 차례였다. 욱은 앞구르기 하듯이 고개를 숙이고 배꼽을 바라봤다. 몸을 'ㄷ'자로 만든 다음 무릎을 굽혀 앞으로 돌았다. 빡! 뒤꿈치로 뚱보의 정수리를 정확히 가격했다. 이어서 두 발로 뚱보의 얼굴을 박차고 앞으로 나갔다. 플립턴 완벽 성공. 첫 성공이었다. 이렇게 하는 거구나. 이제야 감이 왔다. 뚱보는 정신을 잃고 큰대자로 뻗었다. 간신히 풀려난 지선을 성수가 데크 위로 끌고 올라왔다. 욱은 잠영으로 뚱보에게 다가가 운동화를 마저 벗겼다. 이어서 둔중한 몸뚱어리를 끌어 올려 빨랫줄에 이불 널듯이 레인 줄에 뚱보를 걸쳤다. 욱은 운동화를 물 밖으로 던지면서 고함쳤다.

"이 새끼들아, 신발 벗어!"

수영장에 욱의 목소리가 쩌렁쩌렁 울렸다. 풀에 빠진 채 레인 줄을 붙잡고 있던 불청객들이 하나둘 신발을 벗더니 물 밖으로 던졌다.

"빡빡이 너도 벗어!"

"저 변태 새끼가 미쳤나."

삭발남은 욕지거리를 퍼부었지만 슬그머니 주저앉더니 끈을 풀고 운동화를 벗었다.

출입문이 벌컥 열리고 경찰과 관리 아저씨가 들이닥쳤다. 경찰들 뒤로 멀치 코치와 학생부장이 보였다. 학생부장은 앞에 펼쳐진 광경에 입을 다물지 못했다.

한 무리의 남녀 학생들이 교복을 입은 채 물속에서 오들오들 떨고 있었고 수영장 밖으로 탈출을 시도하는 몇몇은 오리발로 얻어맞고 있었다. 수영장 데크 위로 어지럽게 흩어져 있는 신발들이 보였다.

수영장 사건의 파장은 컸다. 마침 학교폭력 단속 기간이라 현장에 있던 학생들 모두 경찰서로 연행됐다. 사건을 맡은 조사관은 피해자와 가해자가 애매하고 서로 합의를 봤다면서 훈방 조치로 마무리 지었다. 하지만 한 지역신문사가 이번 사건을 취재해서 사회면 톱으로 보도했다. 기사엔 '단독'이란 머리말이 달렸다.

**[단독] 고교 수영장에서 집단 패싸움**

거창한 제목 아래로 경찰서에서 조사받는 학생들의 사진이 실렸다. 속초 B고등학교라며 이니셜로 보도됐지만 속초에 B로 시작하는 학교는 바다고밖에 없었다. 특히 수영장에 들이닥친 학생들이 속초 지역 일진들이 모여 만든 불량서클 S패밀리라는 게 알려지면서 고등학생 도박에 관련된 기획 기사가 일주일 동안 시리즈로 엮여 나갔다.

S패밀리는 학생들에게 인터넷 도박을 소개하고 빚을 지게 만든 다음 돈놀이를 했다. 돈이 급한 아이들은 높은 이자에도 불구하고 S패밀리에게 손을 내밀었다. 이자는 일주일에 50퍼센트, 아무리 갚아도 갚을 수 없는 이자였다. 돈을 못 갚으면 몸으로 때워야 했다. S패밀리가 시키는 대로 시내 술집에서 일하거나 후배들에게 돈을 빼앗아 빚을 까 나갔다. 피해 학생의 사례라며 성수 이야기가 자세히 실렸다. 속초 B고교 수영부 소속 1학년 B학생은 인터넷 불법도박을 호기심으로 시작했지만 결국 300여만 원의 빚을 지게 됐다고 소개했다. 스피드 1학년 중 B로 시작하는 이름은 방성수밖에 없었다.

바다고는 학폭위(학교폭력대책심의위원회)를 소집하고 징계 절차를 신속히 마무리 지었다. 이번 사건의 원인이 된 성수에게는 등교정지 20일을, 그리고 욱은 폭력을 썼다는 이유로 등교정지 10일의 징계를 받았다. 나머지 스피드 부원들에겐 교내 봉사 5일, 수영장으로 난입한 S패밀리들에겐 등교정지 한 달의 조치가 내려졌다.

## 11

"징계를 방학으로 주고, 좋은 학교네."

할아버지는 재미있다는 듯이 욱을 보고 싱글싱글 웃었다. 욱은 등교정지 기간 동안 할아버지 배낚시 일을 돕기로 했다. 할아버지는 배로 30분 정도 거리의 바다로 나가 자기만 아는 명당에 닻을 내렸다. 욱은 손님들에게 낚싯대를 나눠 주고 미끼 끼는 법을 알려 줬다. 할아버지 옆에서 어깨너머로 배우다 보니 욱도 수준급 강태공이 됐다. 서울에서 왔다는 게임 회사 직원들은 신이 나서 자리를 잡고 낚싯대를 드리웠다. 파도는 잔잔하고 바닷바람이 선들선들 불어와 낚시하기에 좋은 날이었다.

지난주 학폭위에서 할아버지는 꼬장꼬장 따졌다.

"친구가 깡패 놈들에게 얻어맞고 있는데 보고만 있으라는 게 말이 돼? 오히려 우리 애는 상을 받아야 해. 불한당 행패에 당당하게 맞섰잖아. 징계는 너희 선생들이 받아야지. 그런 깡패 놈들을 못 본 척 방관하며 직무를 유기해 온 너희 선생들이!"

갈매기 떼가 낚싯배를 따라오고 있었다. 할아버지는 뱃머리에 있는 욱에게 다가와서 말했다.

"살다 보면 생각지도 못한 일이 항상 일어나더라."

할아버지는 마도로스 모자를 벗더니 하얗게 센 머리카락을 정수리 쪽으로 모으며 말했다.

"그래서 사는 게 재밌는 거야."

욱은 사는 게 재미없었다. 이 세상이 너무 크게만 보였고 하루하루가 버거웠다. 사춘기 때문인지 호르몬 때문인지 모르겠지만 하루빨리 이 질풍노도의 시기를 벗어나고만 싶었다.

"할배, 나는 어떻게 해야 할지 모르겠어."

할아버지는 모자 테두리를 매만지더니 뒤에서부터 눌러쓰며 말했다.

"인생은 여행과 같다고 하잖아. 살아 보니 그 말이 맞는 거 같아. 여행은 어딘가에 도착하려고 떠나는 게 아니야. 어딘가에 도착하는 순간 여행은 끝나 버리거든. 여행의 참맛은 어딘가로 가는 여정에 있어."

욱은 먼 바다를 바라봤다. 구름과 수평선이 한데 어우러져 구분이 잘 안 됐다.

"손자, 여행을 하다 보면 계획에 없던 일들이 항상 벌어지게 돼 있어. 버스를 놓치기도 하고 돈을 잃어버리기도 하지. 그러다가 운 좋으면 공짜 밥을 얻어먹거나 잠자리를 제공받기도 하고. 좋은 친구를 만날 수도, 사기꾼을 만날 수도 있어. 길을 잃고 헤매다가 기가 막힌 장관을 보기도 하지……. 그래서 여행을 각본 없는 드라마라고 하잖아."

할아버지는 낚시 삼매경에 빠져 있는 손님들을 한번 돌아보더니 다시 말을 이었다.

"집 떠나면 고생이라지만, 우린 매번 여행을 떠나잖아. 왜? 고생이 즐거우니까. 고생이 유익하니까. 고생하면서 생각이 바뀌고 그러면서 나를 알게 되고 세상을 이해하게 되지. 그게 인생을 잘 사는 법이야."

욱은 할아버지의 말을 조금은 이해할 수 있을 것 같았다. 목적지에 도착하는 게 여행의 목표가 아니다. 목적지로 가는 도중에 이런 일, 저런 일을 겪는 것이 바로 여행의 의미다. 욱에게 고생은 고생일 뿐 즐겁지 않았다. 그래도 지금 이 고생이 유익하다면 그렇게 억울하기만 한 일은 아니라고 생각했다. 젊어서 고생은 사서도 한다고 하니까. 할아버지는 옛 동료에게 들었다면서 출항할 때마다 이렇게 말하곤 했다.

"배는 항구에 있을 때가 가장 안전해. 하지만 배를 만든 이유는 그게 아니지."

갑판 위로 흥겨운 올드 팝송이 흘러나왔다. 어느새 조정실에 들어간 할아버지가 자신의 애창곡을 틀었다.

우와, 탄성 소리가 들렸다. 한 여사원이 자기 얼굴보다 큰 물고기를 끌어 올렸다. 배에 노란 줄이 선명하게 나 있는 참가자미가 허공에서 펄떡펄떡 몸부림쳤다. 그 힘찬 생명력에 놀라서 다들 허둥지둥하는데 참가자미가 파다닥 낚싯바늘에서 빠져나와 공중으로 휘잉 날더니 바닷속으로 풍덩 들어갔다.

"아아……."

손님들이 탄식을 하며 뱃전으로 몰려들었다. 참가자미는 유유히 바닷물 속을 헤엄쳐 멀어졌다. 낚시꾼들은 물고기를 놓쳐 안타까워하면서도 모두 즐거워했다.

성수가 욱의 옥탑방으로 놀러 왔다. 성수의 왼쪽 눈은 아직도 시퍼런 피멍이 빠지지 않았다. 성수의 빚은 부모님이 해결했다. 정확한 액수는 알려지지 않았다. 학폭위에 출석한 성수의 어머니가 선생님들에게 눈물로 선처를 호소했다. 등교정지를 받으면 생활기록부에 기록되고 학교폭력 전력이 있으면 학생부종합전형은 물 건너가게 된다. 자식의 대입에 모든 것을 걸었던 어머니의 상심은 성수의 도박 빚보다 훨씬 컸다.

둘은 나란히 침대에 누웠다. 성수는 한숨을 깊게 내쉬었다.

"왜 이렇게 하드코어냐, 사는 게."

욱은 별로 해 줄 말이 없었다.

"욱아. 말하고 싶었는데, 진작부터……. 고맙다."

"……."

"미안하다, 그리고."

"……미안하긴, 우린 친구잖아."

욱이 '친구'라는 단어에 조금 힘주어 말했다.

천장에는 형광빛을 잃은 별 스티커들이 붙어 있었다. 욱과 성수가 이 세상에 태어나기 훨씬 전에, 아버지가 둘의 나이 즈음에 붙인 별들이다.

"무슨 별자리지, 저건?"

성수의 손가락을 따라가 보니 북두칠성, 카시오페아 사이로 이름 모를 별자리가 있었다. 숫자 6 같기도 하고 알파벳 S를 닮기도 했다.

"나도 처음 보는 거네."

욱은 고개를 갸웃했다.

아버지는 알고 있었겠지. 아버지는 밤마다 천장에서 빛나는 별들을 보며 잠들었을 것이다.

욱은 아버지의 메달들을 꺼내 성수에게 보여 줬다. 성수는 욱의 아버지가 아프리카에서 돌아가셨다는 사실을 어렴풋이 알고 있었다. 그가 한때 국내 최고 선수였고 약물 파동으로 수영을 그만뒀다는 사실은 이번 기사를 통해 알게 됐다고 했다.

"대단하다. 열 개도 넘네."

성수는 보석 감정사처럼 메달을 하나하나 세밀히 살폈다. 올림픽 메달리스트라도 된 듯 금메달을 이로 깨물어 보기도 했다. 아시아수영선수권대회 금메달을 목에 걸고 거울을 쳐다보던 성수가 조심스레 물었다.

"뭘까? 진실은. 도핑 말이야."

뭘까? 진실은. 욱은 마음속으로 성수의 말을 따라 했다.

욱은 수영복을 챙기고 자전거에 올라탔다. 원래 등교정지 기간 동안 맘껏 늦잠을 자고 하루 종일 침대에서 뒹굴뒹굴할 작정이었다. 하지만 아침에 눈을 뜨자 생각이 바뀌었다.

전날 밤 욱은 늦게까지 두하의 일기를 읽었다. 두하는 하루하루 훈련한 내용과 함께 스스로 깨우친 수영 노하우를 자세히 적어 놨다. 발차기, 팔젓기, 스타트, 턴 등 기본기부터 영법까지 그림을 곁들여 세밀하게 기록했다. 잊지 말자고 스스로 되새기는 것도 같았고 미래의 누군가를 위해 정리해 놓은 것도 같았다. 욱은 날이 밝는 대로 두하의 수영법을 테스트해 보고 싶었다.

등교정지 기간에는 학교에 갈 수 없었다. 욱은 속초 종합운동장 수영장으로 향했다.

수영장은 한가했다. 마침 강습 시간이 끝나고 자유 수영 시간이었다. 늦봄과 초여름 사이의 햇살이 유리창을 통해 들어와 실내를 따뜻하게 데웠다. 여덟 개의 레인은 초급자용으로 네 개 그리고 중급자용, 상급자용으로 각각 두 개씩 나뉘어 있었다. 욱은 어느 레인으로 들어갈지 잠깐 망설이다가 대학생 정도로 보이는 여자들이 놀고 있는 상급자 레인으로 뛰어들었다. 여대생들은 갑자기 끼어든 침입자를 돌아봤다. "어머, 쟤 털 좀 봐." "등에도 털이 났어." 자기들끼리 소리 죽여 속닥였지만 욱의 귀에는 다 들렸다. 욱은 발을 높이 들어 물보라를 크게 튀기며 나아갔다.

"엄마얏!"

기함 소리가 뒤에서 들렸다.

박두하의 수영은 독특했다. 한마디로 '고래처럼 헤엄친다.'라는 콘셉트였다. 처음 일기를 읽었을 때 욱은 한동안 벙찐 기분이었다. 어떻게 사람이 고래처럼 수영할 수 있을까. 그리고 이런 반응을 예상이라도 한 듯 두하는 여러 페이지에 걸쳐 자신이 개발한 수영법을 자분자분 풀어냈다.

**고래 수영법은 고래와 사람의 유사점에서부터 시작한다. 고래는 사람과 같은 포유류이다. 온열 동물이며 체내 수정을 하고 알이 아닌 새끼를 낳는다. 젖을 먹여 키우고 폐로 호흡한다.**

두하는 고래가 헤엄치는 방식을 연구해서 수영에 접목시켰다.

**고래는 지느러미가 아닌 몸통을 움직여 물을 헤치고 나간다. 손젓기나 발차기에 의지하면 오히려 물의 저항을 받고 힘만 든다.**

박두하 선수가 고래에 착안한 데는 젊었을 때 포경선을 탔던 할아버지의 영향이 컸던 것 같았다. 욱은 밑져야 본전이란 생각으로 두하를 한번 믿어 보기로 했다. 먼저 욱은 두하의 이론대로 손이나 발보다는 몸 전체의 웨이브를 이용해 전진했다. 처음이라 그런지 빠르게 나가지는 못했지만 물과 하나가 되는 느낌이 들었다. 또한 숨을 쉬지 않고 수영하려고 노력했다. 고래는 물 위로 나와 숨을 쉰 뒤 30분 정도를 호흡 없이 물속에서 지낸다고 한다. 사람도 폐활량을 늘리면 100미터도 무호흡으로 끊을 수 있다. 숨을 쉬더라도 횟수를 최소한으로 줄이면 물의 저항을 덜 받으며 속도를 높일 수 있다. 폐활량만큼은 욱도 자신 있었다. 산을 오르거나 오래 달리기를 할 때 욱은 언제나 선두를 뺏기지 않았다. 노래방에서도 숨 한 번 쉬지 않고 폭풍 랩을 끝까지 불렀다.

욱은 한번 해볼 만하다는 생각이 들었다. 모 아니면 도였다. 터무니없었지만 그래서 더 폭발적일 것 같았다. 단숨에 50미터를 수영했다. 숨은 가빴지만 몇 번이고 더 왕복할 수 있을 것 같았다. 옆 레인으로 옮긴 여대생들은 이미 털북숭이에게 흥미를 잃고 자기들끼리 물장난을 치고 있었다.

수영 일기에 따르면 두하의 하루 연습량은 살인적이었다. 아침 6시부터 9시까지 세 시간, 학과 수업은 2, 3, 4교시만 하고 오후에 다시 체력 단련과 수영을 6시 반까지 했다. 집으로 돌아와서 밥을 먹고 두 시간 더 운동했다. 계산해 보니 하루 열 시간씩 운동한 셈이다. 박두하는 자유형 단거리가 주 종목이었는데 하루 14킬로미터씩 수영했다. 50미터 코스를 140번 왕복한 거리다. 월요일부터 토요일까지, 일요일만 빼고 공휴일도 방학도 없이 연습에 전념했다.

욱은 다시 물속으로 미끄러져 들어갔다. 두하의 속도를 따라갈 수는 없어도 연습량만큼은 똑같이 채우고 싶었다. 메기와 얼큰 아저씨의 '양질 전환의 법칙'이 맞을 수도 있다. 등교정지와 더불어 수영은 이제 끝이라고 생각했는데 오히려 새로운 시작점이 됐다.

## 12

럭키분식에 스피드 부원들이 다시 모였다. 주장이 긴급회의를 소집했다. 징계 중인 욱과 성수는 훈련에서 열외였지만 긴급회의에는 참석하라는 톡을 받았다. 욱이 들어서자 수빈이 미소로 반겼다. 지난번 수영장 폭력 사건 때 스키니에게 맞고 쓰러진 욱을 수빈이 돌봐 주었다. 선배의 따뜻했던 품과 손길이 떠오르자 욱은 서둘러 수빈의 눈길을 피했다.

스피드는 이번 폭력 사건으로 문제아들이 모인 불량 운동부로 지역 신문에 보도됐고 부원들은 중징계를 받았다. 겉으로는 모두 침울해 보였다. 하지만 속마음은 반대였다. 공공의 적 앞에서 물러서지 않고 하나로 뭉쳐 싸운 경험이 부원들에게 끼친 영향은 컸다. 스피드에 대한 소속감과 자부심이 부원들의 마음을 채웠다. 동료를 향한 굳건한 믿음과 헌신을 부원들의 눈빛에서 읽을 수 있었다. 실력을 길러 스피드의 옛 영화를 재현하자는 암묵적인 목표에 부원 모두가 동의했고 훈련에 집중했다.

문이 열리고 감독과 코치가 나타났다. 부원들이 일사분란하게 일어나 인사했다.

"뭐가 죄송해?"

폭력 사건이 있은 다음 날 물의를 일으켜 죄송하다고 욱이 사죄하자 감독은 뜻밖이라는 표정으로 반문했다.

"너는 당연히 할 일을 했어. 친구가 맞고 있는데 보고만 있는 스피드라면 난 절대 감독을 맡지 않는다."

욱은 감독에게 어물쩍 고개를 숙였다. 등교정지를 받으면서 학교에서 자기만 내쳐진 것 같아 울적했는데 전적으로 욱의 편을 들어준 감독이 고마웠다.

"욱아!"

감독이 돌아서는 욱을 불렀다. 그러더니 덥석 욱의 손을 잡았다.

"박두하 선수의 아들이더구나. 아버지의 못다 이룬 꿈을 네가 꼭 이뤄라."

욱은 엉겁결에 그러겠다고 답했다. 감독은 털이 무성한 욱의 손을 토닥였다.

얼큰 아저씨는 야심차게 새 메뉴를 개발했다면서 '깻순떡'을 내왔다. 비주얼은 아저씨 말만큼 새롭지 않았다. 그냥 떡볶이에 깻잎과 순대를 넣고 버무렸을 뿐이다. 하지만 훈련에 지친 부원들 눈에는 진수성찬이 따로 없었다. 모두 포크를 들고 달려드는 순간 메기가 손바닥을 짝! 마주쳤다.

"먹기 전에 긴급히 논의할 게 있다."

부원들은 깊은 한숨과 함께 뻗었던 팔을 거둬들였다. 얼큰 아저씨는 이번에도 가장 맛있을 때 깻순떡을 못 먹인다는 안타까움에 메기를 노려봤다. 욱은 얼큰 아저씨가 했던 말을 떠올렸다. 그는 스피드 부원들하고는 모두 친한데 메기와는 왠지 어색하다고 고백했었다.

멸치 코치가 A4 크기의 종이를 들고 일어섰다.

"우리 학교 이사회에서 사무 연락을 보내왔다."

욱은 가슴이 덜컹 내려앉았다. 설마…… 올 것이 드디어 온 것인가. 감독은 팔짱을 낀 채 두 눈을 감고 있었다. 멸치 코치는 사무 연락을 비장하게 읽어 내려갔다.

"학교법인 바다학원 이사회는 바다고 수영부 스피드에 대한 지원을 이번 학기까지만 유지하기로 결정했습니다."

여기저기서 낮은 탄식이 터져 나왔다.

"그동안 스피드 운영에 재정적인 부담이 상당했고 이번에 발생한 불미스러운 사건으로 학교의 명예가 심각하게 실추된바 상기와 같이 결정했음을 알려 드립니다."

모두 아무 말도 하지 않았다. 스피드의 영광을 되살리겠다는 목표도 잠시 피어올랐다 사라지는 아침 안개처럼 부질없어 보였다. 성수는 고개를 떨군 채 조용히 식어 가는 깻순떡만 바라봤다. 욱은 '이것으로 모든 게 끝났구나.' 하고 생각했다. 앞으론 꼭두새벽부터 일어날 일도 없고 집으로 돌아와 천근만근인 몸으로 옥상에서 역기를 들 필요도 없어졌다. 토요일에는 한낮까지 늘어지게 늦잠을 잘 수도 있고 연습이 없는 일요일에는 죄책감 없이 마음 편히 놀 수 있게 됐다.

멸치 코치는 종이를 접으면서 무겁게 말했다.

"스피드 훈련은 여름방학 전까지만 한다. 그 후론……."

코치는 잠시 쉬었다가 힘들게 다음 말을 이었다.

"그 후론…… 스피드 해체다."

'해체'란 단어가 럭키분식 안에 울려 퍼졌다. 스피드에게 사형선고가 내려졌다. 지선이 손을 들고 물었다.

"8월에 있을 바하전은 어떻게 하나요? 9월의 대통령 배 선수권 대회는요?"

멸치 코치는 다 부질없다는 의미로 고개를 가로저었다. 팔자 주름이 깊게 패어 보였다.

"각자 알아서 자기 앞가림하길 바란다. 졸업 후 체육특기자로 대학이나 실업 팀에 갈 사람은 수영부가 있는 다른 학교로 전학할 수 있도록 힘써 주겠다."

여자 부원들의 훌쩍이는 소리가 들렸다. 다른 부원들도 황망하다는 표정으로 멍하니 앉아 있었다. 멸치 코치는 손으로 하관을 문지르고 말을 이었다.

"나도 분하고 억울하지만 결국 이 순간이 왔다. 마무리 잘하자. 더 이상 우리가 할 일은 없다."

"거짓말!"

모두의 시선이 소리가 난 쪽으로 몰렸다. 욱은 자기가 소리치고도 스스로 놀랐다. 스피드가 해체되어 홀가분하단 기분이 든 것은 잠깐이었고 이렇게 끝나기엔 억울하단 생각에 자신도 모르게 급발진한 것이다. 그새 욱의 얼굴은 불타는 고구마처럼 발갛게 달아올라 있었다.

"더 이상 우리가 할 일이 없다고요? 우리가 언제 시작이라도 했나요?"

"이사회에서 결정한 일이야. 이제 와서 무르기는 힘들 거다."

메기가 단호하게 말하면서 욱을 노려봤다.

"선배들은 이제 졸업하면 끝이다 이건가요? 메달 딸 거 다 땄고 스펙 다 만들어 놨으니 스피드야 없어지든 말든 아무 상관없겠죠."

"박욱, 너 말 조심해! 우리 3학년도 너희랑 같은 마음이야."

3학년 정문호의 목소리에 날이 서 있었다. 얼큰 아저씨는 험악해진 분위기에 이쪽저쪽 눈치를 살피며 안절부절못했다. 하지만 급발진한 욱에겐 브레이크가 없었다.

"같은 마음이요? 우리 마음을 알기나 하나요? 언제부터 선배들이 우리 마음을 헤아려 줬나요?"

"박욱, 예의를 지켜. 여기 모인 사람 다 너만큼 스피드를 아끼고 있어."

수빈이 질책하자 그제야 욱은 입을 다물었다. 맞는 말이었다. 말은 안 했지만 부원들 모두 스피드를 소중히 여기고 자부심을 느끼고 있었다. 스피드가 하루빨리 해체되기를 남몰래 기대했던 욱은 말할 자격이 없었다. 다시 침묵이 흘렀다.

"근데……."

얼큰 아저씨가 손을 들고 끼어들었다. 부원들의 시선이 자기에게 모이자 아저씨의 큰 얼굴이 울긋불긋한 깻순떡 색깔이 됐다.

"음, 내 말은…… 우선 좀 먹으면 어떨까요? 맛있는 걸 먹으면 기분이 좋아지고…… 새로운 생각도 나요……."

얼큰 아저씨는 두 손을 모으고 애원하듯 메기를 바라봤다. 메기도 얼큰 아저씨가 어색한 건 마찬가지인 모양이다. 메기는 머쓱한 표정을 짓더니 우물쭈물 말했다.

"그래, 우선 먹자. 먹으면서 생각하자."

메기의 말이 떨어지기가 무섭게 스피드 부원들의 포크가 깻순떡으로 달려들었다. 떡은 불고 국물은 식었지만, 배고픔에 마음의 허기까지 더해지면서 먹어도 먹어도 끝없이 들어갔다. 허겁지겁 숨도 안 쉬고 먹는 단골들을 바라보는 얼큰 아저씨의 얼굴이 금세 편안해졌다. 새 메뉴인 깻순떡이 대성공이라고 자체 평가를 내린 것 같았다.

욱은 마음이 복잡해서 먹지도 못하고 포크로 튀김옷만 벗기고 있었다. 얼큰 아저씨는 시키지도 않은 모둠 튀김과 어묵을 만들어 날랐다. 고개를 떨구고 말없이 먹는 데만 집중했던 부원들은 배가 불러 오고 몸이 따뜻해지면서 화난 표정이 조금씩 풀어졌다.

"이사회가 해체하라고 하면 그대로 따라야 합니까?"

노랑머리 태호였다. 3학년 정문호가 대답했다.

"학교의 최종 의사 결정은 이사회의 권한이야."

"그렇다고 부당한 결정을 따를 수는 없습니다."

태호의 말에 메기는 고개를 저었다.

"부당하다는 건 우리 생각이고 이사회는 정당한 절차를 밟아서 결정했어. 유지비용을 줄이기 위해 수영장도 철거할 계획이래."

스피드뿐만 아니라 수영장까지……. 욱은 마음이 급해졌다. 벌써 일이 많이 진행된 것 같았다.

"끝날 때까지 끝난 건 아니잖아요."

수빈이었다. 욱은 포크를 입에 물고 선배를 바라봤다. 솔로몬의 지혜를 발휘해 주기를 간절히 바랐다.

"서울에 있는 이사장님을 직접 만나서 설득해 봐요."

"부질없는 희망 고문이다. 이사장님은 예전부터 스피드를 해체하고 싶어 했다. 이번 폭력 사태를 반겼을 수도 있어. 좋은 핑곗거리가 생겼으니까."

메기의 반대에도 수빈은 굴하지 않았다.

"올해로 바다고와 스피드 모두 50년이 됐어요. 스피드는 바다고의 스피릿이라고 하잖아요. 바다고의 정신이죠. 박두하 선배를 비롯해서 우리나라 수영을 대표하는 전설적인 선수들이 바다고에서 나왔어요. 바다고는 한국 수영의 역사이고 속초의 자랑이에요."

욱은 박두하 이름이 거명되자 신경이 곤두섰다.

"주말엔 속초 주민들에게 우리 수영장을 개방하잖아요. 바다고 수영장에서 어린이들은 수영을 배우고 어르신들은 건강을 유지해 왔어요. 반드시 스피드와 수영장을 지켜 내야 해요."

짝짝짝짝짝. 수빈의 열띤 웅변에 어울리지 않는 방정맞은 박수 소리가 튀어나왔다. 얼큰 아저씨가 감동받은 얼굴로 손뼉을 치고 있었다. 메기는 감독, 코치와 잠시 의견을 나누더니 다시 일어났다.

"여러분 뜻이 그렇다면…… 이사장님을 직접 만나 설득해 보자. 누가 대표로 갈래?"

수빈이 손을 들었다. 메기가 고개를 끄덕이더니 부원들을 둘러보며 말했다.

"주장이니까 나도 간다. 한 명이 더 필요한데…… 박욱!"

갑자기 자기 이름이 불리자 욱이 놀랐다.

"박욱, 같이 가자. 네가 제일 욱했으니까. 그리고 서울 지리 아는 사람이 너밖에 없다."

럭키분식에서 할아버지 가게까지는 자전거로 30분 정도 걸린다. 대포동 주민센터를 끼고 도니 오른쪽으로 동해가 펼쳐졌다. 초여름 바다는 에메랄드 빛깔에서 시작해 청록으로, 검푸른 코발트블루로 다양한 색깔을 냈다. 2차선 해안도로 양쪽으로 늘어선 키 큰 플라타너스가 후텁지근한 바람에 물결처럼 흔들렸다. 스피드 대표로 이사장을 만나러 서울에 간다. 욱은 자전거 속도를 올렸다.

수영을 시작한 뒤 욱의 하루는 많이 변했다. 아침에 일어나면 세면대 물에 얼굴을 담그고 음~파 숨쉬기 연습으로 하루를 시작했다. 화장실에 앉아서 수영에 관한 유튜브 동영상을 봤고 등굣길에 자전거 페달을 밟을 때도 다운킥 업킥으로 발차기 리듬을 익혔다. 학교 쉬는 시간에는 친구들이 이상하게 보거나 말거나 책을 킥판처럼 잡고 손으로 찔러 넣고 앞으로 뻗는 동작을 연습했다. 나른한 오후에는 칠판이 풀로 보이면서 그 안에서 꼬물꼬물 수영하는 사람들이 보이기도 했다. 밤에는 창문으로 들어오는 달빛을 받으며 침대 위에서 발차기와 팔젓기를 하다가 까무룩 잠이 들었다. 언제든 수영을 그만두리라 벼르고 있었지만 자신도 모르는 사이 욱의 마음 중심에는 수영이 자리 잡고 있었다.

수협을 지나 바닷가를 따라 내려가면 하얀 벽에 새파란 기와를 얹은 작은 2층 양옥집이 나온다. 할아버지의 바다낚시 가게다. 가게에 들어서자 할아버지와 대화하는 여자의 뒷모습이 보였다.

"나 왔어."

욱의 목소리를 듣고 여자가 돌아섰다. 엄마다.

"잘 지냈니?"

엄마가 미소를 지으며 먼저 인사했다. 욱은 반가움과 경계심이 동시에 들었다.

"웬일이야?"

욱의 목소리는 의도했던 것보다 훨씬 퉁명스럽게 나왔다. 서울에서 전학 온 후 톡으로만 가끔 연락했고 얼굴을 마주한 건 처음이었다. 엄마는 어딘가 달라져 있었다. 정갈한 분위기는 그대로였지만 머리 스타일이 달라진 것 같았고 얼굴도 전보다 야윈 것 같았다.

"아들 보러 왔지."

엄마가 어색한 공기를 웃음으로 눙치며 머리를 쓸어 올렸다. 엄마의 손가락 사이로 반지가 반짝 빛났다. 저거였구나. 욱은 그제야 엄마가 낯설게 보이는 이유를 알았다.

지난봄, 엄마가 남자 친구가 생겼다고 말했을 때 욱은 잘됐다고 생각했다. 엄마는 너무 오랫동안 혼자였다. 엄마는 출산 예정일을 며칠 앞두고 남편의 사망 소식을 들었다. 이름도 낯선 아프리카의 한 나라에서 익사 직전의 아이를 구하고 남편이 물에 빠져 죽었다는 소식을. 욱이 태어나고 얼마 지나지 않아 아버지의 유골함이 도착했다. 그 후로 여태껏 엄마는 욱을 키우며 홀로 지냈다. 욱이 축하한다고 하자 엄마는 "정말?" 하며 활짝 웃었다. 엄마가 다니는 은행의 직장 동료라고 했다.

그런데 며칠 뒤 패밀리 레스토랑에서 엄마의 남자 친구를 만나자 욱의 마음이 널뛰기 시작했다. 초등학생쯤 돼 보이는 딸과 함께 인사하는 아저씨는 엄마보다 훨씬 젊어 보였고 실제로 다섯 살 연하였다. 엄마가 아저씨의 딸이 예쁘다며 머리를 쓰다듬을 때 욱은 깨달았다. 아직 마음의 준비가 안 됐다는 것을, 아니 처음부터 엄마의 재혼을 원하지 않았다는 사실을. 화장실에 갔다가 돌아오는데 엄마와 아저씨가 손잡고 웃고 있었다. 그 모습을 멀찍이 지켜봤다. 엄마도 저렇게 편안한 표정을 지을 수 있구나. 욱은 엄마가 낯설게 느껴졌다. 그렇게 인사도 없이 그대로 집으로 돌아갔다. 욱은 자신의 옹졸함 때문에 엄마의 행복을 가로막긴 싫었다. 재혼에는 찬성하지만 속초 할아버지와 살겠다고 선언했다. 엄마는 아들과 같이 살지 않으면 의미가 없다고 했다. 욱은 고집을 부렸고 곧바로 속초로 내려왔다.

할아버지가 어험, 헛기침을 하면서 밖으로 나갔다.

"수영부 일 들었어. 그만하길 다행이다."

그 일 때문에 왔구나. 욱은 씁쓸한 마음이 들었다. 엄마와 눈을 마주치지 않으려고 할아버지의 뒷모습을 바라봤다. 할아버지는 뒷짐 지고 항구 쪽으로 어정어정 걸어갔다.

"엄마랑 같이 서울로 올라가자."

욱은 아무 말도 안 했다. 그게 욱의 대답이었다. 엄마가 나직이 말했다.

"엄마가 없으니 그런 일이 생기는 거야."

욱은 앞뒤 맥락도 알지 못하면서 쉽게 얘기하는 엄마에게 서운한 마음이 들었다.

"난 여기가 좋아. 수영하는 것도 좋고."

"수영은 서울에서도 할 수 있어."

말은 그렇게 했지만 아버지의 익사 이후 엄마는 욱을 물 근처엔 얼씬도 못 하게 했다. 바다에서 친구들과 수영한 게 들키는 날엔 온종일 벌을 서야 했다. 서울에 간다 해도 엄마는 수영을 허락하지 않을 것이다. 욱은 엄마 손에 끼여 있는 반지를 보며 말했다.

"난 여기 있을 거야. 엄마는 다른 가족에게 돌아가."

욱이 의자에서 일어났다. 의자가 바닥에 끌리며 날카로운 마찰음이 났다.

"욱아!"

엄마가 다급히 불렀지만 욱은 돌아보지 않았다.

방 안에 들어오자마자 옷도 갈아입지 않고 침대에 벌렁 누웠다.

쪽창으로 밖이 보였다. 바깥에는 어느새 어둠이 짙게 내려와 있었다.

– 얼굴 봐서 좋네. 엄마는 올라간다.

엄마한테 톡이 왔다. 욱은 답장을 보내지 않았다.

## 13

열흘의 징계가 끝났다. 욱은 연습 시간보다 일찍 수영장에 갔다. 빈 샤워실에서 몸을 씻고 아무도 없는 수영장에 불을 켰다. 소독약 냄새가 반가웠다. 군데군데 금이 간 바닥타일을 밟고 출발대에 올라섰다. 아침 햇빛이 구겨진 은박지처럼 물 위에 내려앉아 흔들렸다. 욱은 상상의 훌라후프를 던졌다. 물 위에 동그란 원이 생겼다. 출발대를 박차고 높고 멀리 다이빙했다. 촤륵 소리와 함께 훌라후프를 사뿐히 통과했다. 허리 반동을 이용하여 다리를 위아래로 흔들며 잠영으로 나아갔다. 잠시 후 움직임을 멈추고 물속으로 가라앉았다. 고글을 통해 보이는 파란 세상, 꾸르륵 꾸르륵 물이 갈라지는 소리, 피부에 감겨 오는 차가운 촉감. 《이상한 나라의 앨리스》에서처럼 영화 속 평행 세계처럼 새로운 세상이 물속에서 펼쳐졌다. 세상의 걱정들이 모두 물에 녹아 버린 듯 마음이 평온해졌다. 물 아래에서 천천히 유영하면서 욱은 자신에게 오롯이 집중할 수 있었다.

처음부터 다시 시작하자. 내 가치를 스스로 증명하자.

오전 6시, 부원들이 모이자 준비운동을 하고 아침 훈련에 들어갔다. 스피드 해체에 대해서는 아무도 말하지 않았다. 모두 지금까지 해 온 루틴을 따라 묵묵히 연습했다. 워밍업으로 자유형 3킬로미터를 왕복했다. 욱은 조금도 뒤처지지 않고 레인을 오갔다.

욱은 등교정지 기간 내내 종합운동장 수영장에서 온종일 살다시피 했다. 잠들기 전에 두하의 수영 일기를 읽고 다음 날 실전에 적용했다. 두하는 여러 가지 이미지 트레이닝을 고안해 냈는데, 그중 하나가 상상의 물풍선이었다. 욱은 자유형을 하기에 앞서 머릿속으로 물풍선을 하나 불었다. 팔을 앞으로 뻗으면서 손으로 상상의 물풍선을 움켜잡는다고 상상했다. 그러곤 물풍선을 몸의 안쪽으로, 이어서 뒤쪽으로 쭉 밀어냈다. 손을 떠난 물풍선은 무릎에 닿았다가 정강이와 발목을 부드럽게 매만지며 뒤로 밀려 나갔다. 욱은 30년 전의 박두하 선수에게 족집게 비밀과외를 받는 느낌이었다.

"욱아, 태호랑 50미터 대시 한번 해 봐라."

아침 훈련이 끝날 즈음 감독이 깜짝 제안을 했다. 욱은 속으로 놀랐다. 같은 1학년이라 해도 풋내기 신입인 내가 올해의 루키인 태호와 겨룰 수 있을까. 노랑머리 태호는 무표정했다. 누구랑 붙든 상관없다는 투였다. 둘은 출발대에 올랐다. 스피드 부원들은 각자 연습에 열중하는 것 같았지만 사실은 욱과 태호의 레이스에 촉각을 곤두세우고 있었다.

삑!

스타트는 태호가 빨랐다. 태호는 타고난 반사신경 덕분에 모든 레이스에서 일단 이겨 놓고 시작했다. 둘 사이의 거리가 갈수록 벌어졌다. 태호의 파워 넘치는 영법은 언제나 보는 이들의 탄성을 자아냈다. 물보라가 일고 발과 팔로 물을 부수는 소음이 수영장을 울렸다. 반면 욱은 고요히 나갔다. 물거품도 별로 나지 않았다. 두하는 물과 싸우지 말고 친구가 되라고 했다. 욱은 물에 몸을 얹고 누르는 기분으로 수영했다. 가상의 파이프라인 안에 자신이 들어와 있다고 상상했다. 펌프의 강한 압력으로 파이프 안에서 물이 빠져나가듯 팔다리의 추진력으로 욱의 몸통이 앞으로 밀려 나갔다. 잠수함에서 발사된 어뢰처럼.

두하는 일기에 또 이렇게 적었다.

**세상의 모든 일은 방향과 속도의 문제다. 수영은 방향이 정해져 있기 때문에 속도에만 전념하면 된다. 속도를 낼 때 최**

**고의 무기는 기술이 아니라 마음가짐이고 그것은 곧 자신에게 지지 않겠다는 생각이다. 결과는 입력값에 따라 자동적으로 따라오는 출력값이니 신경 써도 소용이 없다. 결과에 상관없이 순간순간 최선을 다하면 나에게 지지 않은 것이고 이것이 참다운 승리다.**

욱은 두하를 따라 자기암시를 했다. 지금 태호가 아니라 자신과 일대일로 겨루고 있다. 결과는 자신의 소관이 아니니 될 대로 되라고 생각했다. 마음이 한결 가벼워지면서 굳었던 근육이 풀어졌다.

20미터 지점에서 태호가 첫 번째 숨쉬기를 하면서부터 둘의 간격이 좁아지기 시작했다. 욱은 숨을 쉬지 않은 채 빠르게 나갔고 균형이 흐트러지지 않았다. 덕분에 욱의 몸통에 가속도가 붙으며 물의 저항을 최소화할 수 있었다. 초반에 태호의 발치를 따라가던 욱은 40미터를 지날 때 태호의 어깨까지 따라붙었다. 태호가 막판 스퍼트를 했다. 하지만 차이가 더 벌어지지는 않았다. 태호가 터치를 하고 곧이어 욱이 도착했다.

"와아!"

경기는 태호가 이겼지만 환호는 욱을 향했다. 태호는 이번 대시에 별 의미를 두지 않는다는 듯 다시 방향을 바꿔 수영했다. 그런데 갑자기 욱이 태호를 뒤쫓아 출발했다. 예정에 없던 2라운드가 시작됐다. 이번에는 태호를 금방 따라잡았다. 태호는 돌발 상황을 그제야 깨닫고 속력을 최대치로 급히 끌어올렸다. 스피드 부원들은 숨죽여 새로운 루키의 탄생을 지켜봤다. 둘은 나란히 헤엄쳤고 간발의 차이로 태호가 먼저 터치했다. 욱은 거의 숨을 쉬지 않았다. 40미터 지점에서 한 번 쉬었을 뿐이다. 태호가 이겼지만 욱은 자신에게 지지 않았다.

"뭐 하자는 거야. 난데없이 따라오면 어떡해!"

태호가 고글을 치켜올리며 짜증 섞인 투로 쏘아붙였다.

"미안, 미안. 나도 모르게 그만……."

욱이 머쓱해져서 사과했다. 말 그대로였다. 스스로 말릴 새도 없이 욱의 몸이 먼저 반응했다. 50미터를 끝냈을 때 레이스를 한 판 더 해 보고 싶다는 마음이 들었고 그 순간 몸이 저절로 움직였다. 태호는 기분이 상해서 풀 밖으로 나갔다.

"욱아, 멋진 대시였다."

감독이 엄지손가락을 세웠다. 아직도 숨이 가쁜 욱은 무안해서 꾸벅 인사를 했다.

"그래도 태호에게 졌는데요."

감독은 허리를 굽혀 욱에게 나지막이 말했다.

"너는 아직 미완성이야. 그게 네 가능성이다."

감독의 말이 욱의 마음속에 여운을 남겼다.

더 빠르고 싶다. 누구보다 빠르고 싶다.

욱은 난생처음 하고 싶은 일이 생겼다.

다리 힘이 다 빠져서 교실까지 가는 복도는 한없이 길기만 했다. 학교에 달라진 건 하나도 없었다. 열흘 만에 등교해서였을까, 욱은 모든 게 어색했다. 욱의 시간은 멈춰 있는데 학교의 시계는 무심하게도 평소와 다름없이 흘렀다. 욱과 학교 사이에 생긴 열흘의 시차가 마치 지구 반대편에 와 있는 것처럼 크게 느껴졌다.

욱이 자리에 앉아 가방을 푸는데 영롱에게서 톡이 왔다. 둘은 기레기 사건 이후 서로 피하고 있었다. 욱은 여전히 화가 풀리지 않았고 영롱도 마찬가지일 거라고 생각했다.

– 점심시간. 물레방아 연못.

교실 앞쪽에 앉은 영롱이 몸을 뒤로 돌리고 친구들과 속닥이고 있었다. 영롱은 잠깐 욱과 시선을 마주쳤지만 곧 눈길을 거두고 아이들과 수다를 떨었다. 욱은 그냥 무시하기로 했다. 답장도 안 보냈다. 1교시가 끝나자 또 톡이 왔다.

– 너 내일 서울 간다며?

욱은 새삼 영롱의 정보력에 감탄했다. 내일은 개교기념일이다. 메기, 수빈 그리고 욱은 아침 첫차로 이사장을 만나러 서울에 가기로 했다. 이사장 집 주소는 멸치 코치가 알아냈다. 코치는 자신이 해야 할 일을 너희에게 시키는 것 같아 미안하다고 하면서도 자신이 알려 준 것은 절대 비밀에 부치라고 신신당부했다. 메기는 선약 없이 무작정 부딪혀 보자고 했다. 미리 말하면 안 만나 줄 거라는 계산이었다. 이사장이 집에 있을지도, 만나 줄지도 아무것도 확실하지 않았다. 무모하지만 그만큼 절박했다. 스피드 해체까지 한 달도 채 남지 않았다.

점심을 먹고 물레방아 연못으로 갔다. 생태 교육을 위해 만든 작은 인공 연못은 학교 건물 뒤쪽 후미진 곳에 위치해 교내 커플들의 은밀한 데이트 장소로 유명했다. 연못 끄트머리에는 물이끼가 잔뜩 낀 물레방아가 오래전부터 멈춰 서 있었다. 고장 난 것도 같았고 전기세를 아끼려고 세운 것도 같았다.

영롱은 벤치에 앉아 음악을 듣고 있었다. 욱은 주위를 살피고 아무도 없는 것을 확인한 뒤 영롱에게 다가갔다. 영롱이 블루투스 이어폰을 귀에서 빼더니 옆으로 옮겨 앉으며 벤치를 손바닥으로 톡톡 쳤다. 욱은 슬며시 엉덩이를 내밀고 영롱을 등지고 멀찌가니 앉았다.

둘은 물끄러미 연못을 바라봤다. 연꽃과 수련 사이로 잉어들이 헤엄치고 가장자리엔 부들과 갈대가 바람에 천천히 흔들렸다. 둘은 말 참기 게임이라도 하듯 입을 꾹 다물고 있었다. 잉어들이 수면 위로 입을 내밀고 뻐끔거렸다. 점심시간이 끝나 가고 있었다. 영롱은 스마트폰으로 시간을 확인하더니 큼큼, 하고 목소리를 다듬었다. 그러곤 영롱이 엉덩이를 살짝 들고 게걸음으로 욱 옆으로 다가와 앉았다. 욱이 아무런 반응이 없자 영롱은 교복 주머니에서 뭔가를 꺼내느라 꼼지락거렸다. 욱은 이번엔 또 무슨 꿍꿍이속인가 하고 곁눈질했다.

"미안."

영롱이 먼저 입을 열었다.

"……."

말 참기 게임에서 이겼지만 욱은 계속 입을 다물었다. 욱의 눈치를 살피는 영롱의 목소리가 점점 작아졌다.

"내 생각이 짧았어. 난 그저 네 아버지를 자랑스러운 학교 선배로 소개할 생각이었어. 진짜야."

욱은 계속 연못 속 잉어들의 입만 쳐다봤다. 영롱이 하는 말에 잉어가 뻐끔뻐끔 립싱크를 하는 것 같았다.

"욱, 너는 나한테 할 말 없어?"

욱은 말없이 영롱을 바라봤다. 영롱이 욱을 빤히 쳐다보고 있었다. TMT의 작은 머릿속에 무슨 속셈을 감추고 있는지 알 수 없었다.

"……."

시간이 흐를수록 영롱의 눈이 작아지고 입은 점점 튀어나왔다.

"……."

영롱은 훅 하고 입바람을 불었다. 더 이상 못 참겠다는 듯이. 영롱의 짧은 머리카락이 위로 살짝 떠올랐다가 다시 내려왔다. 영롱이 한 뼘쯤 더 욱에게 다가왔다.

"너, 내일 서울 간다며? 이사장 만난다며?"

"……."

욱은 묵언수행을 계속했다. 영롱이 갑자기 욱의 오른손을 덥석 잡더니 손바닥을 폈다. 그러곤 주머니에서 꺼낸 네임 펜으로 욱의 손바닥에 무언가를 적었다.

"뭐 하는 거야?"

"가만있어 봐."

욱이 깜짝 놀라 손을 빼려 했지만 영롱은 지지 않고 손바닥을 꼭 부여잡고 글씨를 써 내려갔다.

"이사장한테 이대로만 말해."

5교시 예비 종이 울렸다. 영롱이 벌떡 일어나 교실을 향해 뛰어갔다. 욱은 손바닥을 펴고 영롱이 쓴 글귀를 읽었다. 목덜미로 내리쬐는 초여름 햇살이 따가웠다.

## 14

평일이라서 그런지 서울로 가는 고속버스는 한가했다. 교복 차림의 수빈, 욱, 문기는 차례대로 버스에 올랐다. 수빈이 먼저 창가 자리에 앉고는 "길리, 이리 와." 하면서 손짓했다. 긴장한 욱과 달리 수빈은 서울 나들이쯤으로 여기는 모양이었다. 욱은 어색하게 수빈 옆에 앉았다. 마지막으로 문기가 무표정한 얼굴로 건너편 남아 있는 자리에 털썩 앉았다. 수빈이 욱을 향해 몸을 돌렸다.

"나 서울 가는 거 진짜 오랜만이야."

수빈의 목소리가 들떠 있었다. 곧바로 주장의 타박이 날아왔다.

"우리 놀러 가는 거 아니다."

수빈이 입을 삐죽하더니 욱에게 몸을 기울이며 속삭였다.

"메기 왜 저래? 혼자 앉았다고 삐졌나?"

"다 들린다!"

수빈이 깜짝 놀란 표정을 짓더니 곧이어 욱을 보고 큭큭 웃었다. 메기가 양쪽 귀에 이어폰을 꽂고는 등받이를 뒤로 젖혔다. 수빈이 목소리를 한껏 낮춰 속삭였다.

"이사장님 만나고 우리 롯데월드 가자. 한 번도 안 가 봤어."

욱은 메기 눈치를 한번 살피고 수빈에게 고개를 끄덕였다. 수빈은 두 주먹을 꼭 쥐고 '오, 예!' 하는 몸짓과 함께 얼굴 가득 웃음을 지었다.

고속버스가 출발했다. 파란 하늘 아래 설악산이 손에 잡힐 듯 가깝게 보였다. 초록으로 물든 산과 들을 보는 것만으로도 눈이 맑아지는 것 같았다. 낮게 깔린 버스 소음과 규칙적인 흔들림에 마음이 편안해졌다. 그리고 수빈 선배가 옆에 있었다. 욱은 목적지 없이 이대로 계속 달렸으면 좋겠다고 생각했다.

속초를 떠난 지 세 시간 만에 강남 고속터미널에 도착했다. 셋은 지하철과 시내버스를 갈아타고 이사장 집이 있는 평창동에 도착했다. 구글 맵이 인도하는 대로 북한산 기슭 경사 길을 따라 올라갔다. 길 양옆에는 단정한 정원과 넓은 마당을 품은 고급 주택들이 늘어서 있었다. 청솔모 한 마리가 나타나 겁도 없이 아스팔트 길을 쪼르르 건너더니 어디론가 사라졌다. 한참을 걷다가 셋은 걸음을 멈추고 주위를 둘러보았다. 저 아래로 서울 시내가 뿌옇게 보였다. 산바람이 간간이 불었지만 한낮의 해가 내리쬐어 욱의 이마에 땀이 송골송골 맺혔다.

주소지에 도착해 보니 담장이 높은 2층 단독주택이 보였다. 문패에 적힌 '오준성'이라는 이름을 확인했다. 둔중한 철문을 올려다볼수록 셋은 한없이 작아지는 것 같았다. 갑자기 주장이 손을 내밀며 작게 외쳤다.

"우리가!"

자동 반사적으로 수빈과 욱도 손을 뻗으며 속닥였다.

"이긴다!"

서로를 마주 보자 씩 하고 웃음이 났다. 잔뜩 졸였던 마음이 살짝 풀렸다.

뚜우. 메기가 초인종을 눌렀다. 모두가 숨죽이고 인터폰 화면만 응시했다. 하지만 아무 반응도 없었다.

"쫄지 마. 쫄지 마."

메기가 후배들을 보며 여유 있는 척했지만 그의 얼굴은 어색하게 굳어 있었다. 메기가 다시 한번 초인종을 뚜우우 길게 눌렀다. 이번에도 아무 기척이 없었다. 맥이 풀리며 셋은 대문 앞 계단에 주저앉았다. 어차피 앞뒤 생각 없이 저지른 일이니까 마냥 이사장 집 앞에서 기다리기로 했다.

기다리는 동안에도 메기는 몸을 쉬지 않았다. 스쾃과 런지를 하더니 나중에는 바닥에 엎드려 팔굽혀펴기를 하고 이어서 짧은 왕복달리기까지 했다.

욱은 수빈 옆에 앉았다. 수빈은 스마트폰으로 게임을 하다가 생뚱맞게 욱에게 물었다.

"수영 재밌니?"

욱은 잠시 생각에 잠겼다가 천천히 말했다.

"음, 물속에 있으면 딴 세상이 펼쳐지는 것 같아요. 고요하고 평화롭고……. 시간도 느릿느릿 흘러가는 거 같아요."

수빈은 눈웃음을 지으며 고개를 끄덕였다.

"부럽다. 나도 길리처럼 수영만 생각하던 때가 있었지."

"선배는요? 수영 재밌어요?"

수빈은 게임을 멈추고 골똘히 생각했다. 대답은 바로 나오지 않았다.

"이건 비밀인데……."

수빈은 알맞은 단어를 고르는 것 같았다.

"……사실 나는 수영을 그만두려고 수영하는 거야."

욱이 이해할 수 없다는 표정으로 바라보자 수빈이 설명했다.

"난 수영 특기자로 대학에 갈 거야. 내가 잘하는 게 수영밖에 없으니까. 그리고 입학만 하면 수영장은 쳐다보지도 않을 거야. 수영은 이제 넘 힘들고 지겨워."

수빈은 재미있다는 듯이 킥킥 웃었다. 욱은 알 것도 같았고 모를 것도 같았다. 선배는 스피드의 간판이다. 타고난 신체적 조건에 더해 성실한 노력으로 초등학생 때부터 지금까지 항상 에이스 자리를 지켰다. 전국 대회에서도 언제나 메달권에서 경합을 벌였다. 그런 수빈이 실제로는 수영을 지겨워할 줄은 상상도 못 했다. 어쩐지 욱은 배신감이 들면서도 한편으론 위로가 됐다.

점심때가 훌쩍 지난 시간이라 배가 고팠다. 편의점에서 사 온

삼각김밥과 우유로 끼니를 때우고 있는데 골목길에 경찰차가 나타났다. 운전석에 앉은 경찰은 학생들을 바라보면서 지나갔다. 욱은 경찰 눈치를 보며 남은 김밥을 얼른 입에 털어 넣었다.

메기는 대문에 기대앉아 음악을 듣고 수빈은 다시 스마트폰 게임에 빠졌다. 욱은 수빈 옆에 쪼그리고 앉아 게임을 지켜봤다. 동맹들끼리 힘을 합쳐 성城을 공격해서 빼앗는 공성전 게임이었다. 수빈의 동맹군들은 전략에 따라 일사불란하게 움직였다. 보병부대가 커다란 통나무로 성문을 두들기고 또 다른 부대는 성벽에 사다리를 놓고 기어올랐다. 수빈은 후방에서 원거리 공격을 했다. 지렛대 원리를 이용하여 만든 투석기로 커다란 바윗돌을 쏘아 올려 성벽을 부쉈다. 그래픽이 사실적인데다 실감 나는 효과음까지 더해져 마치 진짜 전쟁터에 있는 듯한 기분이 들었다. 욱은 게임 속으로 점점 빠져들었다.

적군의 반격은 거셌다. 궁수들이 성 아래로 끝없이 화살을 쏟아부었고 성벽에 걸쳐진 사다리를 밀쳐 냈다. 성벽은 굳건했고 적군의 숫자는 아군보다 훨씬 많았다. 전투 시간이 길어지면서 아군의 피로 게이지가 올라가고 사기 수치는 떨어졌다. 아군의 피해가 눈덩이처럼 불어났다. 결국 공성전은 실패로 끝났다. 아, 탄식과 함께 욱은 스마트폰에서 눈을 뗐다. 실제로 전쟁에서 패한 것처럼 분했다.

욱은 이사장 집을 올려다봤다. 높은 담장은 견고한 성벽 같았고 그 너머로 보이는 2층 집은 난공불락의 보루처럼 보였다. 과연 이 철옹성을 무너뜨릴 수 있을까. 욱은 혈맹들과 함께 전쟁터에 나온 병사처럼 비장해졌다.

경찰차가 다시 나타났다. 정기적으로 순찰을 도는 모양이었다. 차창이 내려가더니 아까 그 경찰관이 세 명의 이방인들을 수상쩍은 듯 노려보며 지나갔다.

해가 오렌지색으로 바뀌면서 뉘엿뉘엿 지기 시작했다. 롯데월드에 가기에는 이미 늦은 시각이었다. 끝까지 버틸 것인가, 작전상 후퇴를 할 것인가를 망설이고 있을 때 검은색 중형차가 다가왔다. 이사장 차라는 직감이 왔다. 결정적인 순간은 언제나 예고 없이 찾아온다. 셋은 자리에서 일어나 엉덩이를 털고 옷매무새를 다듬었다. 차고 문이 열리고 중형차가 들어가더니, 얼마 후 갈색 정장에 빨간 넥타이를 한 50대 아저씨가 나왔다. 이사장인지 아닌지 확실하지도 않았지만 셋은 무작정 인사를 드렸다.

"안녕하십니까, 이사장님."

## 15

메기, 수빈, 욱은 응접실 소파에 나란히 앉았다. 고풍스러운 실내 장식과 고급스러운 대리석 바닥이 시작부터 욱을 주눅 들게 만들었다. 욱은 눈에 힘을 주고 정신줄을 단단히 붙들어 맸다. 지금부터는 전쟁이다. 세 명 앞에 오준성 이사장이 앉았다. 오준성 이사장은 짧고 하얗게 센 머리에 금테 안경을 썼고 미간에는 세로 주름이 깊게 패어 있었다.

이사장의 마음은 이미 굳게 닫혀 있다. 그 마음의 문을 부수고 들어가 성채를 탈환해야 한다.

둥둥둥둥.

욱의 심장박동에 맞춰 진격을 알리는 북소리가 울렸다. 욱의 눈앞에 스마트폰 게임 속 전쟁터가 펼쳐졌다. 누군가 과일주스를 권했다. 올려다보니 성주城主 오준성이었다.

"이것 좀 들게. 미리 약속을 잡았으면 기다리지 않아도 됐을 텐데."

뿌우~ 공격 나팔 소리가 울렸다. 선봉에 선 메기 총대장이 거대한 통나무를 들고 성문으로 돌진했다.

"이사장님, 스피드 해체를 다시 생각해 주십시오."

쿵!

성문이 충격으로 크게 흔들렸다.

"허허허. 이 친구, 생긴 것처럼 성격도 급하네. 황문기 학생. 접영 단거리 국가대표. 작년 전국체전에선 정말 아까웠네."

성주 오준성은 평소부터 메기를 눈여겨보고 있다는 사실을 알리면서 유화책을 썼다. 하지만 메기 총대장은 원래부터 융통성이라곤 없었다. 다시 한번 전력을 다해 성문이 부서져라 통나무로 두들겼다. 문은 열라고 만든 것이다.

"이사장님, 스피드는 바다고의 정신입니다. 스피드가 없는 바다고는 영혼 없는 껍데기입니다. 스피드는 계속돼야 합니다."

오준성은 "알지, 알지." 하면서 고개를 끄덕였다. 노회한 성주는 시간을 끌면서 적이 제풀에 지치길 바라는 농성전을 택했다. 다음으로 수빈 장군이 나섰다. 그녀는 투석전으로 공격했다. 투석기를 끌고 나와 성을 향해 집채만 한 바윗돌을 쏘아 올렸다.

"바다고 학생들은 체육 시간에 수영을 배웁니다. 전교생이 수영을 할 줄 아는 학교는 우리나라에서 바다고밖에 없습니다. 전교생 모두 바다고와 스피드를 자랑스럽게 생각하고 있습니다."

빙글빙글 웃기만 하던 오준성의 표정이 조금씩 굳어져 갔다.

"내가 이런 말은 안 하려고 했네만, 한번 물어봄세……."

드디어 올 것이 왔다. 적의 반격이 시작됐다. 갑자기 하늘이 어두워졌다. 우우웅, 메뚜기 떼가 몰려오는 소음에 위를 올려다보니 성안에서 날아온 화살이 하늘을 까맣게 뒤덮고 있었다. 오준성은 소파 등받이에 몸을 기대며 말했다.

"자네들, 작년 성적이 어땠나? 없는 예산에도 대회란 대회는 모두 출전시켜 줬는데, 결과는 어땠지? 금메달을 하나라도 땄나?"

푹푹푹, 화살은 메기와 수빈의 급소에 정확히 꽂혔다. 갑옷을 뚫고 피가 터져 나왔다. 백척간두의 절박한 상황이었다. 이제 있는 거 없는 거 다 쏟아붓는 총공격을 펼칠 때다. 메기 총대장은 몸을 추스르고 다시 선봉으로 나섰다.

"바다고 현관에 '수영보국'이란 글이 있습니다. 수영을 통해 나라의 은혜를 갚겠다는 뜻입니다. 바다고 설립자이신 이사장님 아버님의 유지입니다. 이사장님, 그 뜻을 저희가 이루게 도와주십시오."

안경 너머로 오준성의 꿈틀대는 눈썹이 보였다. 선친 이야기에 마음이 흔들리는 모양이었다. 우리 편 군사들은 화살 비를 뚫고 성벽에 사다리를 걸친 뒤 불개미처럼 기어오르기 시작했다. 성 위에 있는 적들이 동요했다. 성을 함락할 수 있다는 희망이 보였다. 수빈 장군이 다시 나섰다.

"우리 스피드는 주말마다 수영 교실을 운영할 계획도 세웠습니다. 스피드 부원들이 주민들을 무료로 가르치는 봉사활동입니다. 주민들과 함께하는 스피드가 되겠습니다."

수영 교실은 욱도 처음 듣는 얘기였다. 다급해진 수빈 장군은 아무 말이나 막 던졌다. 어찌 됐든 수영 교실은 만들면 된다. 지금은 이것저것 따질 때가 아니다. 전쟁은 이기고 봐야 한다. 성주 오준성도 좋은 아이디어라고 생각하는 듯 고개를 끄덕였다. 승리의 서광이 비치는 것 같았다. 하지만 그때 예상치 못한 적의 지원군이 나타났다.

"이사장님도 너무 안타까워하셨어요."

성주 오준성의 부인이었다.

"하지만 이사회가 이미 결정을 내렸어요. 이사장님 뜻대로 뒤집을 수 있는 게 아니죠."

그녀는 바다고 이사회의 일원이기도 했다. 성주 부인은 과일을 탁자에 올려놓고 오준성 옆에 앉았다. 목이 두꺼워서인지 진주 목걸이가 답답해 보였다. 성주 부인의 타격점이 GPS만큼 정밀했다.

"상황이 너무 안 좋아요. 바다고의 재단인 바다수산 적자가 최악이에요. 더 이상 스피드에 돈을 댈 수 없어요. 스피드와 수영장 운영비가 매년 2억이 넘으니 밑 빠진 독에 물 붓기예요. 이렇게 나가다간 스피드가 아니라 바다고가 문 닫을 판이에요."

숫자와 돈의 논리 앞에서 자부심이니 창립자의 유지니 하는 것은 사치였다. 역전의 기회를 잡은 부인의 맹공이 시작됐다. 성주 부인이 드디어 본색을 드러낸 셈이다. 소문에 의하면, 명리학을 신봉하는 부인은 학교 뒷산에 위치한 수영장 때문에 바다수산이 망하고 있다고 믿었다. 수영장의 음기가 뒷산의 양기와 상극이라 바다수산이 계속 이 모양 이 꼴이라고 생각하는 모양이었다. 그녀는 수영장을 밀어 버리고 그 자리에 불의 기운이 강한 쇼핑몰을 세울 기회만 벼르고 있다고 했다.

적군이 성벽에 걸친 사다리를 밀어냈다. 사다리가 뒤로 넘어가며 아군이 추풍낙엽처럼 우수수 떨어졌다. 머리 위로 통나무와 돌덩이가 떨어지고 이어서 펄펄 끓는 물과 기름이 쏟아졌다. 성벽을 기어오르던 병사들은 아비규환의 아수라장에 빠졌다. 부인은 아껴 뒀던 최후의 비밀 병기를 꺼냈다.

"더구나 스피드는 몇 년째 아무런 성과도 없잖아요. 도박과 패싸움으로 학교 망신만 시켰죠."

뿌뿌뿌우~

나팔 소리가 다급하게 울렸다. 퇴각하라. 모두 퇴각하라. 후퇴를 알리는 북소리가 자진모리장단으로 울렸다. 스피드의 세 장군들은 망연자실한 채 말을 잃었다. 성주 오준성이 목이 마른 듯 과일 주스를 한 번에 들이켰다. 성주 부인은 성루에 서서 허겁지겁 도망가는 오합지졸들을 바라보며 흐뭇한 미소를 지었다.

공성전은 완패였다. 오준성 부부는 거지꼴로 귀향하는 패잔병들을 대문까지 나와서 배웅했다. 어느새 어둠이 깔리고 동네 아래로 서울의 야경이 눈부시게 펼쳐졌다. 여기저기 빛이 번쩍이고 빵빵대는 소리가 요란한 게 침략자들을 초전에 박살 낸 후 잔치라도 한판 벌이는 것 같았다. 욱은 참담한 마음으로 고개를 떨구었다. 이사장 앞에서 말 한마디 못 했다. 제대로 공격 한 번 못 하고 퇴각하는 자신이 바보처럼 느껴졌다. 이사장 부인은 바다수산에서 나온 참치 선물 세트를 하나씩 쥐여 주었다. 오준성은 풀 죽은 세 장군과 차례로 위로의 악수를 나눴다. 욱도 마지못해 손을 내밀었다.

"학생은 참 과묵하군. 근데 손바닥에 뭘 이렇게 쓰고 다니나. 허허……."

오준성은 악수를 하려다가 욱의 손바닥을 보고 너털웃음을 터뜨렸다. 욱은 자신의 손바닥을 내려다봤다. 전날 영롱이 적어 준 글씨가 흐릿하게 남아 있었다. 욱은 어제의 기억을 더듬었다. 영롱이 분명 손바닥에 글씨를 쓰며 이대로만 말하라고 했다. 욱은 썩은 동아줄이라도 잡는 심정으로 말했다.

"하늘고를 이기겠습니다."

오준성의 얼굴에 웃음기가 사라졌다.

"자네, 뭐라고 했나?"

"하늘고를 이기겠습니다."

돌아서려던 메기와 수빈이 욱을 바라봤다. 완승에 흐뭇해하며 손을 흔들던 이사장 부인의 눈동자가 순간 흔들렸다. 탄소섬유만큼이나 목숨 줄이 질긴 놈이 아직 살아 있었다.

여전히 손을 내민 채 오준성이 되물었다.

"하늘고를 이길 수 있나?"

욱은 맥락도 없이 같은 말을 반복했다.

"하늘고를 이기겠습니다."

뒤늦게 급발진이 걸렸다. 욱 장군은 투석기에 설악산 흔들바위를 통째로 장전했다. 영롱 공주가 비밀리에 준비해 둔 마지막 바위였다. 흔들바위에 굵은 새끼줄이 친친 감겨 있었다. 이사장 부인이 서둘러 진화에 나섰다.

"학생. 잊었나 본데, 스피드는 이번 학기가 끝나면 자동 해체야. 올해는 바하전이 없다고."

욱 장군은 아랑곳하지 않고 새끼줄을 빽빽이 감은 바위에 역청을 두 번 세 번 두텁게 발랐다.

"하늘고를 이기겠습니다."

"하하. 이 친구 엉뚱하구먼."

이사장은 내밀었던 손을 거두고 너털웃음을 터뜨리더니 다시 정색하고 물었다.

"바하전 성적을 알고 있지 않나. 3년째 내리 졌다네. 3연패야. 그래도 이길 수 있나?"

이제는 화공火攻이다. 욱 장군이 바위에 불을 댕겼다. 화르륵 주위 공기를 삼키는 소리를 내며 흔들바위가 시커먼 연기와 함께 타올랐다. 불길 사이로 환하게 웃는 주근깨 가득한 영롱 공주의 얼굴이 떠올랐다.

바다고와 하늘고의 경쟁은 단순히 수영부에서 그치지 않는다. 두 학교의 재단인 바다수산과 하늘수산은 대한민국 대표 수산물 가공업체의 자리를 놓고 오랫동안 경쟁을 벌여 왔다. 하지만 최근에 하늘수산이 배송업에 뛰어들면서 힘의 균형이 깨졌다. 특히 언제든 주문하면 신선한 해산물이 12시간 내에 집 앞으로 배달되는 '하늘 배달 서비스'는 20, 30대 여성들 사이에서 대박을 쳤다. 나아가 하늘수산은 배송 비즈니스에서 벌어들인 돈을 경쟁사를 고사시키는 데 퍼부었다. 하늘수산이 전통적 주력 상품인 참치 통조림을 제조원가에도 못 미치는 가격으로 덤핑 판매를 하자 바다수산도 울며 겨자 먹기로 가격을 내렸고 두 회사는 제 살 깎아 먹기 경쟁에 돌입했다. 결국 지금 바다수산이 겪고 있는 경영난도 하늘수산의 저가 경쟁 때문이었다. 욱 장군은 바락바락 소리를 질렀다.

"하늘고를! 이기겠습니다!"

불덩어리 하나가 밤하늘로 쏘아졌다. 외계에서 날아와 대기권을 지나며 불타오르는 운석처럼 불바위는 긴 꼬리를 남기며 성안으로 떨어졌다. 쿵! 성채가 흔들릴 정도의 충격이었다. 성안에 불길이 솟구쳤다. 오준성은 마지막 저항을 하듯이 고개를 가로저었다.

"하늘고 수영부원은 스무 명 가까이야. 우리는 겨우 열 명이라고 들었네. 불가능하다고 봐. 4연패는 도저히 참을 수 없네. 아버님께도 면목이 없지."

오준성의 선친은 바다고를 설립했고 교장까지 지내며 스피드의 전성기를 이끌어 낸 인물이다. 하지만 그는 바하전에서 바다고가 어이없이 역전패를 당하자 화병이 났고 지병까지 도지며 죽었다.

"숫자는 열세지만 실력은 저희가 앞섭니다."

메기 총대장이 또 하나의 불 바위를 쏘아 올렸다.

"새내기들의 실력이 출중합니다. 여기 이 털북숭이가 스피드의 에이스입니다. 전국 대회에서 메달도 가능합니다."

내가? 욱 장군은 속으로 깜짝 놀라면서도 오준성을 노려보며 고개를 끄덕였다. 총대장도 코너에 몰리자 있는 말, 없는 말 다 지어내며 무리수를 던졌다. 이 전쟁은 죽느냐 사느냐가 달린 총력전이다.

"그게 정말인가?"

오준성이 욱 장군의 털북숭이 손을 부여잡았다. 메기가 쏘아올린 불덩어리는 성문을 우지끈 부숴 버렸다. 성문에도 불이 옮겨 붙었다. 욱 장군은 다시 한번 격앙된 목소리로 악을 쓰듯 외쳤다.

"반드시! 하늘고를 까부숴 버리겠습니다아!"

"만약 자네들이 하늘고를 이긴다면……."

오준성은 침을 꿀꺽 삼켰다.

"이, 이사장님!"

부인이 급제동을 걸었지만 이사장은 간단히 무시했다.

"만약 자네들이 하늘고를 이긴다면 스피드 해체를 보류함세."

성안의 불이 화약고로 옮겨 갔다. 펑펑펑! 화약이 폭발하기 시작했다. 불꽃들이 꼬리를 흔들며 날아올랐다. 초록 버섯 모양으로, 주황 해바라기 모양으로, 파란 해파리 모양으로……. 빛의 향연이 펼쳐졌다. 떨어지는 불꽃 재를 하염없이 맞던 이사장 부인은 분한 얼굴을 감추고 마지막 단서를 달았다.

"하지만, 바하전에서 진다면 더 이상 딴소리는 하지 않기로 해요."

욱 장군은 멈추지 않았다. 몸을 뒤로 젖히고 목을 하늘로 길게 빼며 소리 질렀다.

"하늘고를 까부숴 버리겠습니다아!"

욱은 확신에 차서 고함쳤다. 밑도 끝도 없이.

"기발했어, 길리."

수빈은 이제 막 게임 세계에서 깨어난 욱의 머리를 쓰다듬으며 칭찬했다. 하지만 축제 분위기도 잠깐, 속초로 돌아오는 버스 안에서 셋은 아무 말도 하지 않았다. 현실 자각 타임이 찾아왔다. 친선전까지 남은 시간은 한 달, 급한 불은 껐지만 우리가 하늘고를 이길 수 있을까.

친선전 역대 기록은 49전 18승 31패. 작년까지 3연패 중이다. 수영부원도 하늘고의 절반 수준이다. 국가대표도 바다고에는 메기 한 명뿐이지만 하늘고에는 세 명이나 된다. 버스에서 올드 팝송이 흘러나왔다. 욱의 할아버지가 낚싯배 위에서 즐겨 부르던 노래다.

Que sera sera(케 세라 세라)
Whatever will be will be(무엇이든 될 대로 될 거다)
The future's not ours to see(내일 일은 알 수 없으니)
Que sera sera(케 세라 세라)

욱은 참치 선물 세트를 두 팔로 안은 채 눈을 감았다. 케 세라 세라. 될 대로 돼라. 내일 일은 내일 걱정하자.

## 16

아침 연습 전에 메기가 부원들을 모았다. 메기는 이사장과의 담판 결과를 알렸다. 어째 반응이 뜨뜻미지근했다. 다들 말은 안 했지만 무슨 생각을 하는지 욱은 알 것 같았다. 바다고가 하늘고를 넘을 수 있을까, 어차피 해체될 텐데 공연히 희망 고문을 하는 건 아닐까.

"있어요, 하늘고를 이길 방법이."

아직 징계 중인 성수가 긴급회의에 불려 나와 있었다. 성수의 긴 머리에 가려진 눈이 오랜만에 빛났다.

"짜면 돼요, 작전을. 구분해서, 살리는 카드와 버리는 카드를."

개똥도 약에 쓰일 때가 있다. 인터넷 도박을 해서 그런지 작전도 포커 게임처럼 짰다.

"이기면 돼요, 하늘고보다 한 경기만 더."

모두들 당연한 말 아니냐는 듯한 눈초리였다.

"A급을 몰아넣어요, 꼭 이겨야 하는 레이스에. 반드시 따내야 해요, 그 레이스는. 져도 돼요, 나머지는. 작전을 짜면 돼요, 이기는 레이스가 하나만 많게."

"도치! 도치 좀 그만하고 똑바로 말해!"

지선이 속이 터진다는 듯 소리쳤다. 마찬가지로 헷갈렸던 메기가 화이트보드를 가져와 바하전에서 벌일 레이스 목록을 적었다.

**남녀 자유형 100M**

**남녀 평영 100M**

**남녀 배영 100M**

**남녀 접영 100M**

**남자 자유형 1,500M**

**남자 개인혼영* 200M**

**남자 계영** 400M**

바하전에서는 하루 동안 11번의 레이스가 펼쳐진다. 한 선수당 3경기까지 출전할 수 있고, 한 레이스당 바다고 2명, 하늘고 2명, 총 4명의 선수가 겨룬다. 각 레이스는 기록에 관계없이 1등이 나온 팀이 점수를 얻는 것으로 계산한다.

성수는 작전을 다시 정리했다.

"'지피지기면 백전불태', 즉 '적을 알고 나를 알면 백 번 싸워도 위태롭지 않다.'입니다, 제 작전은."

"오올~"

평소의 성수와 어울리지 않는 유식한 설명에 부원들의 감탄사가 절로 나왔다. 성수는 이 정도는 기본이라는 듯 어깨를 으쓱거

---

* 한 선수가 접영, 배영, 평영, 자유형의 순서대로 50미터씩 헤엄치는 종목.

** 네 명이 한 조가 되어 차례로 헤엄치는 종목.

렸다.

"알아야 합니다, 먼저 적을. 하늘고 에이스와 그들의 주 종목을 알 수 있어요, 전국 대회 기록을 분석하면. 알아야 해요, 다음으로 우리를. 우리 선수를 나눕니다, 냉정하게 A급과 B급으로. 우리 B급을 넣습니다, 하늘고 에이스가 출전할 경기에. 우리 A급을 올인합니다, 나머지 경기에. 6개만 따내면 돼요, 11개 레이스 중에."

부원들 모두 상기된 표정이었다. 우울했던 분위기가 바뀌었다. 작전대로 풀릴지는 미지수지만 중요한 건 아직 끝나지 않았다는 사실이었다. 수빈의 말대로 끝날 때까지는 끝난 게 아니다.

훈련이 시작됐다. 욱은 마음이 급해졌다. 아직 배워야 할 게 많았다. 평영에 이어 배영과 접영을 익혀야 한다. 시간이 없다. 우선 멀리 보지 말고 발아래만 보자. 방향만 맞으면 한 걸음씩 걸어도 언젠간 목적지에 도착한다. 천천히, 하지만 꾸준히.

욱은 영롱에게 스포츠 캔 음료를 건넸다. 새초롬하니 빗겨 앉아 있던 영롱의 표정이 살짝 부드러워졌다. 영롱이 캔을 내밀면서 말했다.

"이거 네가 따 줘."

욱은 얼른 뚜껑을 따서 캔을 건네줬다. 영롱은 호로록 한 모금 마시더니 욱 쪽으로 돌아앉았다. 점심시간에 물레방아 연못엔 둘

밖에 없었다. 멀리 교내 방송 음악 소리가 들렸다.

"서울 간 거 잘됐구나."

욱은 고개를 끄덕였다. 영롱이 아니었으면 스피드는 속수무책으로 해체될 운명이었다. 한 가닥 희망의 끈이라도 붙잡게 된 것은 영롱 덕분이었다. 영롱은 또 빤히 욱을 바라봤다. 얘는 왜 자꾸 사람을 빤히 쳐다볼까. 욱은 영롱의 시선이 불편해서 연못으로 눈길을 돌렸다. 영롱이 욱에게 바짝 다가앉으며 물었다.

"너, 나한테 할 말 없니?"

왜 자꾸 이 애는 이런 질문을 할까. 욱은 난감해서 몸을 뒤로 뺐다.

"어, 없는데?"

영롱이 욱에게 몸을 기울이더니 안경을 올려 쓰며 말했다.

"고마워."

"뭐가?"

"아니, 네가 나한테 해야 할 말이라고. 고마워, 해 봐."

"내가?"

"당연하지. 내게 고맙잖아. 안 고마워?"

"고맙지."

"그럼 말로 표현해야지. '고마워'라고."

"그걸 꼭 말로 해야 아냐?"

"응. 말로 표현해야 알아. 말 안 하면 귀신도 몰라."

"……."

"나 기다리고 있다."

영롱은 얼굴을 내밀고 눈을 감았다. 욱은 난감했다. 어려운 건 아니지만 막상 멍석이 깔리니 말을 꺼내기가 겸연쩍었다.

"고, 고맙다."

"뭐가?"

"어?"

"뭐가 고맙냐고?"

고맙다고만 하면 끝일 줄 알았는데 영롱은 계속 욱을 몰아붙였다.

"그냥 다."

"에휴……."

영롱은 스포츠 음료를 벌컥벌컥 들이켰다. 욱은 눈으로 연못 속 잉어들을 찾으면서 들릴 듯 말 듯 작게 웅얼거렸다.

"지난번엔 미안했다."

"뭐라고?"

"너한테 기레기라고 한 거."

"……."

아무런 반응이 없자 욱은 영롱을 쳐다봤다. 영롱의 눈에 눈물이 글썽글썽 맺혀 있었다. 욱은 마치 못 볼 것을 본 것처럼 황급히 연못으로 눈길을 던졌다. 영롱이 욱의 오른손을 덥석 잡더니 팔을 흔들며 악수를 했다.

"그럼 이걸로 퉁치자. 내가 잘못한 거, 네가 잘못한 거."

영롱의 눈물 한 방울이 안경 안쪽으로 또르르 굴러떨어졌다. 이것으로 욱은 TMT를 두 번 울린 남자가 됐다. 욱은 무조건 고개를 끄덕였다. 눈물 자국이 그려진 안경 너머로 TMT가 웃으며 말했다.

"너랑 나랑은 잘 맞는 거 같아. 난 너무 말이 많고 넌 너무 말이 없고."

이번에도 욱은 엉겁결에 고개를 끄덕였다. 둘이 잘 맞는지 안 맞는지는 모르겠지만 영롱과 적당히 화해한 것 같았다. 욱은 TMT의 눈치를 살피며 조심스럽게 주머니에서 종잇조각을 꺼냈다.《바다 소리》에서 오려 낸 사진이었다.

"어? 그거 1991년 전국체전 끝나고 찍은 거 맞지?"

영롱은 그 사진을 단박에 알아봤다. 맙소사, TMT는 스피드의 역사를 다 꿰고 있었다. 욱은 사진 속 박두하와 어깨동무를 한 남자를 손가락으로 짚었다.

"미안하지만, 이분이 누군지 좀 알아봐 줘."

남자는 두하의 절친 같았다. 그의 두꺼운 목에 메달 두 개가 걸려 있었다. 메달 색깔은 잘 보이지 않았다.

"너 《바다고 50년사》 편집기자잖아. 졸업앨범을 뒤지면 찾을 수 있을 거야."

"넌 내가 무슨 심부름센터 직원인 줄 아니?"

영롱이 갈퀴눈을 하고 벌떡 일어났다. 그러면서도 욱의 손에서 사진을 낚아채 교복 상의 주머니에 넣었다. 영롱은 주위를 한번 둘러보며 교실 쪽으로 뛰어갔다.

"넌 좀 있다가 와. 여기서 같이 나오면 애들이 이상하게 생각해."

욱은 돌 몇 개를 연못에 던지고 나서 교실로 들어갔다.

## 17

똑똑똑.

욱은 감독실을 찾아갔다. 오후 훈련을 마칠 때쯤 감독이 호출했다는 메기의 말을 들었다. 수영장 2층에 있는 감독실은 오래된 헌책방 같았다. 양쪽 벽이 책으로 가득 찼고 책상 위에는 서류들이 흩어져 있었다. 앞에 큰 유리창으로 풀이 한눈에 내려다보여 시야가 답답하지는 않았다. 감독은 티포트에 차를 우리고 있었다. 욱은 소파 끄트머리에 엉거주춤 걸터앉았다.

"욱이 네 영법은 독창적이다. 자신에게 맞는 영법을 갖는 건 중요해."

고래 수영법을 두고 하는 말 같았다.

"내가 코치에게 말해 놨다. 내일부터는 평영을 배워라."

욱은 내심 평영을 할 수 있다는 게 기뻤지만 조심스럽게 요 며칠간 고민했던 생각을 털어놓았다.

"감독님, 바하전을 대비해서 새로운 영법을 배우는 것보다 자유형만 훈련하면 어떨까요? 시간이 너무 부족해요. 자유형은 자신있어요."

감독은 투명한 유리잔에 호박색 차를 따라 주었다.

"루이보스 차다. 긴장을 푸는 데 도움이 된다."

한 모금 마시자 시큼하면서도 단맛이 났다. 감독의 말대로 몸이 따뜻해지면서 마음이 편안해진 듯했다.

"서두르지 마라. 네가 무얼 잘하는지 네 자신도 모른다. 그걸 알기까지는 많은 시간과 연습량이 필요해. 지금은 네 자신을 탐구하는 과정이다. 주 종목 정하는 건 한참 뒤의 일이다."

"바하전은 무조건 이겨야 하잖아요. 바하전에서 지면 나머지를 배울 기회도 없다고요."

"바하전을 대비해서 가장 급하고 중요한 일은 네가 온전한 수영 선수가 되는 거다."

욱은 더 이상 반박하지 않았다. 정확히 이해할 수는 없었지만 수영에 대한 감독의 확고한 철학을 느낄 수 있었다. 감독은 책장 아래쪽 문을 열고 까만색 물체를 꺼냈다. 오래된 VHS 비디오테이프였다.

"혹시 집에 비디오 플레이어가 있나?"

다락에서 아버지가 쓰던 턴테이블과 전축 사이로 얼핏 본 것 같았다. 감독은 욱에게 테이프를 건넸다.

"박두하 선수의 동영상이다. 네게 도움이 될 거다."

테이프 옆면에 '1992 히로시마'라고 흐릿하게 적혀 있었다. 1992년이면 박두하가 3학년이었고 그해 4월 히로시마 아시아수영선수권대회에서 한국 신기록을 세우면서 금메달을 땄다. 이때 세운 기록이 아직까지도 깨지지 않았다. 약물 파문 이전의 일이다.

욱은 테이프를 내려다봤다. 60분짜리 테이프가 한쪽으로 가지런히 감겨 있었다.

"이걸 어떻게……?"

"스피드 선수들의 대회 영상들을 녹화해서 보관하고 있다. 히로시마 대회는 오래전 일이라 이것밖에 없다."

욱이 식은 루이보스 차를 마저 마시고 나가려는데 감독이 덧붙였다.

"스스로를 과소평가하지 마라. 감독은 가능성 있는 선수를 만날 때가 가장 행복하다. 너를 처음 봤을 때 내가 그랬다."

욱은 학교에서 오자마자 다락을 뒤져 비디오 플레이어를 찾아 내고는 할아버지가 있는 거실로 내려왔다. TV에 비디오, 오디오 라인을 연결하고 전원을 켰다. 다행히 아직 멀쩡하게 작동했다. 테이프를 집어넣자 자동으로 화면이 재생되면서 일본의 스포츠 채널에서 중계한 경기 실황이 나왔다. 화면에 가끔 가로줄이 그어졌지만 보는 데는 지장이 없었다.

대형 실내 수영장을 가득 메운 관객들은 일장기를 흔들며 함성을 질렀다. 일방적인 응원이었다. 간간이 중국 국기와 태극기도 보였다. 홈경기의 이점을 활용하여 일본이 금메달을 휩쓸었고 가끔씩 중국 선수가 1등으로 들어왔다. 한국 선수도 어쩌다 한 번씩 결승까지 진출했지만 매번 메달권 밖으로 밀려났다. 할아버지는 묵묵히 화면만 노려봤다. 아들의 경기를 기다리면서도 한편으론 그 모습을 보는 것을 두려워하는 것 같았다.

비디오를 보기 시작한 지 50분쯤 지났을 때 남자 자유형 100미터 결승전 자막이 화면에 떴다. 이번 대회의 하이라이트이자 마지막 경기였다. 여덟 명의 출전 선수 이름이 먼저 소개됐다. 박두하는 3번 레인이었다. 예선 1등이 배정받는 4번 레인은 일본, 예선 2등인 5번 레인도 일본이었다. 이어서 선수들이 한 명씩 등장했다. 필리핀, 중국 선수들에 이어 두하가 등장했다. 태극 무늬가 새겨진 흰색 캡을 쓰고 파란색 대한민국 유니폼을 입고 있었다. 태극기를 흔드는 열 명 남짓 되는 응원단 모습도 카메라에 잡혔다. 고3 박두하는 건장한 체형에 키가 컸지만 얼굴만큼은 앳돼 보였다.

"두하구나. 두하야."

할아버지는 마치 두하가 눈앞에 있는 것처럼 이름을 불렀다.

욱은 사진 말고는 실제로 아버지를 본 적이 없다. 너무 오래전 일이라 인터넷에서는 검색도 되지 않았다. 욱은 가끔 아버지가 소설 속에 나오는 허구의 인물이 아닐까 생각하곤 했다. 그런데 이렇게 경기 장면을 보니까 아버지가 소설에서 성큼성큼 걸어 나와 진짜 사람으로 살아난 것 같았다.

환호와 함께 일본 선수가 등장했다. 흰색 유니폼을 입은 일본 선수는 자신 있다는 듯 객석을 향해 양팔을 위로 올리며 더 큰 함성을 유도했다. 5번 레인의 일본 선수도 팬들의 열광 속에 등장했다. 선수들은 옷을 벗고 바로 출발대에 올랐다. 카메라는 예선 기록이 가장 좋은 3, 4, 5번 선수를 잡았다. 두하의 수북한 가슴털이 흰 피부와 대비를 이루며 도드라져 보였다. 선수들이 허리를 숙이고 웅크린 채 준비 자세를 취했다. 경기의 결과를 이미 알고 있었지만 욱은 순간 숨을 멈췄다.

삑!

출발 신호와 함께 여덟 명의 선수가 물속으로 뛰어들었다. 수중 카메라가 돌핀킥*으로 치고 나가는 선수들의 모습을 잡았다. 스타트는 두 일본 선수가 빨랐다. 일본 선수들은 나란히 엄청난 물보라를 치면서 앞서 나갔다. 그 뒤를 두하가 바짝 뒤따랐다. 50미터 지점에서 턴을 할 때까지 순서는 바뀌지 않았다. 플립턴을 하고 물 위로 나왔을 때부터 두하는 바로 스퍼트를 하기 시작했다. 부드러웠다. 리듬이 살아 있었다.

한 마리의 고래가 3번 레인에서 치고 나갔다. 팔다리가 아니라 몸통의 웨이브를 이용하여 전진했다. 동작이 크고 우아했다. 그러면서도 가볍고 빨랐다. 일본 선수들은 쇄빙선처럼 얼음을 부수며 돌진한다면, 두하는 그 위를 썰매를 지치듯이 미끄러져 나갔다. 두하는 자신이 수영 일기에 정리한 이론을 실제 경기에서 그대로 보여 줬다.

두하가 가장 먼저 터치패드를 찍었다. 48초 42. 대회 신기록이자 한국 신기록이었다. 태극기를 흔들며 감격하는 교민들 모습이 화면에 나왔다. 열아홉 살의 두하는 주먹을 불끈 쥐고 활짝 웃었다. 2, 3위로 들어온 일본 선수들이 두하를 축하해 줬다. 녹화된

---

★ 돌고래의 움직임과 비슷하여 붙여진 이름으로, 스타트, 턴을 한 후에 물속에서 유선형 자세로 접영 발차기를 하며 앞으로 나가는 동작.

화면은 거기까지였다.

"네 아비가 웃으니까 좋구나."

할아버지는 손으로 눈가를 훔쳤다. 항상 밝고 씩씩해 보이기만 했는데, 할아버지의 눈물을 본 것은 처음이었다.

"사는 게 뭔지, 네 아비가 경기할 때도 한 번을 못 가 봤어. 배를 타고 돈을 벌어야 했거든. 이제 와서 그게 제일 한스럽구나. 경기장에 가서 한 번이라도 목청껏 네 아비를 응원했더라면 좋았을 걸……."

할아버지는 마도로스 모자를 구겨 들더니 지친 모습으로 방에 들어갔다. 그동안 할아버지는 유독 아들에 대해서 엄격하고 냉정했다. 욱이 아버지에 대해 묻거나 그 당시 얘기를 꺼내면 화를 내거나 자리를 피했다. 처음엔 약물 사건으로 추락한 아들을 원망하고 그의 결백을 믿지 않는다고 짐작했다. 하지만 욱은 할아버지의 눈물을 보고 나니 다른 이유가 있다는 생각이 들었다. 그것은 할아버지 스스로에 대한 노여움이었다. 아들의 가장 소중했던 순간을 같이 나누지 못했다는 후회, 약물 사건으로 힘들어하는 아들을 믿고 같은 편이 돼 주지 못했다는 자책, 늦게라도 용서를 빌고 화해하고 싶지만 그럴 수 없는 현실에 대한 안타까움. 이런 것들이 뭉뚱그려져 스스로를 용서하지 못하는 것 같았다. 욱은 밤늦도록 두하의 동영상을 반복해서 재생했다.

# 3

# 턴

## 18

2학년들이 주말에 속초 시민들을 위한 무료 수영 교실을 열었다. 토요일은 아침 훈련이 끝나는 시간에 맞춰 교습이 시작됐다. 앞뒤가 바뀌었지만 결과적으로 이사장에게 거짓말은 안 한 셈이 됐다. 시민들의 호응은 뜨거웠다. 학교 홈페이지 게시판에 모집 공고를 내자 신청이 쇄도했다. 초보자와 중급자로 각각 두 반씩 만들려던 처음 계획을 수정해 초등학생 반을 두 개 더 추가했다. 주말 수영장 풍경이 바뀌었다. 두 개 레인은 자유 수영을 하는 사람들을 위해 남겨 뒀고 나머지 두 개 레인에서 강습을 했다. 초등학생부터 어르신까지 수영복을 입고 음악에 맞춰 준비운동을 하고 물로 뛰어들었다. 남녀노소 수강생들은 고등학생 선생님의 가르침을 진지하게 듣고 레인을 따라 나란히 팔을 돌리고 물장구를 치며 나아갔다. 수업을 마칠 때는 다 같이 손잡고 둥글게 서서 스피드 구호를 외쳤다.

"우리가! 이긴다!"

·

감독은 스피드의 훈련 강도를 한 단계 높였다. 부원들은 매일 아침에 3,000미터, 오후에 7,000미터, 총 10,000미터를 수영했다. '바하전 필승'이라는 목표 아래 부원들이 각자에게 주어진 할당량을 완수해야 했다. 바다고 수영장엔 정적 속에 물 가르는 소리만 들렸다.

"길리, 당분간 임시 교사는 나야."

빨간 캡을 쓴 수빈 선배가 생긋 웃으며 욱에게 다가왔다. 성수의 징계가 끝날 때까지 선배들이 돌아가면서 욱을 맡기로 했는데, 평영은 수빈의 담당이었다. 평영은 선배의 주 종목이다. 성수에겐 미안하지만 욱은 마음속으로 만세를 외쳤다. 사실 욱은 평영에 어느 정도 자신 있었다. 초등학생 때 짠 바닷물을 먹지 않으려고 평영으로 자주 헤엄을 쳤다. 또 이번에 자유형을 배우면서 틈틈이 평영을 연습했다.

욱은 수빈을 따라 풀 한쪽으로 옮겨 갔다. 수빈이 시범을 보이려고 발로 벽을 밀치며 힘껏 나갔다. 수빈의 평영은 부드러우면서도 힘이 넘쳤다. 팔젓기와 발차기 그리고 슬라이딩이 끊임없이 이어지며 물수제비를 뜨듯 가볍게 앞으로 나갔다. 수빈의 영법은 수영 일기 속에 두하가 적어 놓은 그대로였다. 선배가 이미 수영 일기를 독파하고 그대로 따라 하는 게 아닐까 의심이 될 정도였다. 두하는 평영을 쉽고 재미있게 풀어 설명했다.

**평영을 할 때는 머리 위에 도넛이 걸려 있다고 상상하면 된다. 과자 따 먹기 게임처럼 물 위로 머리를 내밀면서 가상의 도넛을 하나씩 먹으며 나간다.**
**팔을 저을 때는 뒤집힌 하트 모양을 그린다고 생각한다. 사랑하는 사람을 떠올리며 하트를 날리며 나간다.**
**발을 찰 때는 고래의 꼬리지느러미를 상상한다. 물고기의 꼬리지느러미는 'ㅣ'자로 세워져 있지만 고래의 꼬리는 'ㅡ'자로 누워 있다. 양 발목을 꺾어서 'ㅡ'자를 만든 후 고래가 위아래로 꼬리 치듯 위에서 아래로 물을 힘껏 찬다.**

도넛, 하트, 고래 꼬리, 이 세 가지만 기억하면 된다. 욱은 수빈 앞에서 멋진 모습을 보여 줄 수 있을 거라는 생각에 마음이 들떴다. 설레는 마음으로 출발하려는데 어느새 풀 밖으로 나간 수빈이 말했다.

"뭐 해? 밖으로 안 나오고? 발차기부터 연습하자. 킥판 깔고 엎드려."

욱이 당황해서 수빈을 올려다보며 말했다.

"선배, 저 평영 좀 할 줄 아는데, 물에서 연습하면 안 될까요?"

수빈의 얼굴에서 웃음기가 사라졌다.

"안 돼. 물 밖에서 해야 정확한 동작을 배울 수 있어. 어서 나와."

욱은 투덜거리며 수영장 밖으로 나갔다. 수빈 앞에 킥판을 깔고 엎드렸다. 허공에 대고 파닥파닥 개구리 발차기를 반복했다. 선배 앞에서 못 볼 꼴을 보여 주는 것 같아서 창피했다. 그런 마음을 아는지 모르는지 수빈은 욱을 더욱 호되게 몰아붙였다.

"평영에선 발차기가 제일 중요해. 확실히 해!"

욱은 고개를 숙인 채 다리가 떨어져 나가라 발길질을 했다. 물에 젖은 다리털에 윤기가 빤드르르 흘렀다.

## 19

"스피드 약물 사건의 진실을 밝혀서 《바다고 50년사》에 꼭 싣고 싶어. 난 네 아버지를 믿어."

영롱은 마치 탐정이라도 된 양 목소리를 높이고 눈빛을 반짝였다. 그러고 보니 청바지에 파란 재킷을 입은 모양이 영락없이 명탐정 코난을 코스프레한 것 같았다. 역삼각형 얼굴에 둥근 안경 속 커다란 눈도 얼추 비슷해 보였다. 코언저리에 뿌려진 주근깨만 빼면.

영롱은 욱이 건넨 단체 사진 속 남자의 신원을 어렵지 않게 밝혀냈다. 우선 졸업 앨범을 뒤져 몇 가지 사실을 알게 됐다고 했다. 이름은 권선오. 박두하와 같은 학년이었다. 당시 두하와 함께 대한민국을 대표하는 신세대 간판 선수였다. 권선오의 연락처는 바다고 총동문회 주소록에서 찾아냈다. 영롱은 연락처를 넘겨주는 대가로 욱을 따라가겠다고 우겼고 그렇게 거래가 성사됐다.

일요일 아침, 욱은 춘천 가는 버스에 올랐다. 욱을 따라 영롱도 버스에 올라탔다. 빈자리도 많았지만 영롱은 굳이 욱의 옆자리에 앉았다.

권선오는 수영과 전혀 상관없는 삶을 살고 있었다. 춘천 명동에서 닭갈비집을 한다고 했다. 욱이 다짜고짜 전화를 걸어 박두하의 아들이라고 하자 선오는 무척 놀라는 눈치였다. 권선오는 호구조사를 하듯 욱의 가정사에 대해 꼬치꼬치 캐물었다. 그러곤 두하가 죽은 것은 이미 알고 있다면서 욱을 꼭 보고 싶다고 했다.

버스가 출발하자마자 욱은 서둘러 이어폰을 귀에 꽂았다. 잠을 설쳐 피곤한데다가 TMT의 끝없는 수다에 시달릴 생각은 조금도 없었다. 영롱은 맘껏 입을 풀 수 있는 모처럼의 기회를 뺏겼다는 듯 억울한 표정을 지었다.

욱은 눈을 감고 자는 척했지만 옆에서 부스럭부스럭 소리가 계속 나서 신경이 쓰였다. 욱은 실눈을 뜨고 항상 미스터리한 인물로 생각하던 영롱을 몰래 관찰했다. 영롱은 누군가와 톡을 하는 모양이었다. 손가락의 움직임이 쇼팽의 곡을 연주하는 피아니스트만큼이나 현란했다. 톡을 날리는 틈틈이 커뮤니티에 댓글을 달고 SNS를 확인하고 웹툰에 키득대면서 한순간도 쉬지 않았다. 이어서 힐끔 욱을 돌아보더니 스마트폰을 조심스럽게 들어 올렸다. 그러곤 볼에 바람을 넣고 눈을 크게 뜨더니 욱과 함께 셀카를 찍으려고 했다. 또 어디에 퍼 나르려는 꿍꿍이지? 욱은 잠결에 뒤척이는 척하며 창 쪽으로 머리를 서둘러 돌렸다. 영롱은 깜짝 놀라 스마트폰을 내리더니 조용히 욱의 동태를 살폈다. 쫄기는……. 욱은 속으로 큭큭 웃다가 갑자기 피곤이 몰려와 까물까물 잠이 들었다.

얼마나 시간이 흘렀을까. 욱은 무언가에 짓눌리는 듯해 잠에서 깼다. 영롱이 어깨에 기대어 잠들어 있었다. 머쓱해진 욱은 영롱의 머리를 조심스럽게 바로 세웠지만 손을 떼자마자 다시 어깨 위로 머리가 떨어졌다. 움직이면 깰까 봐 욱은 꼼짝 않고 있었다. 버스 앞쪽 시계를 보니 30분 정도 잔 것 같았다. 차창 밖으로 울창한 소나무 숲이 빠르게 지나갔다. 이어폰에서는 달달한 인디밴드 음악이 흘러나왔다. 음악 때문인지 영롱에게서 좋은 향기가 나는 것 같았다. 영롱의 머리가 점점 무거워졌다. 부동자세로 오래 있다 보니 어깨에 쥐가 날 것 같아 욱은 목을 좌우로 조심스레 풀었다. 슬쩍 곁눈질로 영롱을 봤다. 짧은 머리 사이로 보이는 길게 뻗은 목선, 뽀송뽀송한 볼과 도톰한 입술이 차례로 눈에 들어왔다. 어쩐지 평소와 달라 보였다. 아래로 내려다보는 각도 탓 같기도 했고 쉴 새 없이 나불대던 입을 꼬옥 다물고 있어서 그런 것 같기도 했다.

중앙시장과 중앙로터리를 잇는 명동 닭갈비 골목은 춘천의 대표 명소답게 사람들로 북적였다. 골목 양옆으로 닭갈비집이 즐비하게 들어서 있었지만 권선오의 가게는 한 번에 찾을 수 있었다. 가게 이름이 '***SPEED***'였다. 간판 글씨도 스피드의 디자인을 그대로 썼다. 스마트폰으로 검색했을 때 ***SPEED***는 닭갈비 골목에서도 맛집으로 유명했다. 점심때가 지난 시간인데도 홀은 손님들로 꽉 차 있었다.

욱은 권선오를 첫눈에 알아봤다. 살이 좀 찌고 머리를 길렀을 뿐 순박한 얼굴은 사진 속 그대로였다. 앞치마를 두르고 직접 서빙을 하고 있는 권선오에게 다가가 인사하자 그는 서슴없이 욱의 손을 부여잡았다. 권선오의 손이 나무껍질같이 거칠었다.

“네가 추바카의 아들이구나.”

추바카? 영롱이 눈빛을 빛내며 스마트폰으로 추바카를 검색하더니 욱에게 내밀었다. 추바카는 영화 〈스타워즈〉에 나오는 털북숭이 외계인으로, 영화 속 여주인공은 추바카에게 ‘걸어 다니는 카펫’이라고 불렀다. 사진을 보니 마치 길리슈트와 사촌지간 같았다.

가게 카운터로 쓰는 유리 장식장에는 각종 수영대회 트로피와 메달이 들어 있었다. 벽에는 스피드 저지와 수영 팬티가 자랑스럽게 대형 액자 속에 전시돼 있었다. 저지 등판의 ***SPEED*** 글씨는 해지고 색깔도 누렇게 변했지만 한때 국내 최고였던 수영 명문고의 위엄을 여전히 간직하고 있었다.

큼지막한 철판 위로 고추장소스에 버무려진 각종 채소와 닭갈비가 하얀 연기 속에서 익어 갔다. 푸짐한 비주얼과 지글지글 익어 가는 소리, 고소한 냄새에 절로 군침이 돌았다. 권선오는 볶음주걱을 들고 능숙한 손놀림으로 즉석에서 조리해 주었다. 영롱은 젓가락과 숟가락을 양손에 들고 철판에서 눈을 떼지 못했다.

“먹어도 된다.”

말이 떨어지기 무섭게 영롱은 닭갈비에 달려들었다. 닭갈비 한 점을 먹더니 영롱의 동공이 흔들렸다. 욱도 큼지막한 살코기를 입에 넣었다. 매콤달콤한 소스와 쫄깃한 닭고기의 식감이 혀에 감겼다. 권선오가 영롱에게 《바다 소리》에 대해 물어도 영롱은 고개만 가로젓거나 끄덕일 뿐 말하는 데 입을 쓰지 않았다. 영롱은 먹을 때만큼은 TMT가 아니었다.

둘은 닭갈비 2인분과 비빔 막국수 1인분을 뚝딱 해치우고 철판에 밥을 볶아 누룽지까지 박박 긁어 먹었다. 주근깨 난 영롱의 콧등에 땀방울이 송송 맺혔다.

아르바이트생들이 부지런히 테이블 정돈을 마치자 권선오는 한바탕 전쟁 같았던 점심 장사를 마무리했다. ***SPEED*** 닭갈비집은 오후 3시부터 5시까지 잠시 문을 닫았다. 권선오가 두꺼운 사진첩을 들고 마주 앉았다. 종이컵에 쿨피스를 따라 둘에게 건넸다.

"아버지 얼굴이 그대로 있구나."

권선오가 욱의 얼굴을 바라보더니 테이블 위에 낡은 사진첩을 올려놨다. 사진첩에는 고등학생 때 찍은 사진들로 가득했다. 대회에 출전해서 찍은 사진부터 바다고 수영장에서 연습하는 사진까지. 지금보다 훨씬 날씬하고 풋풋한 모습이었다.

"그땐 정말 모두가 죽기 살기로 수영했어. 지금 너희만큼 젊었으니까. 자나 깨나 수영만 생각했지. 하하."

인생에서 가장 찬란하게 빛났던 순간들을 떠올리며 권선오가 기분 좋게 웃었다.

"그땐 정말 스피드가 전국 최강이었어. 모두가 깜짝 놀랐지. 속초 촌놈들이 전국을 누비며 각종 대회 메달을 휩쓸었으니. 아, 여기 있다."

손가락으로 가리킨 사진 속에 박두하가 있었다. 바닷가에서 수영복을 입은 선오와 두하가 햇살에 눈이 부신 듯 얼굴을 찌푸리고 서 있었다. 그 옆에 선글라스를 쓴 남자도 보였다.《바다 소리》에 실렸던 사진 속 그 코치였다.

"이게 아마 2학년 여름방학 때 찍은 사진일 거야. 화진포 해수욕장에서 하계 훈련을 했지."

쿨피스를 홀짝이던 영롱도 덩달아 신나서 선배 기분을 맞춰 줬다.

"선배님 완전 훈남이셨네요."

"그런가? 하긴 그때 여학생들이 하도 따라 다녀서 내가 고생 좀 했지. 하하."

권선오는 사진 속 소년처럼 미소를 지었다.

"욱이 아버지는 어땠나요? 여학생들한테 인기 많았나요?"

"'선오는 천천이요, 두하는 만만이다'라는 말이 있었어. 내 팬이 천 명이었다면 두하 팬은 만 명이라는 얘기야. 두하의 경기엔 늘 소녀 팬들로 가득 찼지."

"가슴에 털 좀 봐요. 욱이 아버지도 완전 털보셨네요."

"사실은 그 털이 인기 비결이었어. 삼손의 긴 머리가 힘의 원천인 것처럼 두하는 털에서 힘이 나온다고 팬들에게 떠벌렸어. 하하."

어디까지가 사실이고 어디까지가 허풍인지 알 수 없지만 욱은 처음으로 아버지가 재밌는 사람이라고 생각했다. 욱이 콤플렉스로 여기던 털을 아버지는 유쾌하게 받아 넘겼다. 수영 일기에서 본 아버지는 항상 성실하고 진지하기만 했는데, 이런 그의 감춰진 모습을 알게 되어 반가웠다.

앨범 다음 장을 넘기자 군데군데 빈자리가 보였다. 사진을 억지로 떼어 낸 듯 표면이 일어나 있고 뜯긴 종잇조각이 붙어 있었다. 권선오의 해맑은 미소가 옅어졌다. 욱은 그 자리에 원래 어떤 사진이 붙어 있었는지 알 것 같았다.

"1992년 대통령 배 선수권대회에서 무슨 일이 있었는지 알려 주세요."

권선오는 앨범 속 빈자리를 물끄러미 바라보더니 카운터로 가서 담배를 가져왔다. 양해를 구한 후 담뱃불을 붙였다. 천장에서 실링팬이 천천히 돌았다. 권선오는 고개를 돌려 담배 연기를 길게 내뱉었다.

"나는 대회 2주 전에 홍콩독감에 걸렸어. 보통 감기면 약도 안 먹고 버티는데, 이건 정신을 차릴 수 없을 만큼 아픈 거야. 열이 나고 근육이 쑤시고 토하기까지 했지. 나도 나지만 시합을 앞둔 부원들에게 독감을 옮길까 봐 걱정됐어."

유리문 바깥 풍경이 노출 조절을 잘못한 사진처럼 희뿌옇게 보였다. 서로 원조라고 주장하는 간판들이 여기저기 어지럽게 붙어 있었다.

"UDT 코치와 함께……."

"UDT 코치요?"

권선오는 사진 속 선글라스 남자를 가리켰다.

"특수부대 UDT 출신이야. 훈련도 특수부대처럼 빡세게 시켰어. 매일매일 우릴 죽음의 문턱까지 몰아붙였지."

권선오는 손을 저어 담배 연기를 흩트렸다.

"난 UDT 코치와 함께 속초 병원에 가서 주사를 맞았고 약도 처방받았어. 딱 세 번. 그게 전부야. 난 아직도 뭐가 뭔지 모르겠어."

담뱃불이 필터까지 바짝 타들어 갔다. 권선오는 그해 대통령 배 대회에서 평영 100미터와 계영 400미터에서 금메달을 땄지만 도핑 테스트에 걸려 몰수당했다. 두하와 마찬가지로 자격정지 3년을 받고 수영계를 떠났다.

골똘히 생각에 잠겨 있던 영롱이 물었다.

"욱이 아버지도 홍콩독감에 걸려서 같이 주사를 맞은 건가요?"

"두하는 독감에 걸리지 않았어. 두하는 속초 병원 부원장이 특별 관리를 했어. 매주 건강 상태와 컨디션을 체크했지. 두하는……."

권선오는 무슨 말을 하려다가 멈췄다. 곧 종이컵 안을 보더니 피우던 담배를 집어넣었다. 치이익, 담뱃불이 쿨피스를 빨아 먹는 소리가 들렸다.

"두하는 정기적으로 속초 병원에서 수액 주사를 맞았어."

"수액 주사요?"

"별건 아니야. 그냥 영양제야. 컨디션을 좋게 하는. 훈련 끝나면 스피드 부원들이 단체로 가서 맞기도 했어."

"영양제 수액은 금지약물이 아니잖아요."

"물론 아니지. 우린 약물 같은 거에 무지했어. 그런 교육은 받은 적도 없고. 그저 코치가 하라는 대로, 의사가 하라는 대로 따랐지. 결과는…… 너희들이 아는 대로야."

회한과 억울함이 권선오의 두 눈에 뒤엉켜 있었다.

"UDT 코치는 어떻게 됐나요?"

영롱의 얼굴에 호기심이 가득했다. 이런저런 경우의 수들을 부지런히 헤아려 보는 것 같았다.

"UDT도 상심이 컸지. 스피드를 최고의 수영부로 만들었는데 그 사건으로 모든 게 하루아침에 무너지고 말았으니……."

권선오는 영롱을 보던 시선을 돌려 다시 욱을 바라봤다.

"약물 사건 후에 코치를 그만두고 잠적했어. 나중에 일본으로 넘어가서 고등학교 수영부를 맡았다고만 들었어. 서로 연락이 끊긴 지는 오래야."

UDT 코치는 수영 일기에도 종종 등장했다. 체육 시간에 두하의 재능을 알아보고 발탁한 것도 UDT 코치였다. 그는 항상 극한까지 밀어붙였고 두하는 그런 코치를 진심으로 믿고 따랐다.

영롱과 욱이 가게 문을 나서려는데 권선오가 둘을 붙잡았다. 집에서 먹으라며 닭갈비가 한가득 든 비닐봉지를 둘의 손에 쥐여주었다. 욱이 엉거주춤 인사하자 선오는 다시 욱의 손을 덥석 잡았다.

"어물쩍 인사하는 모습도 네 아버지를 닮았구나. 진실을 알게 되면 내게도 알려 다오. 그래도 나와 내 친구에게 생겼던 일은 알고 있어야지."

## 20

월요일 아침 훈련 시간, 성수가 쭈뼛거리며 나타났다. 20일간의 긴 징계를 마치고 돌아온 성수는 여전히 말도 많고 친구들을 웃기면서 팀의 분위기 메이커 역할을 했다. 성수와 나란히 서서 준비운동을 하는 지선도 신바람이 난 표정이었다. 그제야 스피드가 원래의 모습으로 되돌아온 것 같았다.

욱은 배영을 배우기 시작했다. 배영은 유일하게 누워서 하는 영법이다. 호흡이 편하지만 자세가 흐트러지면 균형이 깨지면서 속도에서 손해를 본다. 임시 교사가 된 지선은 욱의 이마에 페트병 뚜껑을 올렸다. 몸을 좌우로 기울이는 롤링을 하면서도 몸의 균형을 잃지 않기 위한 연습법이었다.

"너 배영에 소질 있다. 킥의 리듬이 좋아."

욱이 페트병 뚜껑에 이어 콜라 캔을 이마에 얹은 채 50미터를 완주하자 지선이 칭찬했다. 킥의 리듬은 두하가 늘 강조하는 포인트였다. 두하는 수영할 때마다 머릿속에 메트로놈을 켜라고 했다. 욱은 가상의 메트로놈 박자에 맞춰 허벅지의 힘을 종아리로 전달하고 발목의 스냅을 이용해서 물을 찼다. 물 위에 쭉 펴고 누워 발로 타악기를 연주하는 기분이었다.

멀찍이서 지켜보던 감독이 다가왔다.

"바하전까지 이제 한 달 남았다. 다른 부원들이 한 달 동안 실력이 확 늘긴 힘들다. 그런데 너는 달라. 한 달 후 지금과는 전혀 다른 네가 될 수 있다. 남은 시간 동안 네가 얼마나 성장하느냐에 이번 바하전의 성패가 달려 있다."

욱은 물 위를 미끄러지면서 자기암시를 반복했다.

지금 길리슈트는 풋내기지만 한 달 후엔 바다고의 자랑이 된다.

럭키분식에 스피드 1학년 네 명이 모였다. 지선이 마련한 성수의 환영 파티였다. 평소 모임에 잘 오지 않는 태호까지 합류했다.

얼큰 아저씨는 긴장한 얼굴로 새로 개발한 세트 메뉴를 내왔다. 까르보나라 떡볶이, 멸치n견과 김밥, 오징헐~ 튀김 그리고 오색 어묵탕, 네 가지 요리가 한 세트였다.

얼큰 아저씨는 새 메뉴가 나올 때마다 스피드 부원들에게 먼저 먹였는데 이건 마치 신약이 개발되면 상품화되기 전에 먼저 마루타들에게 임상실험을 하는 것과 비슷한 의미였다. 새로운 메뉴의 시식자로 스피드 부원들을 고집하는 것은 그들은 무엇을 주든 맛있게 먹기 때문이었다. 이번에도 평소보다 족히 두 배 되는 양으로 수북하게 음식을 내왔음에도 네 명의 스피드 부원들은 순식간에 먹어 치웠다. 마지막 남은 떡볶이 한 점까지 사이좋게 나눠 먹고 네 명은 아저씨를 향해 동시에 엄지 척을 날리며 외쳤다.

"대박 맛있어요!"

주방에서 마음 졸이며 지켜보던 얼큰 아저씨는 그제야 함박웃음을 지었다. 너무 실험적인 메뉴가 아닐까 염려했지만 이번에도 대성공이었다. 아저씨의 두툼한 얼굴 하관이 풍선처럼 부풀어 올랐다.

스피드 부원들이 럭키분식 메뉴를 맛있게 먹는 것은 사실이었다. 다만 혹독한 훈련을 마친 뒤 허기져 쓰러지기 직전에 먹는다는 게 함정이었다. 그런 상태라면 곰팡이가 피어 있지 않는 한 어떤 음식이든 미슐랭 별 다섯 개 식당의 요리처럼 맛있을 것이다.

1학년 넷은 서비스로 제공된 콜라로 건배를 했다. 성수가 그동안 콜라가 고팠는지 벌컥벌컥 들이키더니 한층 밝은 얼굴로 말했다.

"고마워, 환영해 줘서. 놀고만 싶더니, 훈련할 땐……. 막상 놀다 보니 그립더라, 훈련할 때가. 뭐 있냐, 인생? 행복이야, 좋아하는 일을 매일 반복하는 게."

"다시 태어난 도치를 위하여!"

지선이 다시 건배 제의를 했다. 넷은 콜라를 원샷했다. 꺼억, 성수가 트림을 하자 넷은 웃음을 터뜨렸다. 욱은 이런 분위기가 어색하면서도 좋았다. 그냥 지나쳐도 될 작은 일도 서로 축하하고 별것 아닌 유치한 말에도 요란하게 웃는다. 욱은 이 친구들과 함께 오랫동안 수영하고 싶었다.

"도치, 네 작전대로 버리는 카드와 살리는 카드로 나눈다면 우리 중에 살리는 카드는 누구야?"

지선의 물음에 성수가 셋을 둘러보더니 한 가지 제안을 했다.

"어때, 손가락으로 찍어 보면? 생각하는 사람을, 살리는 카드라고."

태호가 세 표 받을 것은 분명했지만, 정작 태호가 누구를 찍을지 욱은 궁금했다. 얼큰 아저씨는 무심한 척하면서도 네 명을 훌

깃거리고 있었다. 성수가 카운트를 했다.

"하나, 둘, 셋!"

"오우!"

뜻밖의 결과에 얼큰 아저씨가 감탄사를 내뱉었다. 태호가 두 표, 욱이 두 표를 받았다. 욱과 성수는 태호를, 지선과 태호는 욱을 가리켰다. 예상치 못한 결과에 남자 셋 모두 놀랐다. 욱은 '내가?' 하는 표정이었고, 성수는 '얘가?' 하는 표정이었다. 태호는 자신도 욱을 찍었지만 지선도 같은 생각이라는 것에 놀랐다. 지선은 손가락을 거두며 자기의 선택을 설명했다.

"난 초심자의 행운을 믿어. 욱은 이번 바하전이 데뷔 무대야. 하늘고는 욱을 시합 날 처음 보게 될걸. 데이터도 없거니와 아무도 견제하지 않을 거야. 초심자에겐 기대 수준이 낮지. 본인도 그럴 테고."

지선이 자기 얼굴에 붙은 귀밑머리를 정돈하면서 욱을 보고 웃었다.

"난 아무 기대가 없지."

욱의 고백에 셋이 와하하 웃었다.

"바하전은 단판 승부야."

태호는 스포츠 중계 해설자처럼 말했다.

"전국 대회처럼 예선을 거쳐서 결승에 오르는 게 아냐. 단판 승부에선 기세가 중요해. 욱은 실력은 떨어질지 몰라도 기세만큼은 지금 스피드에서 최고야. 하루하루 달라지고 있잖아. 그 기세로 욱은 바하전의 주인공이 될 거야."

성수는 욱의 어깨를 두 팔로 잡고 흔들었다.

"대단하다, 박욱. 이번 바하전의 히든카드야, 네가."

욱이 그렇지 않다고 변명하려 했지만 모두 귀담아 듣지 않았다. 성수가 소리쳤다.

"건배, 길리슈트를 위해!"

## 21

– 비상 상황 발생! 어디?

영롱에게서 톡이 왔다. 욱이 오후 수영을 마치고 탈의실에서 수영복을 갈아입을 때였다.

– 지금 연습 끝. 무슨 일인데?

– 톡으론 안 됨. 빨리 신문부로!

톡 아래에 달린 곰돌이 이모티콘이 헐레벌떡 뛰고 있었다.

《바다 소리》를 만드는 신문부는 옥상에 있는 창고를 개조해서 쓰고 있었다. 녹슬어 있는 무거운 쇠문을 열자 끼이익 소리가 났다. 양끝이 검게 변한 형광등이 켜져 있었지만 방은 어두침침했다. 쇠창살이 달린 자그마한 창문이 하나 있고 그 옆에서 환풍기가 탈탈 소리를 내며 돌고 있었다. 한쪽 책상에 우두커니 앉아 있는 영롱의 모습이 그제야 욱의 눈에 들어왔다.

영롱은 욱을 힐끔 보더니 다짜고짜 커다란 신문철을 꺼내 책상 위에 펼쳤다. 지면이 누렇게 변색한 1992년 5월자《바다 소리》였다. 그해 4월에 있었던 히로시마 아시아수영선수권대회 결과가 헤드라인을 장식했다. 그 아래로 국대 유니폼을 입은 박두하와 권선오가 각각 금메달과 은메달을 목에 건 채 환하게 웃고 있었다.

"《바다고 50년사》 자료 조사를 하다가 발견했어."

영롱이 한 장을 넘기자 조그만 흑백 사진이 나왔다. 수영장을 배경으로 남자 셋이 서로 마주 보며 웃고 있었다. 왼쪽엔 스피드 유니폼에 선글라스를 낀 UDT 코치가 있었고 가운데엔 양복을 말쑥하게 차려입은 중년남자가, 그리고 오른쪽엔 덩치가 큰 젊은 남자가 하얀 가운을 입고 서 있었다. 세 명은 나이 차이가 있어 보였는데도 마치 오래된 친구처럼 막역해 보였다.

사진 아래에는 짧은 설명이 달려 있었다.

**히로시마 쾌거의 숨은 일꾼. 우동탁 코치, 오봉준 교장, 이경제 부원장**

"UDT 코치가 훈련을 잘 시켰고 교장이 팍팍 밀어줬고 팀 닥터인 부원장이 선수들의 건강관리를 잘했다는 뜻이겠지."

영롱의 설명에 욱은 사진 속 이경제 부원장의 모습을 오랫동안 쳐다봤다. 약물 사건의 진실을 밝힐 열쇠를 쥐고 있는 사람, 춘천 닭갈비집에서 권선오가 이야기했던 인물이었다.

영롱이 화이트보드를 끌고 오더니 동그라미 세 개를 큼지막이 그렸다. 그리고 동그라미 안에 사진 속 세 사람의 이름을 휘갈겨 써넣었다.

"안타깝게도 오봉준 교장과 이경제 부원장은 이미 돌아가셨어."

이경제 부원장이 죽었다는 말에 욱은 깜짝 놀랐다. 영롱은 책상에서 종이 한 장을 꺼내더니 화이트보드에 붙였다.

**'訃告(부고). 이경제 속초 병원장'**

강원일보 사이트에서 출력한 3년 전 기사였다. 영롱은 도톰한 입술을 꾹 다물더니 고개를 가로저었다. 욱은 원장의 죽음이 안타까우면서도 박두하의 진실을 밝혀 줄 사람이 없다는 사실에 암담했다. 영롱은 이미 세상을 떠난 두 사람의 이름 위에 X자를 크게 긋더니 이번에는 낮은 목소리로 중얼댔다.

"이제 진실을 알고 있는 사람은 일본에 있는 UDT 코치 우동탁

뿐이야."

영롱은 이번엔 빨간색 보드 마커로 UDT 코치 이름에 동그라미를 여러 번 겹쳐 그렸다. 욱은 영롱의 기분을 맞추느라 고개를 끄덕이면서도 '말로 해도 될 걸 굳이 저렇게 해야 하나.' 하고 생각했다.

## 22

뾰족한 계획이 있는 것은 아니었지만 그래도 직접 확인하고 싶었다. 토요일 오전 훈련이 끝나자마자 욱은 구글 맵을 켰다.

붉은 벽돌로 지어진 자그마한 속초 병원 건물은 청초호 옆에 있었다. 초록색 담쟁이 넝쿨이 벽을 빽빽이 뒤덮고 있어 첩보 영화 속 비밀 안가같이 보였다.

당시 이경제 부원장은 의료법 위반으로 100만 원의 벌금형에 처해졌다. 그걸로 끝이었다. 불공평했다. 선수들은 3년 자격정지를 받고 수영계를 떠났는데 정작 약물을 처방한 당사자는 100만 원만 내고 의사 노릇을 계속했다. 욱은 병원 출입문 앞에 서서 잠시 숨을 골랐다.

"야! 빡욱!"

병원 문을 열고 들어가려는 순간 누군가 뒤에서 소리쳤다. 깜짝 놀라 돌아보니 영롱이었다. 노란 트레이닝복 상하의에 백팩을 멘 그녀는 뾰로통한 표정이었다. 영롱은 자기가 아쉬울 땐 눈웃음을 살살 치며 "길리, 길리." 하고 불렀지만 뭔가 못마땅할 때는 성과 이름을 같이 불렀다. 그것도 매번 '박욱'이 아니라 '빡욱'이라 했다. 욕같이 들려서 몇 번 주의를 줬건만 영롱은 일부러 약 올리려고 그러는지 매번 "빡욱, 빡욱." 했다.

"빡욱! 너 여기서 뭐 해?"

"어? 네, 네가 여기 왜……?"

욱은 나쁜 짓을 하다가 들킨 것처럼 말을 더듬었다.

"왜 불러도 대답 안 해? 학원 보충 가다가 버스에서 너 보고 내렸잖아."

그러곤 욱의 말은 듣지도 않고 누구 때문에 보충 빠지게 됐다며 애먼 억지를 부렸다. 영롱은 병원 건물을 한번 올려다보더니 무슨 꿍꿍이인지 알았다는 듯 고개를 끄덕이고는 출입문을 밀었다. 영롱의 백팩에 매달린 뤼팽 피규어 인형이 흔들리며 욱에게 따라오라고 손짓했다.

병원 내부 곳곳에서 세월의 흔적이 느껴졌다. 나뭇결을 살린 마룻바닥은 닳아서 만질만질했다. 손때가 묻어 누렇게 변색된 벽은 군데군데 칠이 벗겨져 있었다. 로비 한쪽 벽면에 대형 TV가 보였고 맞은편 긴 의자에 손님들이 띄엄띄엄 앉아서 순서를 기다리고 있었다. 영롱이 성큼성큼 접수대로 향하자 욱이 머뭇머뭇 뒤따랐다.

"저, 이경제 원장님을 뵈러 왔는데요."

아무것도 모르는 것처럼 시치미를 떼고 영롱이 물었다. 하늘색 유니폼을 입은 여자 간호사가 고개를 들었다.

"누구요? 그런 분 없는데요."

"예전에 여기 계셨었는데……. 중요한 일이라서요. 꼭 봬야 하는데 어떻게 해야 연락이 닿을 수 있을까요?"

간호사가 고개를 갸웃하더니 로비 의자를 가리키며 앉아서 기다리라고 했다.

TV에서는 일일드라마를 재방송하고 있었다. 여자 주인공이 입술을 깨물고 눈에서 레이저 광선을 내뿜었다. 당장이라도 상대방의 머리끄덩이를 휘어잡을 태세였다.

간호사는 전화로 뭔가를 묻는 것 같았다. '수간호사님, 이경제 원장님, 학생' 이런 단어들이 언뜻언뜻 들렸다. 기다리는 시간이 길어지자 욱은 스마트폰을 꺼냈다. TMT는 이미 드라마에 몰입되어 입을 다물고 있었다. 욱은 스피드 SNS 계정에 들어갔다. 수빈이 포스팅한 글에 '좋아요'와 댓글이 제법 많이 달렸다. 수빈은 바하전을 열심히 홍보했다. SNS를 통해서 바하전 역사와 8월에 열릴 경기를 알렸다. 수영을 즐기는 동호회원들을 중심으로 응원 메시지가 조금씩 늘기 시작했다.

30분쯤 지났을 때 접수대에 있던 간호사가 둘을 불렀다. TV 속 여자 주인공은 따귀를 맞아 벌겋게 부어오른 뺨을 부여잡고 울고 있었다.

복도 모퉁이를 돌아 수간호사실이라고 적힌 방으로 들어갔다. 네모난 테이블 뒤로 머리가 희끗희끗하고 차가운 인상의 수간호사가 보였다. 욱과 영롱이 묵례하자 수간호사가 앉으라는 손짓을 했다.

"이경제 원장님을 찾으셨다고요?"

수간호사는 타원형 안경을 내려 쓰고 그 너머로 둘을 살폈다.

"……무슨 일인지 물어봐도 될까요?"

"저희는 바다고 학생입니다. 30년 전 있었던 수영부 약물 사건에 대해 알아보려고요."

영롱이 또랑또랑 말했다. 처음부터 너무 저돌적으로 달려든 건 아닐까, 욱은 걱정이 앞섰다. 역시나 수간호사의 표정이 싸늘해지더니 사무적으로 말했다.

"무슨 말을 하는지 모르겠네요. 원장님은……, 그땐 부원장이었지만, 나중에 이 병원 원장님이 됐어요. 원장님은 3년 전에 돌아가셨어요."

"어머!"

영롱은 몰랐다는 듯 일부러 크게 탄식하며 안타까운 표정을 지었다. 수간호사는 여전히 냉랭한 눈길로 둘을 바라봤다. 더 이상 할 말이 없으니 그만 나가 달라는 의미였다. 욱이 나설 차례였다. 침을 한 번 꿀꺽 삼키고 입을 열었다.

“저는 바다고 수영부원입니다. 제 아버지도 예전에 바다고 수영 선수였는데 도핑 테스트에 걸려서…….”

욱은 수간호사의 날카로운 시선에 주눅이 들어 말끝을 흐렸다. 수간호사는 테이블 위에 있던 커피 잔을 들더니 입술만 축이고 다시 내려놓았다.

“박두하 선수.”

갑자기 아버지 이름이 수간호사 입에서 튀어나왔다.

“제 아버지를 아세요?”

고개를 든 수간호사의 서늘한 인상이 조금 누그러졌다.

“박두하 선수는 이 병원에 자주 들렀어요. 아드님이군요.”

수간호사는 욱의 얼굴을 찬찬히 살폈다.

“많이 닮았네요. 얼굴이며 말투며. 예전의 박두하 선수를 보는 것 같아요.”

수간호사가 회상에 잠긴 듯 눈동자의 초점이 흐려졌다. 욱은 스마트폰에 있는 원장, 교장, UDT 코치가 함께 있는 사진을 보여 줬다.

“여기 나온 두 분도 아세요?”

"교장선생님과 코치님은 우리 병원에 자주 들렀어요. 스피드를 어떻게든 전국 최고로 만들려고 했죠."

잠자코 있던 영롱이 불쑥 치고 들어왔다.

"부원장님, 아니 원장님이 금지약물인지 알고 처방한 게 맞죠? 팀 닥터가 모를 수가 없잖아요?"

수간호사가 자리에서 일어나더니 창가로 향하며 말했다.

"두하 학생은 원장님이 직접 관리했어요. 저는 모르는 일이에요."

토요일 오후 한가한 청초호 위로 분주히 오가는 고깃배들이 보였다. 영롱이 한 발 앞으로 나섰다.

"박두하 학생의 당시 진료기록을 볼 수 있을까요?"

수간호사가 돌아섰다. 얼굴에 약간의 노여움이 묻어 있었다.

"병원은 자료 보관소가 아니에요. 그렇게 옛날 진료기록부까지 보관하진 않아요."

"대한민국 보건의학법에 따라 환자들의 진료기록을 폐기하는 건 불법 아닌가요."

욱은 TMT의 아무 말 대잔치가 또 시작됐다고 생각했다. 어디서 들은 이야기를 주워섬기는지는 모르겠지만 TMT가 이름도 낯선 보건의학법에 대해 알 리가 없다. 애당초 그런 법이 있기는 한 걸까.

"혹시, 뭔가 구린 게 있으니까 일부러 없앤 거 아녜요?"

TMT의 도발에 평정심을 유지하던 수간호사가 발끈했다.

"학생! 무슨 말을 그렇게 해요? 그리고 의료법상 진료기록 보관 의무는 10년이에요. 우리 병원은 개업 때부터 환자 진료기록부를 모두 보관하고 있어요."

빙고! TMT의 입꼬리가 씨익 위로 올라가더니 바로 맞받아쳤다.

"그럼 박두하 학생의 진료기록부도 남아 있겠네요."

수간호사는 자신의 실수를 깨닫고 당황하는 것 같았지만 곧 평정심을 되찾았다. 그녀는 마지막으로 확실하게 선을 그었다.

"환자의 개인정보를 내줄 수는 없어요. 절대."

욱은 마음 깊숙한 곳에서부터 뜨거운 것이 끓어오르고 있음을 느꼈다. 하지만 욱이 할 수 있는 일은 아무것도 없었다. 영롱은 수간호사를 한참 째려보더니 갑자기 몸을 부르르 떨었다. 그러곤 주머니에서 스마트폰을 꺼내 들고는 "여보세요. 아, 아빠. 잠깐만……." 하면서 밖으로 나갔다.

방 안에는 어색함만 남았다. 욱은 그만 물러가야 할지, 영롱을 기다렸다가 같이 나가야 할지 몰라 엉거주춤 한쪽에 서 있었다. 벽걸이 에어컨이 소음을 내면서 찬바람을 내뿜었지만 막 시작된 장마철의 눅진한 공기가 방 안에 무겁게 내려앉았다. 수간호사는 안경을 벗어 렌즈를 닦고는 다시 창밖을 내다봤다. 청초호 위로 반짝이는 햇빛이 적막을 돋우었다.

"수간호사님!"

기다렸던 TMT 대신 하늘색 유니폼을 입은 간호사가 벌컥 문을 열고 들어왔다. 조금 전에 접수대에 있던 그녀였다. 수간호사가 돌아보며 눈짓으로 '무슨 일?' 하고 물었다.

"혹시 1992년…… 박, 박두하 학생 진료 파일 달라고 하셨어요?"

수간호사의 눈이 커졌다. 간호사는 말을 더듬었다.

"아, 아까 그 여학생이…… 수, 수간호사님이 파일을 찾는다고 해서…… 진료기록부실을 뒤졌는데…… 아, 그게……."

수간호사가 답답한 듯 크게 물었다.

"그래서 그 학생은 지금 어디 있나요?"

"아, 그, 그게……."

하늘색 유니폼의 간호사가 어쩔 줄 몰라 하자 수간호사가 눈을 흡뜨고 다음 말을 재촉했다.

"드, 들고 튀었어요. 파일을 찾아 가지고 오는데 갑자기 달려들더니 빼앗아 달아났어요."

수간호사가 자리에 털썩 주저앉으며 혼잣말을 했다.

"대체 그 아인 뭐지?"

푸흡, 욱은 웃고 말았다. 욱도 궁금했다. 그 아이는 대체 뭘까? TMT인가? 기자인가? 명탐정 코난인가? 괴도 뤼팽인가? 그 아이를 알아갈수록 더 모르겠다.

# 23

여름방학이 시작됐다. 한낮의 폭염에 텅 빈 운동장은 지글지글 달궈졌다. 플라타너스 사이로 매미 소리가 요란하게 나고 국기 게양대의 태극기는 더위를 먹은 것처럼 축 늘어져 있었다.

스피드는 4박 5일 일정으로 여름 캠프를 떠났다. 속초에서 버스를 타고 북쪽으로 한 시간쯤 올라가면 화진포 해수욕장이 나온다. 동해안 최북단에 있는 해변인데 물이 맑고 백사장이 길어 여름 캠프 장소로 안성맞춤이다.

전통적으로 여름 캠프는 빡빡한 훈련에서 벗어나 바닷가에서 휴식을 취하고 팀워크를 다지는 시간이었다. 하지만 올해는 사정이 달랐다. 스피드의 존폐가 달린 바하전을 앞두고 있었다. 메기는 출발하면서 이번 캠프는 지옥 훈련이 될 거라고 선전포고했다. 캠프 시간계획표를 보던 성수가 충격을 받았다.

"다 훈련이야, 밥 먹고 자는 시간 빼고는. 처음 봐, 이렇게 심플한 계획표는."

꿀 같은 휴식을 꿈꿨던 부원들은 천국에서 나락으로 떨어진 것 같은 표정이었지만 메기는 눈썹 하나 꿈적하지 않았다.

화진포에 도착하자마자 백사장과 화진포 석호潟湖를 구보로 돌았다. 눅눅하고 끈적거리는 바닷가 열기 속에서 스피드 부원들은 한 시간 만에 녹초가 됐다. 이어서 해변에서 체력 훈련을 했다. 특수부대 군인들이나 받을 법한 PT와 유격 체조를 끝없이 반복했다. 땡볕에 얼굴이 벌겋게 익은 메기가 줄기차게 호루라기를 불었다.

"먹었나 봐, 더위를. 제정신이 아냐, 메기."

성수가 바짝 마른입을 달싹거리며 불평했다. 주위에 있던 1학년들은 웃을 힘도 없었다. 메기가 버럭 소리를 질렀다.

"방성수, 지금 뭐라고 했습니까?"

유격대 조교가 된 것처럼 주장의 말투에는 각이 잡혀 있었다.

"멋있다고 말했습니다, 메기 선배가아아아!"

성수는 몸을 위로 비틀어 올리면서 소리를 질렀다. 메기가 곧바로 맞받아쳤다.

"거짓말입니다. 다 들었습니다. 거짓말한 벌로 다 같이 쪼그려 뛰기 30회 실시!"

에고고, 땅이 꺼질 듯 한숨 소리가 여기저기서 터져 나왔다. 지선은 눈을 빗뜨더니 착지하는 성수를 뒤에서 밀었다. 성수가 모래밭에 나동그라졌다.

한 무리의 여학생들이 알록달록한 색깔의 서핑 보드를 들고 바다로 뛰어들었다. 파도가 높아 서핑하기에 좋은 날씨였다.

체력 훈련 다음으로 멸치 코치가 나섰다. 바다 수영을 배우는 시간이었다.

“청백으로 나누어 릴레이로 저 앞에 부표를 찍고 오는 훈련이다.”

멸치 코치는 바다 위에 떠 있는 노란색 부표를 가리켰다.

“저녁밥하고 설거지까지 몽땅 하는 걸로 하죠, 지는 팀이.”

내기를 좋아하는 성수가 또 나섰다. 이번엔 부원들 모두 박수를 치며 찬성했다.

저녁밥과 설거지를 걸고 메기와 문어를 중심으로 다섯 명씩 두 팀으로 나눴다. 하루 종일 지루하게 망루에 혼자 앉아 있던 수상 안전 요원도 예상치 못한 볼거리를 흥미롭게 지켜봤다.

첫 주자는 성수와 태호였다. 멸치 코치의 휘슬과 함께 둘은 바다로 달려 나갔다. 첨벙첨벙 물장구를 치며 뛰어가더니 곧 자유형으로 파도를 헤치고 나갔다. 둘이 엇비슷했지만 중간쯤에서 성수가 바닷물을 마셨는지 갑자기 허우적거렸다.

바다 수영은 소금물 때문에 몸이 쉽게 뜨지만 파도와 조류에 맞서 헤엄쳐야 하기에 실내 수영과는 전혀 다르다. 물이 뿌예서 시야 확보가 힘들고 짠 소금물이라도 마시게 되면 리듬이 단숨에 깨져 버린다.

태호가 해안에서 100미터쯤 떨어져 있는 부표를 돌았다. 정신을 되찾은 성수도 부지런히 따라갔지만 둘의 거리는 점점 벌어졌다. 태호가 출발선으로 먼저 들어와서 두 번째 주자인 지선과 태그했다. 성수는 지선이 출발하고도 한참 뒤에야 눈코가 새빨개진 채로 기진맥진 들어왔다. 다음 선수와 터치하자마자 성수는 모래 위에 벌렁 나자빠졌다. 바닷물을 많이 마셨는지 헛구역질을 하자 상대 팀이 키득거렸다.

문어 팀의 네 번째 주자 수빈이 바닷물로 뛰어들었다. 승부는 이미 문어 팀으로 결정 난 것 같았다. 욱은 자기 팀 주자를 기다리며 수빈을 바라봤다. 평소와 달리 화진포의 파도가 높았다. 욱은 초등학생 때 여름이면 매일 친구들과 바닷가에서 놀았다. 할아버지의 배낚시를 돕다가 바다로 뛰어들기도 했다. 바다 수영은 누구에게도 뒤지지 않을 자신이 있었다. 수빈은 열심히 파도를 헤치고 나갔다. 하지만 파도를 이기려고 애쓰다 보면 짠물만 마시고 해변으로 떠밀려 올 수 있다. 큰 파도와 만나면 차라리 파도 아래로 잠수하면서 들어가야 한다.

욱의 차례가 됐다. 바닷물을 튀기며 찰박찰박 달려 나갔다. 욱 팀의 응원이 뜨거웠다. 구경하던 피서객들도 막판 역전을 기대하며 희멀건 털북숭이 선수에게 박수를 보냈다. 바닷물이 골반 높이까지 올라왔을 때 욱은 몸을 던져 헤엄치기 시작했다. 서늘한 수온, 파도의 움직임, 조류의 방향, 이 모든 환경에 욱의 몸은 익숙했다. 머리를 들어 보니 수빈은 엉뚱한 방향으로 헤엄치고 있었다. 레인 줄이 없는 바다 수영은 똑바로 가기도 힘들다. 수영하는 중간중간 머리를 들어 목표점을 확인하며 가야 한다. 머리 위로 큰 파도가 덮쳤을 때 욱은 잠영으로 파고들었다. 수빈은 큰 원을 그리며 부표를 돈 반면 욱은 왕복운동을 하듯 직선으로 가서 반환점을 돌았다. 파도와 싸우느라 벌써 지쳐 버린 수빈에 비해 조류를 타고 최단 거리로 수영한 욱은 아직 힘이 남아 있었다. 결국 욱은 몇 번의 팔젓기 만에 수빈을 앞질렀다. 털북숭이의 선전에 구경꾼들이 소리를 질렀다. 수상 안전 요원도 팔을 흔들며 응원했다.

욱은 마지막 주자인 메기의 손을 터치했다. 수빈을 뒤이어 문어도 전력으로 헤엄쳤지만 재역전은 일어나지 않았다. 메기 팀이 이겼다. 메기가 들어오자 다들 손을 맞잡고 환호했고 성수는 욱을 업고 모래사장을 돌았다.

"너 제법이다."

메기가 욱의 어깨를 치며 말했다. 수빈은 울상을 지었으나 욱에게 엄지손가락을 치켜올렸다. 욱의 가슴이 뻐근하게 부풀었다.

릴레이 대결에서 진 문어 팀이 밥을 하고 김치찌개를 끓였다. 후배들은 민박집 텃밭에서 상추와 고추를 따 왔고 선배들은 저녁상을 차렸다. 승리한 메기 팀은 바닷물에서 헤엄을 치거나 모래 장난을 하며 한가롭게 시간을 보냈다.

대청마루에 푸짐한 저녁 만찬이 펼쳐졌다. 불판 위에서 삼겹살이 노릇노릇 익어 갔다. 보기만 해도 입에 침이 한가득 고였다. 스피드 부원 열 명과 멸치 코치, 감독이 상 둘레로 모여 앉았다. 코치진 눈치를 보면서 삼겹살로 달려들려는 순간, 감독이 사이다를 채운 컵을 들고 엉거주춤 일어났다.

"바하전이 다음 주다."

모두 일시정지 상태로 감독을 주목했다.

"이길 수 있습니까?"

감독의 느닷없는 질문에 스피드 부원들이 한목소리로 외쳤다.

"이길 수 있습니다!"

"상대는 강하다. 숫자가 우리 두 배다. 우린 3연패 중이다."

선배들은 분한 듯 감독을 노려봤다. 감독이 다시 물었다.

"이길 수 있습니까?"

"이길 수 있습니다!"

선후배 할 것 없이 하나같이 악을 바락바락 썼다. 감독이 컵을 머리 위로 번쩍 들었다.

"우리가!"

"이긴다!"

거칠게 컵을 부딪쳤다. 감독이 숟가락을 들자, 부원들의 젓가락이 융단폭격을 하듯 불판으로 달려들었다.

여름 캠프 내내 태양은 뜨거웠다. 여러 가지 모양의 구름이 수평선 위로 뭉게뭉게 피어올랐다. 먼 바다에서는 컨테이너를 실은 무역선들이 한가로이 오갔다. 해수욕을 즐기는 피서객들의 소음과 모래사장에 부서지는 파도 소리 사이로 스피드 부원들의 가쁜 숨소리가 멈추지 않았다.

훈련 넷째 날, 점심을 먹고 잠깐 휴식을 가질 때였다. 정수리 위로 햇볕이 폭포수처럼 쏟아졌다. 길리슈트 욱은 신체적 특성 때문에 남들보다 배로 힘들었다. 한여름에 오리털 파카를 입고 불가마에 들어간 기분이었다. 계속되는 훈련에 지칠 대로 지친 부원들은 거의 혼이 빠진 상태로 몽골 텐트 그늘에서 쉬고 있었다. 갑자기 뒤쪽에서 요란한 소리가 들려왔다. 오토바이 십여 대가 경음기를 울리며 해변으로 다가오고 있었다. 배달용 스쿠터부터 우체국 오토바이, 경주용 바이크까지 종류도 다양했다. 바퀴에서는 대낮인데도 번쩍번쩍 빛이 났다. S패밀리였다.

"스피드 병신들 여기 있을 줄 알았다."

스키니는 형광색 티셔츠에 배기팬츠를 입고 한 손에는 야구 배트를 들고 있었다. 그 뒤를 빡빡이와 투블록 뚱보, 진한 볼터치 화장에 레깅스를 입은 여자애들이 따랐다. 지난번 수영장에 쳐들어왔던 멤버 그대로였다. S패밀리는 오토바이를 길가에 세우고 스피드 부원들을 향해 어기적어기적 걸어왔다.

"씨발, 너희들 때문에 우리 한 달 정학 먹은 거 알지?"

주황색 하와이안 남방에 반바지 차림의 빡빡이가 모래사장에

침을 뱉더니 몽골 텐트의 기둥을 발로 툭툭 찼다. 메기가 일어나서 빡빡이 앞에 섰다. 메기가 머리 하나 정도 더 컸다.

"우리 건드리지 마라. 우리 싸우면 안 된다."

"씨파, 이 십장생 씨부리는 거 봐라. 너희는 싸우면 안 되고, 우리는 되냐?"

빡빡이가 메기의 가슴을 머리로 쿵쿵 들이박았다. 메기는 불끈 주먹을 감아쥐었다. 성수가 둘 사이에 끼어들더니 빡빡이를 감싸 안았다.

"그만해요, 형. 거래 다 끝냈잖아요, 그때."

"도치, 이 좆만 한 새끼. 어른들 얘기하는데 네가 왜 껴!"

빡빡이가 로우킥으로 정강이를 걷어차자 성수가 비명을 지르며 벌렁 뒤로 나자빠졌다. 지선이 깜짝 놀라 성수를 부축해서 뒤로 데려갔다.

"도치 저 새끼, 냄비 복은 있네. 너 빚 다 깠다고 생각하면 오산이야. 몸으로 때울 게 남았어."

성수는 아직도 S패밀리에 약점을 잡힌 게 남아 있는 모양이었다.

폭염 아래 모래사장은 프라이팬처럼 뜨겁게 달궈졌고 올라오는 복사열에 가만히 있어도 땀이 비 오듯 쏟아졌다. 사태가 험악해지자 스피드 부원들이 다 일어서서 S패밀리와 맞섰다. 폭력은 어떻게든 피해야 했다. 한 번 더 싸움이 일어났다가는 그 즉시 수영부 해체 통보가 떨어질 것이다. 메기가 마치 항복한다는 듯이 두 손을 어깨 위로 번쩍 들고 얘기했다.

"우리는 너희한테 아무 감정이 없다. 우리는 그냥 조용히 돌아가겠다. 얘들아, 가자."

메기와 스피드 부원들은 천천히 민박집 쪽으로 물러갔다.

"병신, 누구 맘대로!"

욱이 돌아봤을 때 스키니는 야구방망이를 들고 전속력으로 메기의 뒤통수를 겨냥해서 달려들고 있었다. 그 순간 욱의 눈앞에서 보고도 믿지 못할 장면이 펼쳐졌다. 메기 곁에 있던 수빈이 번개의 속도로 메기를 옆으로 밀어냈고 스키니는 몸을 휘청할 정도로 헛스윙을 했다. 이어서 수빈은 왼발을 축으로 삼아 상체를 빙그르 180도 회전하더니 오른 발꿈치로 스키니의 턱을 정확하게 후려 찼다. 빠각! 소리와 함께 스키니가 1미터 정도 허공으로 부웅 날아올랐다. 이 모든 장면은 사진이 한 장 한 장 넘어가는 슬라이드 쇼처럼 느리지만 선명하게 보였다. 정체를 숨기고 있던 초능력자가 응급 상황에서 커밍아웃한 것 같은 반전이었다. 성수가 수빈에 대해 했던 말이 기억났다.

"선배는 우리랑 노는 리그가 달라."

메기가 다급하게 외쳤다.

"싸움은 절대 안 돼. 모두 섬으로 넘어간다!"

스피드 부원들은 바다를 향해 질주했다. 캠프에서 배운 바다 수영으로 파도를 헤치고 나아갔다. 화진포 해수욕장에서 약 300미터 떨어진 곳에 금구도라는 무인도가 있다. 황금 거북이를 닮았다고 금구도金龜島라 불렀다. 스피드 부원들이 일사불란하게 섬 쪽으로 도망가자 열받은 빡빡이가 외쳤다.

"쫓아! 한 새끼도 놓치지 마!"

제일 먼저 빡빡이가 바다로 입수하더니 그 뒤를 따라 나머지 S패밀리도 바다로 뛰어들었다. 스키니는 아직도 정신을 못 차리고 모래사장에 뻗어 있었다.

빡빡이는 수영을 곧잘 했다. 그럴듯한 폼으로 스피드 부원들을 열심히 뒤쫓았다. 엉겁결에 뛰어든 S패밀리들은 바닷물이 허리 높이까지 차올랐을 때 갑자기 겁을 먹고 멈춰 섰다. 그리고 제자리에 서서 혈혈단신 적진을 향해 헤엄쳐 가는 대장의 뒷모습을 하염없이 지켜봤다.

금구도에 먼저 도착한 스피드 부원들은 빡빡이를 응원했다.

"힘내! 이쪽이야, 빡빡이 파이팅!"

빡빡이는 빠른 속도로 헤엄쳤지만 중간쯤엔 체력이 급속히 떨어진 모양이었다. 더구나 아무도 자기를 따라오지 않자 다시 돌아갈 수도 없고 혼자 금구도까지 갈 수도 없어 당황하기 시작했다. 곧이어 높은 파도를 몇 번 정통으로 맞더니 두 팔을 허우적거렸다. 그 모습이 재미있어서 스피드 부원들은 더욱 소리를 질렀다.

"빡빡이 파이팅!"

메기만이 위험한 상황을 감지하고 욱을 불렀다.

"욱아, 따라와라."

둘은 빠르게 빡빡이에게 접근했다. 파도에 밀려나던 빡빡이는 계속 바닷물을 마셔서 거의 숨을 쉬지 못했다. 그럼에도 정신을 잃지는 않았다. 메기와 욱이 다가서서 빡빡이의 양쪽 겨드랑이를 잡았다. 그리고 빡빡이 얼굴을 수면 위로 나오게 한 후 횡영으로 나아갔다.

금구도에 도착하자 빡빡이가 울음을 터뜨렸다.

"씨발, 나 죽는 줄 알았어…… 흐흐흑."

멀리서 빠른 속도로 수상 구조대의 구명보트가 다가왔다. 해변가의 S패밀리들이 계속 소리치고 있었지만, 금구도의 푸른 대나무 숲이 바람에 흔들리는 소리에 묻혀 하나도 들리지 않았다.

"내가 운 건 비밀로 해 줘라."

빡빡이의 부탁에 메기가 반문했다.

"너 언제 울었었냐?"

빡빡이가 피식 웃었다. 하지만 구명보트에 올라탄 순간 빡빡이 표정이 바뀌더니 멀찍이 서 있는 성수를 향해 소리쳤다.

"씨발! 도치! 너 오늘 운 좋은 줄 알아라!"

성수가 몸을 움츠리며 지선 뒤로 숨었다. 구명보트는 S패밀리가 기다리고 있는 해안가로 굉음을 내며 돌아갔다. 멀어져 가는 구명보트를 바라보는 스피드 부원들 뒤에서 메기가 외쳤다.

"오후 훈련은 여기서 한다. PT 대형으로 벌려!"

금구도가 바닷속으로 꺼질 만큼 깊은 한숨 소리가 흘러나왔다.

여름 캠프에서의 마지막 저녁 만찬 후 전체 회의가 소집됐다. 바하전 종목별 엔트리를 발표하는 시간이었다. 몸은 천근만근 무거웠지만 부원들의 눈은 초롱초롱 반짝였다. 멸치 코치가 앞으로 나와서 태블릿을 열었다.

"알다시피 한 사람이 참가할 수 있는 경기는 세 개까지다. 계영만 빼고 나머지 경기에는 두 명씩 출전한다. 성수가 제안한 전략에 따라 감독님과 함께 선수들을 정했다."

지선이 옆에 앉은 성수의 옆구리를 쿡 찔렀다. 성수는 옆으로 쓰러지는 시늉을 하며 엄살을 부렸다. 멸치 코치는 부원들 한 사람 한 사람과 눈을 맞추면서 말했다.

"우리는 이겨야 한다. 그러려면 살리는 카드는 반드시 살아야 한다. 버리는 카드라도 포기하면 안 된다. 살 수 있으면 살아라."

멸치 코치는 버리는 카드로 구분된 부원들이 혹시라도 받게 될 마음의 상처를 염려하는 것 같았다. 선수 명단을 발표했다. 11개

레이스에 참가할 부원들의 이름을 차례차례 불렀다. 메기가 화이트보드에 종목별로 선수와 학년을 받아 적었다.

남 자유형 100M - 방성수(1) 박욱(1)

여 자유형 100M - 최지영(3) 정수빈(2)

남 평영 100M - 이근범(2) 방성수(1)

**여 평영 100M - 정수빈(2) 윤지선(1)**

**남 배영 100M - 정문호(3) 이창훈(2)**

여 배영 100M - 최지영(3) 윤지선(1)

**남 접영 100M - 황문기(3) 이태호(1)**

**여 접영 100M - 최지영(3) 정수빈(2)**

남 자유형 1,500M - 이근범(2) 이창훈(2)

**남 개인혼영 200M - 황문기(3) 박욱(1)**

**남 계영 400M - 황문기(3) 정문호(3) 이창훈(2) 이태호(1)**

멸치 코치는 아무 말도 하지 않았지만 스피드 부원들의 눈에는 살리는 카드, 버리는 카드가 선히 보였다. 굵은 글씨체가 살리는 카드일 것이다.

11개 레이스 중 6개만 이기면 승리한다. 문화 하늘고에는 남자 자유형과 남자 평영에 국대가 있는 만큼 두 종목을 과감히 포기했다. 대신 메기 황문기와 문어 정문호의 주 종목인 접영, 배영을 살리는 카드로 분류했다. 문기는 개인혼영과 남자 계영에도 들어갔다. 문기의 활약이 어느 때보다 절실했다. 여자의 경우 스피드의 에이스인 3학년 최지영이 접영에서 그리고 정수빈이 평영에서 승리를 가져와야 했다. 마지막으로 감독은 남자 장거리 1,500미터를 포기하고 남자 계영 400미터에 승부를 걸었다.

욱은 자유형 100미터와 개인혼영 200미터에 출전하게 됐다. 남자 자유형 100미터엔 하늘고의 국대가 출전한다. 애당초 이길 가능성이 없는 게임이었다. 개인혼영도 마찬가지였다. 욱은 들러리일 뿐, 같이 레이스를 펼칠 메기에게 기대를 건 배정이었다. 선수층이 얇기 때문에 감독도 어쩔 수 없었을 것이다. 욱은 이번 바하전이 데뷔 경기인 만큼 완벽하게 준비하고 최고의 컨디션에서 레이스를 펼치고 싶었다. 하지만 시간은 욱이 준비될 때까지 기다려 주지 않았다. 현실은 늘 기대를 배반한다. 욱의 마음이 천근만근 무거워졌다. 경기에서 지는 것보다 팀에 폐를 끼칠 게 더 걱정이었다.

민박집 앞마당에 장작불을 지피고 스피드 부원들이 빙 둘러앉았다. 장작불이 튀면서 불씨가 밤하늘 높이 날아올랐다. 부원들은 정문호의 기타에 맞춰 노래를 불렀다. 욱은 자신의 다리털에 엉켜 도망치지 못하고 있는 모기 한 마리를 발견했다. 모기는 부지런히 날갯짓을 했지만 혼자 힘으로 헤쳐 나가기엔 역부족이었다. 욱은 모기가 불쌍해졌다. 손바닥으로 잡으려다가 그냥 풀어 줬다.

모닥불에 노래까지 더해지자 분위기가 무르익었다. 문호는 학년 대항 장기 자랑을 하자고 제안했다.

1학년은 당연히 성수의 독무대였다. 성수가 가운데로 나오자 지선이 스마트폰으로 EDM을 틀었다. 성수는 음악과 맞지도 않는 막춤을 추었다. 부원들 모두가 쓰러지다시피 웃었다. 툇마루에 나와 있던 코치와 감독도 폭소를 터뜨렸고 민박집 아주머니와 꼬마도 방에서 나와 문지방에 걸터앉았다. 관객들의 호응이 뜨겁자 성수는 지선을 억지로 끌어냈다. 한사코 못 한다고 빼던 지선은 음악이 바뀌자마자 성수와 마주 보고 춤을 추었다. 어디서 그런 춤을 배웠는지 지선은 SF 영화 속 로봇처럼 팔다리를 꺾으며 팝핀을 췄다. 막춤을 추던 성수가 오히려 뻘쭘해져서 옆으로 물러설 정도였다. 지선은 좁은 무대를 휘저으며 고난이도 기술을 선보였다. 구경하던 남자 선배들도 같이 따라 추며 환호했다.

다음 순서는 2학년. 성수와 지선의 무대가 너무 뜨거웠기에 부담이 백배 가중됐다. 결국 2학년 남자 둘은 정수빈을 연호했다. 수빈은 깜짝 놀라 손사래를 쳤지만 1학년 남자들까지 가세해서 이름을 부르자 얼굴이 빨개져서는 가운데로 나왔다. 수빈이 자기 얼굴에 손부채질을 하며 말했다.

"제 숨겨진 별명이 하나 있어요. 뭘까~요?"

"17 대 1!"

성수가 눈치 없이 말했다. 믿거나 말거나 수빈이 중학생 때 일진 17명과 맞짱 떠서 이겼다는 전설이 전해 내려온다고 했다. 수빈은 잠깐 성수를 흘겼지만 곧 미소를 되찾고 말했다.

"젖은 담요예요."

수빈은 자기가 말해 놓고 혼자 웃었다.

"활활 타오르는 분위기를 확 덮어서 꺼 버린다고 해서 붙었어요. 젖은 담요지만 열심히 할 테니 잘 들어 주세요."

환호와 박수가 수그러들자 수빈은 눈을 감고 떨리는 목소리로 노래를 부르기 시작했다. 무반주로 몇 소절 부르자 문호가 코드에 맞춰 기타 반주를 했다. 익숙한 멜로디와 함께 가사가 욱의 마음에 쏙쏙 꽂혔다.

쉬운 일은 아닐 거야
어른이 된다는 건 말야
모두 너와 같은 마음이야
힘을 내 보는 거야★

---

★ 〈요즘 너 말야〉, 제이레빗 작사, 작곡.

수빈은 차렷 자세로 발로 박자를 맞추며 수줍게 노래를 이어 갔다. 기교를 쏙 뺀 채 맑고 청아한 목소리로 담백하게 노래하는 수빈에게 남자 부원들은 숨도 제대로 쉬지 못하고 빠져들었다.

힘이 들고 주저앉고 싶을 땐
이렇게 기쁨의 노랠 불러 씩씩하게
언젠가 모두 추억이 될 오늘을
감사해 기억해 힘을 내 MY FRIEND

노래가 끝나고도 한동안 조용했다가 동시에 휘파람과 박수가 터져 나왔다. 수빈은 젖은 담요라고 했지만 오히려 일단 불이 붙으면 누구도 끌 수 없는 불붙은 타이어였다.

3학년은 자기들끼리 수군대더니 최지영이 일어났다.

"저희는 그냥 몸으로 때우겠습니다. 팔굽혀펴기 파도타기를 100개 하겠습니다."

그러곤 지영, 메기, 문어가 나란히 엎드렸다. 그게 무슨 장기 자랑이냐며 후배들의 쏟아지는 야유 세례 속에 문어가 서둘러 팔굽혀펴기를 하면서 "하나." 하고 숫자를 셌다. 이어서 메기와 지영이 차례대로 팔굽혀펴기를 했다. 그리고 다시 메기, 문어, 다시 메기, 지영으로 파도타기가 진행됐다. 결국 가운데 낀 메기만 두 배로 많이 하는 꼴이다. 50개를 넘어가면서 메기가 힘들어하자 후배들이 즐거워하기 시작했다. 메기는 몸을 비비 꼬면서 엉덩이를 간신히 들어 올렸다. 갈수록 속도는 점점 느려지고 땀에 젖은 메기 얼굴이 모닥불에 비쳐 번들거렸다. 90개가 넘어가면서 메기가 부들부들 팔을 떨자 후배들이 "우하하." 웃으면서 "메기!"를 연호했다. 간신히 지영이 "아흔~아호옵."을 외치고 마지막으로 메기가 "백."을 외치며 엉덩이를 힘겹게 들어 올렸다. 후배들이 뜨겁게 박수 쳤다. 멸치 코치는 손나팔을 만들어 환호를 질렀다.

## 24

취침 시간은 11시였다. 욱은 샤워를 끝내고 고단한 몸을 뉘였다. 전깃불을 끄자마자 벌써 코 고는 소리가 들렸다. 창밖에서 들리는 귀뚜라미 소리와 함께 캠프의 마지막 밤이 깊어 가고 있었다. 욱은 몸 여기저기가 쑤시고 피곤했지만 쉽게 잠이 오지 않았다.

짧은 시간이나마 캠프를 통해 체력이나 정신력을 한 단계 끌어올렸다. 하지만 그것보다 부원들과 함께 땀 흘리고, 모래밭에서 뒹굴고, 웃었던 순간들이 오래 기억에 남을 것 같았다. 욱은 조용히 일어나서 방을 나왔다.

한밤의 해수욕장은 한가로웠다. 바닷바람에 비릿한 냄새가 섞여 날아왔다. 몇몇 연인들이 해변을 걸으며 파도와 장난을 치고 있었다. 모래사장에서 폭죽을 터뜨리며 노는 아이들도 보였다.

"길리!"

귀에 익은 목소리, 수빈이었다. 물방울무늬 원피스에 흰색 카디건을 걸친 수빈이 욱에게 다가오고 있었다. 욱은 그 모습이 밤바다와 잘 어울린다고 생각했다.

"선배, 왜 안 자고?"

"음…… 길리랑 같은 이유가 아닐까?"

욱에게 다가온 수빈은 앞서서 해변을 걸었다. 커다란 초승달 아래 바다가 은빛으로 빛났다. 파도는 발밑으로 밀려왔다가 모래 속으로 스며들었다. 갈매기들도 밤잠을 자는지 보이지 않았다. 수빈이 돌아서서 뒷걸음질 치며 물었다.

"자유형 100미터 주자가 된 소감이 어때?"

"아직도 믿기지 않아요. 감독님이 무슨 생각으로 그렇게 하셨는지."

수빈의 발이 바닷물에 잠겼다. 긴 원피스 자락이 바람에 날렸다.

"너 처음 들어왔을 때 감독님이 이사장님과 통화하는 소리를 우연히 들은 적 있어."

파도 소리에도 불구하고 수빈의 말이 또렷하게 들렸다.

"그때 감독님이 그러시더라. 털보 하나가 신입으로 들어왔는데 지금은 어설프지만 머지않아 스피드를 삼켜 버릴 거라고."

욱은 얼굴이 화끈 달아올랐다. 처음 듣는 소리였다. 수빈이 이어서 말했다.

"그 말을 엿듣고 솔직히 너무 샘났어. 내게도 내 가능성을 발견하고 믿어 주는 사람이 있으면 얼마나 좋을까 생각했어."

욱은 발아래로 눈을 돌렸다. 짝을 잃은 조개껍데기 한쪽이 모래 속에 반쯤 파묻혀 있었다.

"저요, 스피드에 들어오기 전에 선배를 만난 적 있어요."

"어디서? 난 기억이 안 나는데……."

머리를 갸웃거리는 수빈의 표정이 만화 캐릭터처럼 귀여웠다.

속초로 전학 온 지 며칠 지나지 않았을 때였다. 청소 당번이던 욱은 재활용 봉투를 들고 쓰레기장으로 내려갔다. 쓰레기장 근처에서 남자 셋이 쭈그리고 앉아 담배를 피우고 있었다. 욱은 슬쩍 아이들을 보고는 그들을 피해 쓰레기장으로 가서 봉투를 쓰레기 분리수거함에 던져 넣었다. 뒤돌아서 교실로 돌아가려는데 한 남자애가 욱을 불렀다.

"야, 잠깐!"

욱이 돌아보자 남자애가 담배를 문 채 일어섰다. 마치 재밌는 일이라도 일어난 듯 나머지 둘은 뒤에서 실실 웃었다. 명찰 색깔을 보니 같은 1학년들이었다.

"너, 방금 우리 보고 쪼갰냐?"

욱에게 다가온 짧은 머리가 입가를 한쪽으로 비틀어 올리며 말했다. 욱은 이런 일에 익숙했다. 사는 게 그냥 짜증이 나고 미칠 것 같아서 다른 사람을 괴롭히는 것으로 자신의 존재를 확인받고 싶은 아이들. 욱은 시선을 마주치지 않고 대답했다.

"안 쪼갰는데."

"씨발, 내 눈이 삐었다는 거네."

짧은 머리는 담배를 바닥에 던지고 침을 뱉었다. 뒤에 있던 둘도 욱을 향해 다가왔다. 마침내 셋이 욱을 둘러싸자, 욱은 두려움을 느끼고 자기 손만 내려다봤다.

"야, 너희들 뭐 하냐?"

갑자기 여자 목소리가 들렸다. 포니테일 스타일로 머리를 묶은 키 큰 여자애가 큼지막한 재활용 봉투를 들고 성큼성큼 이쪽으로 다가왔다. 아주리색 저지를 걸친 여자애는 남자들 덩치가 자기보다 훨씬 크고 머릿수에서도 밀린다는 사실을 전혀 신경 쓰지 않는 것 같았다. 너무 당당한 기세에 남자애들은 '이건 뭐지?' 하는 표정이었다. 하지만 여자애가 다가올수록 그녀가 입은 저지에서 감히 범접할 수 없는 오라가 내뿜어져 나오는 것 같았다. 거기에 더해 여자애의 강렬한 눈빛이 남자 셋을 완전히 제압했다. 그녀는 블루투스 이어폰을 귀에서 빼더니 짧은 머리 남자의 명찰을 손가락으로 톡톡 치며 말했다.

"신입생들, 고등학교 생활 이제 시작인데 사고 치지 마라."

남자애들은 쭈뼛쭈뼛 서로 눈치를 보더니 슬금슬금 뒤로 물러났다.

"야, 까까머리!"

여자애의 격앙된 목소리에 짧은 머리가 깜짝 놀랐다.

"이거 치워라."

여자애는 바닥에 떨어진 담배꽁초를 발로 가리켰다. 짧은 머리는 혼잣말로 뭐라고 중얼거렸지만 곧바로 담배꽁초를 주워 들고 서둘러 돌아갔다. 여자애는 아무 일도 없었던 것처럼 재활용 봉투를 수거함에 던져 넣었다. 저지 사이로 여자애 가슴에 달린 노란색 명찰을 욱은 그제야 봤다. 2학년이었다. 욱은 멀뚱멀뚱 서 있다가 교실로 돌아가는 여자 선배 뒤에 대고 고맙다고 엉거주춤 인사했다. 여자애는 돌아서서 비닐장갑 낀 손을 흔들며 빙긋 웃었다.

수빈은 그 일을 전혀 기억하지 못했다. 욱은 이어서 다른 기억을 소환해 냈다.

"스피드에 가입하던 날 선배가 뭐라고 했는지 생각나요?"

수빈이 고개를 갸우뚱하더니 물끄러미 욱을 바라봤다.

"선배가 그랬어요. '욱아, 우리 같이 가자.' 그 말 듣고 스피드 가입한 거예요. 선배 때문에 가입한 거라고요."

"어머, 내가 그런 말을 했어?"

수빈은 두 볼에 보조개를 지으며 크게 웃었다. 고백 비슷한 걸 한 것 같은데 수빈이 웃어 버리자 욱은 조금 약이 올랐다.

"저게 뭐지?"

수빈이 욱의 뒤쪽을 가리켰다. 달빛 아래로 비죽이 튀어나온 해안선과 그 위에 성채 같은 건물이 보였다.

"김일성 별장이에요. 저도 어제 인터넷으로 검색해 봤어요."

화진포 해수욕장에서 500미터쯤 떨어진 곳에 김일성 별장이 있다. 일제강점기 때 독일 건축가가 만든 건물인데 해방 후 북한의 귀빈 휴양소로 쓰였다. 김일성 가족도 휴식차 묵은 적이 있어서 김일성 별장이라고 불렸다. 6·25전쟁 이전 화진포는 북한 땅이었다.

"저기 같이 가 보자."

"지금이요? 거기 문 닫았어요."

"그래도 가 보고 싶어. 우리 가 보자. 응?"

수빈이 욱의 손목을 잡아끌었다. 수빈의 따뜻한 체온이 물에 떨어진 물감처럼 욱의 몸 안으로 퍼졌다. 뒤를 돌아봤다. 불 꺼진 민박집은 달빛 속에 잠겨 있었다.

얼마 안 가서 소나무들이 빼곡히 들어찬 숲이 나왔고 오르막길이 시작됐다. 이번엔 욱이 앞장서서 수빈의 손을 끌었다. 수빈의 손은 메마른 듯하면서도 따뜻하고 부드러웠다. 소나무 사이로 흰색 돌로 지어진 유럽식 성채가 나타났다. 정문까지 가 보니 쇠문이 굳게 잠겨 있어 들어갈 수 없었다. 욱은 밖에서 건물 외양이나 구경하다 돌아가자고 말하려는데 수빈은 뒤로 몇 걸음 물러난 뒤 꽤 높은 벽돌담으로 달려들었다. 다다닥. 다람쥐처럼 날렵하게 벽을 타더니 두 손을 담장 위로 걸쳤다. 하지만 더 이상 올라가지 못하고 나뭇가지 위 매미처럼 담벼락에 매달려 버둥거렸다.

"길리, 도와줘."

어? 어, 이래도 되나. 어떻게 해야 할지 몰라 망설이며 다가서는데 수빈이 욱의 왼쪽 어깨를 밟고 올라섰다.

"길리, 나 좀 밀어 줘."

욱은 두 팔을 들어 수빈의 물방울무늬 원피스 위로 손을 가져가려다 멈칫했다.

"뭐 해? 빨리 밀어."

에라, 모르겠다. 수빈의 엉덩이를 두 손으로 잡고 하나, 둘, 셋 하고 밀어 올렸다. 수빈은 욱의 어깨를 밟고 힘껏 도움닫기를 해서 담장 위로 쑥 올라갔다. 이어서 가볍게 반대쪽으로 뛰어내렸다.

"너도 넘어와. 빨리."

욱은 어쩔 도리가 없었다. 아까 수빈이 했던 대로 뒤로 서너 발짝 물러섰다가 담장으로 달려들어 훌쩍 뛰어넘었다.

"이쪽이야."

김일성 별장 1층 출입문이 잠겼는지 수빈은 벌써 바깥쪽 계단을 타고 2층에 올라가 있었다. 그리고 성채 벽에 여럿 달린 미닫이 유리창을 하나하나 밀어 보고 있었다.

"여기까지 왔는데 들어가 봐야지."

수빈은 2층 난간에 기대 상체를 옆으로 내밀더니 잠겨 있지 않은 창 하나를 찾아냈다.

"길리! 들어와."

괜찮을까. 들키면 일이 커질 수 있는데. 욱은 지레 걱정하면서도 수빈을 따라 별장 안으로 들어갔다.

"길리, 이리 와 봐."

소리 나는 쪽으로 가 보니 큰 유리창으로 둘러싸인 방이 나왔다. 수빈은 가운데 유리창을 활짝 열었다. 큰 창이 소리 없이 열리면서 바닷바람이 후욱 들어왔다. 수빈의 머리카락이 바람에 날리며 고소한 우유 향 비슷한 향기가 났다. 욱도 창밖을 보며 수빈과 나란히 섰다. 바닷바람을 정면으로 마시니 숨이 찼다.

소나무 숲에서 울리는 바람 소리, 바다에 반사되는 달빛, 먼 바다로 나간 어선들의 전등불, 모든 것이 창문 안에 담겨 한 폭의

풍경화를 만들어 냈다. 둘은 우두커니 창밖을 바라봤다.

"길리, 네 꿈은 뭐야?"

"제 꿈이요……?"

뜻밖의 질문에 욱은 머뭇거렸다. 수빈이 말을 이었다.

"나는 여행 작가가 될 거야. 세계를 여행하면서 명소도 구경하고 각 지방 음식을 먹어 보고 다양한 사람들을 만나 그들이 사는 모습을 우리나라에 소개하고 싶어. 나는 제일 재밌는 게 여행이거든."

대학 갈 때까지만 수영을 하겠다는 선배의 말이 떠올랐다. 욱은 수영도 그녀와 잘 어울리지만 세계 곳곳을 방문하며 글을 쓰는 여행 작가도 수빈은 잘 해낼 것 같았다.

"길리, 저게 뭔지 아니?"

수빈이 창밖으로 보이는 밤하늘을 가리켰다. 빽빽한 별들 위로 구름 같은 띠가 옆으로 비스듬히 누워 있었다.

"저게 은하수인가 봐."

은하수는 욱도 처음이었다. 공기가 맑고 주위 불빛이 없어서 별무리가 선명히 보였다. 여름밤 하늘 위로 펼쳐진 마법의 양탄자 같았다.

"은하수가 영어로 밀키 웨이milky way잖아. 옛날 그리스 여신 헤라가 아기 헤라클라스에게 젖을 물렸대. 헤라클레스는 원래 힘이 장사잖아. 아기 헤라클레스가 젖을 빠는 힘이 얼마나 셌는지, 입을 떼자마자 헤라의 젖이 밤하늘에 뿌려졌대. 그게 은하수가 됐대."

수빈의 설명을 듣고 은하수를 다시 보니 별 무리 주위로 뿌연 우유 같은 게 보였다. 신화를 만든 이의 상상력이 재미있어서 둘은 마주 보고 웃었다.

다시 창밖으로 고개를 돌렸을 때 낯익은 별들이 보였다. 아버지가 천장에 붙여 놓은 별자리들이었다. 카시오페아, 북두칠성, 그리고 그 아래쪽으로 욱이 궁금해하던 별들이 보였다.

"선배, 저 별자리 이름이 뭔지 아세요?"

수빈은 욱의 손가락을 따라 밤하늘을 봤다.

"S자를 길게 늘여서 옆으로 기울인 거 같은……?"

욱이 고개를 끄덕이자 수빈은 실눈을 뜨고 찬찬히 별들을 쳐다봤다.

"음, 저건…… 스피드 별자리야."

"스피드 별자리요?"

"응, 스피드의 S를 나타낸 거지."

욱은 풉! 하고 웃음을 터뜨렸다. 수빈이 미소 짓자 보조개가 쏘옥 들어갔다.

"S자 중간에 있는 별이 나야. 그리고 그 위로 밝은 별 보이지? 그게 길리야."

수빈의 설명이 맘에 쏙 들었다. 은하수 옆 수빈별과 길리별처럼 둘이 나란히 붙은 채 영원히 빛났으면 좋겠다고 생각했다.

"스피드 별자리, 잘 기억해 둬."

수빈이 손을 뻗어 욱의 머리카락을 장난스럽게 헝클어뜨렸다. 욱은 수빈의 손목을 잡았다.

"선배."

수빈이 욱을 쳐다봤다. 둘의 눈이 마주치자 쿵, 쿵, 욱의 심장 소리가 커졌다. 욱은 자기의 심장박동 소리를 선배가 들을까 봐 허둥지둥 아무 말이나 꺼냈다.

"선배, 저 빠른이에요."

수빈은 눈을 동그랗게 떴다. 무슨 말인지 못 알아들은 표정이었다.

"저 빠른 05라고요. 학교에 일 년 늦게 들어간 거예요. 나이는 어려도 원래 선배랑 같은 학년이라고요."

수빈이 소리 죽여 큭큭대더니 더 이상 못 참겠다는 듯이 목젖이 다 보일 정도로 크게 웃었다. 욱은 혼잣말로 웅얼거렸다.

"그러니까 후배로만 생각하지 말라고요……."

수빈은 못 들은 것 같았다. 그녀는 좋은 생각이 떠올랐는지 손가락을 딱 튕겼다.

"좋아, 그럼 이렇게 하자!"

수빈의 입술이 앙다물어졌다. 웃음을 참으려는 듯이.

"우리 둘만 있을 땐 반말을 허하노라."

"정말요? 그럼 이름 막 불러도 돼, 수빈아?"

욱이 냉큼 반말을 섞어서 말했다. 평소 같았으면 절대 못할 장난이었지만 스피드 별자리 힘을 빌려 욱은 저질러 버렸다. 수빈은 유쾌하게 웃었다.

"오, 제법이다 너. 단둘이 있을 때만이야."

"다 알아들었어. 수빈아."

이번엔 욱이 수빈의 머리카락을 헝클었다. 수빈의 눈은 웃고 있었지만 조금 억울한 표정이었다. 욱은 장난기가 더욱 올라왔다.

"수빈아. 아까 너 노래 잘하더라."

"어…… 그래, 고마워. 근데 왜 내가 손해 보는 느낌이지?"

"또 해 봐. 듣고 싶어."

"여, 여기서?"

"응, 아무도 없잖아."

수빈에겐 확실히 손해 보는 장사가 맞았다. 수빈은 두 눈을 질끈 감고 숨을 고르더니 노래를 불렀다. 여전히 목소리는 떨렸지만 청아했다. 욱은 노래가 끝날 때까지 수빈의 발그레한 얼굴을 바라봤다.

# 4

# 스퍼트

## 25

바하전을 이틀 앞두고 손님맞이 준비에 들어갔다. 아침 훈련을 마친 후 수영장 대청소를 시작했다.

1학년은 수영장 실내를 맡았다. 욱과 태호는 바닥타일을 대걸레로 닦고 고압세척기로 말끔히 씻어 냈다. 성수와 지선이 트렌치★ 청소를 맡았는데 성수는 훈련이 끝나자마자 내뺐다. 결국 지선이 혼자 투덜대며 트렌치 커버를 모두 벗기고 솔로 벅벅 문질렀다.

2학년은 객석을 정비했다. 바닥을 쓸고 닦고 깨진 의자들을 교체했다. 수빈은 SNS로 바하전 일정을 알리고 수영 교실 수강생들과 속초 시민들을 초대했다. 바다고 대나무 숲에도 모바일 초청장

---

★ 풀 주위로 물이 빠져 나가도록 만든 도랑.

을 올렸다.

3학년은 수영장 바깥 환경 정리를 맡았다. 메기는 참치 동상을 거의 부둥켜안다시피 하면서 수세미질을 했다. 여기저기 홈이 패고 페인트가 벗겨진 참치였지만 때 빼고 광내니 그럭저럭 제 모습을 갖췄다. 정문호는 현관 위에 붙어 있는 '水泳場' 글자를 맡았다. 사다리를 타고 올라 부지런히 손걸레질을 했다. 3학년들에게는 이번이 마지막 바하전이다. 수영장을 대청소하는 것도 이번이 마지막일 것이다. 수영장 바깥 청소를 3학년이 자원한 것도 그런 이유에서였다. 후배들을 위해서 선배들이 한여름 불볕더위 아래에서 구슬땀을 흘렸다.

대청소를 다 끝냈을 때는 이미 서쪽 하늘이 선홍색으로 물들어 있었다. 노을 속에 바다고 수영장은 이제 막 겨울잠에서 깨어난 동면 동물처럼 생기가 넘쳐 보였다.

"욱아! 욱아!"

아래층에서 누군가 욱의 이름을 불렀다. 욱은 널빤지를 붙여 만든 좁은 벤치에 등을 대고 누워 역기를 들고 있었다. 홈 짐을 만든 후 욱은 하루도 거르지 않고 웨이트트레이닝을 했다.

"빡욱! 빡욱!"

바다로 나간 할아버지는 아직 돌아오지 않았다. 욱은 아래층으로 내려가 문을 열어 줬다.

옥상으로 올라온 영롱은 사건 현장을 살피듯 이곳저곳을 열심히 둘러봤다. 파란색 기와를 괜스레 만져 보기도 하고, 옥탑방에 난 작은 창으로 방 안을 들여다보기도 했다.

"하던 거 마저 끝낼게. 금방 끝나."

끄응. 욱이 신음 소리를 내며 역기를 번쩍 들어 올렸다. 장마철 끄트머리의 후텁지근한 공기가 피부에 들러붙었다. 수평선 위로 조금씩 쌓여 가는 먹구름이 보였다. 영롱이 조사를 다 끝냈는지 만족한 얼굴로 의자를 끌고 와 욱 옆에 앉았다. 욱이 역기를 들 때마다 헐렁한 티셔츠 아래로 가슴이 풍선처럼 부풀어 올랐다. 영롱이 먼 바다를 보는 척하며 자꾸 욱의 몸을 훔쳐봤다. 팔뚝 위에서 몇 갈래로 갈라진 근육이 울룩불룩 불거졌다. 쩍 벌린 두 다리엔 힘이 바짝 들어가 말 허벅지같이 탄력이 넘쳐 보였다. 영롱은 입바람을 자기 얼굴에 불었다.

욱이 벤치에서 일어나 앉았다. 땀범벅이 된 몸을 수건으로 닦는데 영롱이 바짝 다가왔다. 욱은 혹여나 비릿한 땀 냄새가 날까 봐 영롱에게서 살짝 떨어져 앉으며 물었다.

"무슨 일?"

영롱이 짧은 한숨을 내쉬더니 가방에서 두꺼운 바인더를 꺼냈다. 겉표지에 '바다고 동문회보'라고 적힌, 그동안 발간된 동문회

보를 철해 놓은 바인더였다.

영롱은 포스트잇으로 표시해 둔 페이지를 펼쳤다. 맨 위에 적힌 '1989년 봄'이라는 글씨가 눈에 띄었다. 1989년은 아버지가 바다고에 입학하기 1년 전이다. 영롱이 모교 소식란을 가리켰다. 거기에는 '스피드 새 코치 부임'이란 제목과 함께 새로 온 코치에 대한 프로필이 간단하게 소개돼 있었다.

**우동탁(31)**

**75년 바다고 입학**

**76년 전국체전 자유형 100M 금메달**

**77년 전국체전 자유형 100M, 개인혼영 200M 금메달 2관왕**

우동탁, 즉 UDT 코치는 박두하 못지않은 화려한 전적을 갖고 있었다. 프로필 아래로 흑백사진이 한 장 보였다. UDT 코치의 증명사진이었다. 선글라스를 끼지 않은 얼굴은 처음이었는데 전혀 다른 사람 같았다. 가르마를 탄 머리, 갈색 피부에 찢어진 눈 그리고 튀어나온 광대, 순박한 농촌 청년 지도자 같은 이미지였다. 영롱이 욱의 눈치를 보며 물었다.

"이 사람…… 어디서 많이 본 사람 같지 않니?"

욱은 다시 한번 사진을 쳐다봤다. 날카로우면서도 활달한 눈매,

뭉툭한 코 그리고 좁은 인중이 눈에 익었다. 영롱은 수수께끼를 내고 답을 기다리는 스핑크스처럼 팔짱을 낀 채 꼼작하지 않았다.

욱은 모델을 재구성하는 입체파 화가처럼, 아니 범인의 몽타주를 작성하는 형사처럼 우동탁 코치의 이목구비를 이리저리 떼었다 붙였다 했다. 우선 코치의 헤어스타일을 바꿔 보기도 하고, 구레나룻을 붙이고 안경을 씌워 보기도 했다. 사진을 옆으로 죽 늘려 보기도 했다. 희미하게 겹쳐지는 얼굴이 머릿속에 떠올랐다.

"설마……."

영롱은 욱이 추리해 낸 인물이 맞다는 듯 고개를 끄덕였다.

"……감독님?"

"정답!"

영롱은 바인더를 앞쪽으로 후루룩 넘기더니 '2017년 가을 호'에서 멈췄다. 신문이 흑백에서 칼라로 바뀌었을 뿐 별다른 것이 없었다. 모교 소식란에 스피드의 새 감독이 부임했다는 짤막한 기사와 함께 사진과 프로필이 실려 있었다.

**우경수(59)**

**일본 나고야 공업고 수영 감독 출신**

현재 스피드 감독과 1989년 시절 스피드 코치의 성姓이 같았다.

1989년 당시 우동탁이 31살이었으니 28년이 흐른 2017년엔 59살이 된다. 영롱은 바인더에서 우동탁 사진을 꺼내 우경수 사진 옆에 나란히 놓았다. 많은 시간이 흘렀지만 주름 잡힌 이마, 듬성듬성 빠진 머리카락, 살이 올라 두툼해진 턱을 빼면 두 인물은 쌍둥이처럼 닮아 보였다.

"너 기억나니? 닭갈비 선배가 말했잖아. UDT 코치, 약물 사건 이후 일본으로 넘어갔다고."

욱이 영롱의 말을 채 듣지도 않고 아래층으로 뛰어 내려갔다.

"야! 어디 가?"

욱이 땀에 전 티셔츠와 반바지 운동복 차림으로 자전거에 올라탔다.

"빡욱!"

뒤에서 영롱이 소리쳤다.

수영장으로 이어지는 미루나무 터널에 들어서자 비가 부슬부슬 내리기 시작했다. 하지만 얼마 안 가 좌악 소리를 내며 사납게 쏟아졌다. 나뭇잎 사이로 하늘을 올려다보니 어둠과 함께 검은 구름이 낮고 빠르게 내려오고 있었다. 금방 그칠 비가 아니었다. 오르막길을 전속력으로 올랐다. 럭키분식 창문 너머로 비 구경을 하고 있던 얼큰 아저씨가 손을 흔들었지만 욱은 알은체도 못 했다.

수영 일기 속 UDT 코치의 훈련 방식은 혹독하고 폭력적이었다. 두하는 그를 믿고 묵묵히 따랐다. UDT의 스파르타식 훈련 덕분에 당시 두하는 짧은 시간 안에 정상에 올랐고 나가는 대회마다 1등을 했다. 하지만…… 1등보다 중요한 게 있다. 1등은 전부가 아니다.

욱이 노크도 없이 벌컥 문을 열고 들어갔다. 감독은 어두운 방 안에서 화이트보드를 물끄러미 보고 있었다. 바하전의 경영 종목과 출전 선수들 이름이 화이트보드에 적혀 있었다. 감독은 물에 빠진 생쥐 꼴을 하고 나타난 욱을 보고 놀라는 눈치였다.

"무슨 일이냐?"

욱은 어떻게 말을 꺼내야 할지 몰랐다. 감독은 처음부터 욱을 특별하게 대했다. 그는 욱 자신도 미처 몰랐던 가능성을 발견하고 믿어 줬다. 욱도 감독의 기대에 부응하기 위해 스스로를 향한 담금질을 멈추지 않았다. 박두하가 UDT 코치를 만나 인생이 바뀌었듯이 욱의 고교 생활도 감독을 만나기 전과 후로 나뉘어졌다.

감독은 캐비닛에서 수건과 트레이닝복 한 벌을 꺼내 책상 위에 올려놨다.

"좀 작겠지만 갈아입어라."

감독은 입구 쪽으로 가서 찻잎을 거름망에 담고 티포트의 스위치를 올렸다. 욱은 잠시 그대로 서 있다가 젖은 옷을 벗었다. 수건으로 몸을 닦고 트레이닝복으로 갈아입었다. 트레이닝복은 욱에게 작았다. 맨살인 팔다리가 옷 밖으로 쑤욱 튀어나왔다.

"마셔라. 몸이 따뜻해질 거다."

나지막한 테이블을 사이에 두고 욱과 감독이 마주 앉았다. 흰색 도자기 찻잔에 담긴 레몬빛의 차가 정갈해 보였다.

"잘 마시겠습니다, UDT 코치님."

감독은 목을 흠칫 움츠리고 욱을 쳐다봤다. 욱은 눈을 피하지 않았다. 이름을 알 수 없는 차는 풀 맛이 났다. 감독이 다시 찻잔으로 시선을 옮기며 말했다.

"언젠간 네게 얘기하려 했다. 맞다. 내가 UDT 코치 우동탁이다. 개명해서 우경수."

설마 했던 것이 사실로 확인되는 순간이었다. 감독은 이런 순간이 올 줄 알았다는 듯 자연스레 말을 이었다.

"이경제 부원장은 학생들에게 영양주사를 놔 주곤 했다. 주로 비타민 성분이었어. 피로를 회복하고 컨디션을 끌어올리는 데 도움이 됐지. 금지약물이 아니니 문제될 게 없었다. 우연찮게 스피드 성적도 좋아지기 시작했다."

욱은 테이블만 내려다보며 이야기를 들었다. 동그란 머그잔 자국들이 테이블 위 군데군데 남아 있었다.

"바다고가 신흥 수영 명문으로 전국적인 관심을 받게 됐지. 그 중심에는 박두하 선수가 있었다. 자기 기록을 계속 갱신하고 히로시마에서 한국 신기록까지 세웠으니까. 그런데……."

욱은 감독의 입에서 나올 다음 이야기를 듣기가 두려웠다. 귀를 막고 감독실을 뛰쳐나가고 싶었지만 참았다. 진실과 정면으로 맞부딪쳐야 한다. 욱은 어금니에 힘을 주었다.

"……부원장에게 욕심이 생겼다. 더 좋은 성적을 내서 스피드를 국내 최고로 만들고 싶었던 거야. 부원장이 결국 선을 넘고 말았다."

"암페타민 약물을…… 영양주사에 섞어서…… 박두하, 아니 아버지에게."

욱은 사실을 확인하기 위해 또박또박 한마디씩 뱉어 냈다. 감독은 아무 반응이 없었다. 지붕을 두드리는 빗소리가 점점 커졌다. 감독 뒤쪽으로 텅 빈 수영장이 보였다. 수영장 유리창으로 빗물이 주룩주룩 흘러내렸다. 확인할 게 하나 더 남아 있었다.

"……감독님도 알고 있었죠?"

감독이 창백해진 욱의 얼굴을 바라봤다.

요전 날 욱은 영롱을 간신히 떼어 놓고 속초 병원을 다시 찾았다.

"제 친구 대신 사과드립니다."

욱이 응접 테이블 위로 파일을 내밀었다. 영롱이 갖고 달아났던 박두하의 진료기록부였다. 수간호사는 입술을 잘근 깨물었다.

영롱에게 넘겨받은 파일 안에는 두하가 고등학교 3년 내내 속초 병원에서 받은 진료 내용이 자세히 적혀 있었다. 욱은 인터넷을 검색하고 동네 약국 약사에게 일일이 물어 가며 진료기록부에 적힌 약품들을 하나하나 조사했다.

욱은 수간호사가 보는 앞에서 진료기록부를 몇 장 넘기고 손가락으로 한 부분을 가리켰다. 1992년 6월. 대통령 배 선수권대회가 있던 달이다. 당시 두하에게 처방된 약 이름들이 가득 적혀 있었다.

"이건 운동보조제로 주사됐지만 각성 효과를 내는 암페타민이 들어 있습니다. 암페타민이 몸에 들어가면 선수들은 피로를 못 느끼고 집중력이 향상됩니다. 경기력이 확실히 좋아지고 기록은 단축됩니다."

욱은 또박또박 사실들을 열거했다. 30년 전 어떤 일이 벌어졌는지, 어떤 약물이 아버지 몸에 들어갔고 또 어떻게 작용했는지, 누가 그런 짓을 했는지 사실 관계를 명확하게 정리하고 싶었다.

"암페타민은 금지약물입니다. 마약의 일종으로 용량을 조금만 잘못 조절하면 선수가 죽을 수도 있습니다. 실제로 올림픽에서 금메달을 따고 죽은 선수도 있습니다."

욱의 가슴께가 저릿해 왔다. 끔찍한 진실을 마주하는 것은 여전히 힘들었다.

"대통령 배 선수권대회 보름 전부터 집중적으로, 그것도 정상 복용량의 열 배가 넘는 양을……."

목소리가 떨렸다. 욱은 잠시 아무 말도 못하고 숨을 크게 들이마시고 내쉬기를 반복했다. 하지만 마음이 진정되지 않았다. 수간호사가 고개를 떨군 채 입을 열었다.

"부원장님, 교장선생님, 코치님 셋이 벌인 일이에요. 모두 메달에 눈이 멀어 한 짓이에요. 제가 막을 수는 없었어요. 학생들만…… 희생된 셈이죠."

욱은 이제 그만하고 싶었다. 진실을 알게 될수록 몸과 맘이 힘들었다. 마지막으로 처음부터 궁금했지만 자꾸 뒤로 미뤄 왔던 질문을 던졌다.

"……우동탁 코치가 말리지 않았나요?"

수간호사는 머리를 가로저었다.

"그가 매번 박두하 선수를 데려왔어요."

욱은 배신감이나 분노보다는 두하가 불쌍하다는 생각에 마음이 미어졌다. 수간호사가 테이블 위로 허리를 굽혀 사죄했다.

"다 얘기하마. 이젠 숨길 것도 없다."

감독이 마른침을 삼켰다. 빗소리가 주위의 소음을 삼키면서 방 안은 더없이 적막해졌다.

"대통령 배 선수권대회를 앞두고 두하의 심리적 압박이 컸다. 슬럼프가 와서 기록이 계속 떨어졌어. 교장과 상의 끝에 약물 보조제를 쓰기로 했다. 부원장은 아주 적은 양만 쓰면 도핑 테스트에 걸리지 않을 거라 장담했다."

욱은 자리에서 일어났다. 무릎을 덮고 있던 수건이 바닥에 떨어졌다. 감독은 안경을 벗고 두 손으로 얼굴을 감쌌다.

"왜 그러셨어요? 제 아버지는 감독님 소유물이 아니잖아요. 왜 아버지 몸을 감독님 맘대로 다뤘어요?"

욱의 목소리가 점점 커졌다. 참았던 감정들이 한꺼번에 뿜어져 나왔다.

"아버지는 감독님이 키웠잖아요. 아버지는 감독님만 따랐잖아요. 그러면 끝까지 지켜 줘야 하잖아요. 그게 감독이잖아요."

눈물이 나올 것 같아 욱은 주먹을 꽉 쥐었다. 감독에게는 죽어도 눈물을 보이기 싫었다. 일그러진 욱의 얼굴을 감독은 고통스럽게 올려다봤다.

"왜? 왜 그랬어요? 어떻게 제자의 몸에 어른들 맘대로 약물을 넣을 수 있어요? 그것도 열 배가 넘는 양을 계속해서! 다른 사람은 몰라도 감독은 그러면 안 되잖아요!"

욱은 얼굴의 관자놀이가 터질 것처럼 악을 썼다. 방 안의 모든 것을 부수고 싶었다. 감독이 아버지에게 그랬던 것처럼 그의 소중한 것들을 깡그리 부숴 버리고 싶었다.

"그때는 그랬다. 우리만 그런 게 아니다. 쉬쉬하면서 뒤로 약물을 사용했다. 당시엔 도핑테스트도 엉성했으니까. 물론 두하는 몰랐다. 두하는 3관왕을'거뒀지만……."

욱은 감독과 같은 자리에 있다는 사실에 구역질이 났다. 감독은 같은 말을 중얼거렸다.

"그땐 그랬어. 우리만 그런 게……."

쾅! 욱은 주먹으로 캐비닛을 쳤다. 문짝이 움푹 찌그러졌고 욱의 주먹이 부르르 떨렸다. 감독이 놀라서 말을 멈췄다.

"모두가 한다고 잘못이 용서되는 건 아니잖아요. 잘못한 것은 잘못한 거잖아요. 우리 불쌍한 아버지는 이제 어떡해요! 불쌍한 우리 아버지는……."

진실을 알게 되자 욱은 다음으로 무엇을 해야 할지 몰랐다. 어떤 말을 해도, 무슨 행동을 해도 이제는 아무 소용이 없었다. 욱은 감독실을 박차고 나갔다. 출입문이 큰 소리를 내면서 닫혔다.

욱은 자전거를 타고 집으로 향했다. 내리막길이라 가속도가 붙었다. 욱은 속도를 줄이지 않았다. 빗방울이 얼굴을 사정없이 때렸다. 비인지 땀인지 눈물인지 모를 물이 얼굴을 타고 계속 흘러

내렸다.

집에 돌아온 욱은 샤워기를 틀고 뜨거운 물을 맞으며 오랫동안 바닥에 앉아 있었다. 물에 불어 손가락이 주글주글해졌지만 입안은 바짝 말라붙고 꺼슬꺼슬했다. 박두하 선수 도핑과 관련된 진실이 30년 만에 밝혀졌다. 하지만 바뀌는 것은 하나도 없을 것이다. 그 사실이 욱은 분하고 억울했다.

욱은 옥탑방 서랍에서 얼마 전 사다 놓은 야광 별 스티커를 꺼냈다. 천장에 붙어 있는 별자리들 중에서 비어 있는 부분을 채워 넣었다. 화진포 밤하늘을 떠올리며 S 모양의 스피드 별자리를 완성시켰다. 빛을 잃은 다른 별들도 모두 떼고 새롭게 붙일까 하다가 그만두었다. 욱은 전등불을 끄고 침대에 누웠다. 새로 붙인 별들이 환하게 빛났다. 오래전 이 방의 주인은 수영에 지친 몸을 저 별빛 아래 누이고 아무 걱정 없이 잠들었을 것이다. 그렇게 생각하자 욱의 몸도 조금씩 따뜻해졌다.

얼마나 시간이 지났을까. 눈을 떠 보니 창밖에는 여전히 장맛비가 세차게 쏟아지고 있었다. 욱은 어둠 속에서 인기척을 느꼈다. 부스스 일어나 보니 어떤 남자가 책상머리에 앉아 있었다.

"……누구세요?"

남자는 욱의 말을 못 들은 것 같았다. 얼핏 남자의 옆모습이 보였다. 마르고 가냘픈 얼굴을 가진 욱 또래의 아이처럼 보이기도 했고 덥수룩한 수염 탓에 50대 아저씨처럼 보이기도 했다. 남자는 무언가를 끄적이고 있었다. 골똘히 생각에 잠기기도 하고 수영을 하듯이 팔을 휘젓기도 하면서 열심히 노트를 채워 내려갔다.

빗소리가 커졌다. 옥탑방 바닥에는 텅 빈 나무 상자가 놓여 있었다. 욱은 숨죽이며 남자의 모습을 지켜봤다. 작은 소리라도 내면 모든 게 신기루처럼 사라질 것 같았다. 한참 후 남자는 노트를 덮고 자리에서 일어났다. 다시는 풀지 않을 것처럼 가죽 끈으로 일기장을 꽁꽁 묶어 상자에 조심스레 넣었다. 하나하나 수건으로 닦은 메달을 보라색 파우치에 담더니 굵은 스프링이 달린 두꺼운 사진 앨범, 비닐 백에 정리한 수영 용품과 함께 상자에 담았다. 메달들이 서로 부딪히며 덜그럭 소리를 냈다. 그리고 마지막으로 스피드 저지를 **SPEED** 글자가 위로 오도록 고이 개켜서 상자에 넣었다. 조심스레 상자 뚜껑을 닫으며 남자는 잠시 숨을 골랐다. 그리고 돌아서서 욱을 바라봤다. 욱과 눈이 마주치자 그는 미소를 지어 보였다. 욱은 울 듯 웃을 듯 애매한 표정을 지어 보였다. 그에게 용서를 빌고 싶었다. 그를 믿지 못해서 미안하다고 말하고 싶었다. 약물을 주사한 어른들을 대신해 사과하고 싶었다. 하지만 입 밖으로 말이 나오지 않았다. 찰나같이 짧으면서 또 영원같이 길게 느껴지는 시간이 흘렀다. 둘은 아무 말도 하지 않았다. 하지만 같은 공간 속에서 서로 마주 본 그 순간만큼은 우주의 시간 속에 영원히 남을 것 같았다.

## 26

바하전이 하루 앞으로 다가왔다. 날씨가 활짝 개어 하늘은 구름 한 점 없이 파랬다. 동쪽으로 동해가, 서쪽으로 설악산 울산바위가 서로 이어진 것처럼 한눈에 들어왔다.

스피드 부원들은 아침에만 가볍게 몸을 풀기로 했다. 감독은 보이지 않았고 멸치 코치가 훈련을 지휘했다. 욱은 생각이 복잡했지만 다가온 바하전에만 집중하자고 마음을 다잡았다. 코치는 바하전 종목에 따라 마지막 점검을 했다.

욱은 성수와 함께 자유형 100미터 대비 훈련을 했다. 페이스 조절을 위해 100미터를 다 채우지 않고 스타트에서 20미터까지만 반복해서 연습했다. 성수는 스타트 반응속도가 빨랐다. 턴을 할 때도 속도가 줄지 않았다. 욱은 스타트에서 애를 먹었다. 반응속도가 반 박자씩 늦었다. 결국 지상에서 반응력을 높이는 훈련을 했다. 먼저 허리를 숙이고 준비 자세를 취했다. 멸치 코치가 휘슬을 불면 제자리에서 뛰며 물에 뛰어드는 동작을 취했다. 감각만

익히는 정도로 연습했다.

메기와 함께 개인혼영도 연습했다. 개인혼영은 접영-배영-평영-자유형 순서로 50미터씩 수영한다. 누워서 수영하는 배영이 중간에 끼어 있어서 접영에서 배영으로, 배영에서 평영으로 영법을 바꿀 때 정신을 집중해야 했다. 메기는 체력 안배를 강조했다. 허리 움직임과 스트로크가 큰 접영과 발차기 기술이 어려운 평영에서 체력을 많이 쓰다 보면 마지막 스퍼트를 할 수 없다고 주의를 줬다.

나머지 스피드 부원들도 각자 맡은 종목을 마지막으로 점검했다. 수영은 개인 스포츠다. 각자의 기록으로 승부가 결정된다. 하지만 이번엔 달랐다. 각자의 승리보다 바다고 전체의 우승이 더 중요한 단체전이었다. 종목과 실력은 서로 달랐지만 스피드를 지켜야 한다는 단 하나의 목표만을 생각했다.

문화시 하늘고 수영부가 수영장에 도착했다. 작년도 우승기를 앞세우고 스쿨버스에서 내렸다. 바다고 1학년들이 하늘고 선수들에게 일일이 환영의 꽃목걸이를 걸어 줬다. 하늘고 수영부는 열여덟 명이다. 여자 부원도 여덟 명이나 됐다. 하늘고의 흰색 유니폼이 바다고의 아주리색 저지와 대비를 이루며 눈부시게 빛났다.

짧은 머리에 다부진 체격의 하늘고 감독에게 멸치 코치가 머리를 조아렸다.

"선배님, 많이 가르쳐 주십시오."

"무슨 말씀을. 저희가 많이 배우겠습니다."

하늘고 주장은 작년도 우승기를 반납했다. 이 우승기는 경기장에 꽂혀 있다가 올해 바하전 우승 팀이 모교로 가져간다. 1년간 보관한 후 다음 해 바하전에 다시 반납된다.

"3년째 우리 학교에 있었는데 매번 가져오는 것도 번거로우니 우리가 쭉 갖고 있겠습니다."

하늘고 주장은 황소개구리란 별명답게 툭 튀어나온 눈을 또록또록 굴리며 말했다.

"가져오느라 수고하셨는데 올해는 편안히 빈손으로 돌아가시면 됩니다."

메기 주장이 웃으며 받아쳤다. 둘은 입가에 미소를 띠고 악수했지만 눈빛은 외나무다리에서 숙적을 만난 것같이 번뜩였다. 마주 선 두 학교 수영부원들 사이로 긴장감이 감돌았다.

하늘고 수영부는 숙소로 가지 않고 바다고 수영장에서 비공개 연습에 들어갔다. 3연승 행진을 자기 대에 멈춰서는 안 된다는 의지가 엿보였다. 경기별 엔트리는 아직 비밀이었다. 다음 날 아침에 감독들이 만나 서로 교환하게 된다.

스피드 부원들은 럭키분식에 모여 마지막 작전 회의를 했다. 얼큰 아저씨는 새로 개발한 '필승! 바다고' 세트 메뉴를 자신만만하게 내왔다. 언제나 그랬듯이 원래 있던 메뉴들의 조합을 바꿔서 급조한 세트에 불과했다. 시합을 앞두고 식단 조절에 들어간 부원들의 호응이 좋지 않자 얼큰 아저씨는 풀이 죽었다. 욱은 시합에 대한 부담감으로 한 입도 먹지 못했다.

메기가 굳은 표정으로 일어나 공지 사항을 말했다.

"감독님은 개인적인 사정으로 갑자기 사임하시기로 했다. 이번 바하전부터 멸치 코치님이 감독 대행을 맡기로 했다."

갑작스런 감독의 퇴임 통보에 부원들은 충격을 받고 웅성거렸다. 그동안 감독은 스피드의 정신적 리더 역할을 해 왔고 부원들은 그를 진심으로 따랐다. 바하전을 하루 앞두고 감독이 그만뒀다는 소식에 부원들은 동요할 수밖에 없었다. 가장 놀란 사람은 욱이었다. 전날의 일 때문에 사임한 게 분명했다. 메기는 부원들이 제멋대로 추측하기 전에 서둘러 단속했다.

"우리, 감독님을 믿자. 피치 못할 이유가 있겠지. 이번 바하전을 꼭 이겨서 감독님께 마지막 선물을 드리자."

메기가 주먹을 불끈 쥐었다. 이어서 수빈이 일어서더니 새로운 소식을 전했다.

"내일 이사장님 부부도 참관하러 오겠다고 연락이 왔어요."

소란하던 분위기가 가라앉았다. 부원들 모두 이사장의 약속을 기억하고 있었다. 무조건 이겨야 한다. 바하전에서 지면 이사장이 수영장을 폭파시키든 스피드를 해체시키든 더 이상 할 말이 없게 된다.

"살살 하려고 했더니, 하늘고 놈들. 밟아 줘야겠네, 어쩔 수 없이. 꽉꽉."

성수의 너스레에 경직된 분위기가 조금 풀어졌다.

럭키분식 모임이 끝나고 욱은 자전거를 타고 수영장으로 돌아갔다. 여러 가지 복잡한 생각이 들어 그냥 혼자 있고 싶었다. 욱은 수영장 앞 공터를 몇 바퀴 돌았다. 짙은 그림자가 자전거 바퀴에 붙어서 데칼코마니를 만들며 따라왔다. 수영장은 정갈한 모습으로 다음 날 있을 두 수영 명문의 라이벌전을 기다리고 있었다. 얼마 전만 해도 욱과 아무 상관없는 공간이었지만 지금은 욱에게 가장 소중한 장소가 됐다.

수영장 앞에는 하늘고 학생들이 타고 온 스쿨버스가 그대로 있었다. 아직까지 적응 훈련을 하는 모양이었다. 태양은 하늘 꼭대기에서 이글이글 불타올랐고 매미는 악쓰듯이 요란스럽게 울었다. 마음이 쉽게 진정되지 않았다. 욱은 손이 떨리지 않도록 땀으로 젖은 핸들을 꽉 잡았다.

"빠른 05, 어디 가?"

수빈이 욱을 향해 손을 흔들었다. 럭키분식을 지나 큰길로 가는 버스 정류장에 수빈이 서 있었다. 여름 한낮 버스 정류장에 다른 손님은 없었다. 수빈은 럭키분식에서 2학년들과 얘기를 나누다가 좀 전에 헤어졌다고 했다. 2학년들은 SNS를 통해 바하전을 홍보했다.

"수영장에 잠깐 들렀어요."

"수영장엔 왜?"

"그냥요. 경기 전에 혼자 가 보고 싶었어요."

수빈은 욱과 눈을 맞췄다. 수빈의 쌍꺼풀 진 큰 눈 안으로 눈동자가 보였다. 회색이 섞인 옅은 갈색 눈동자가 신비로웠다.

"너 쫄았구나. 쫄았지?"

"아니에요. 쫄긴 누가 쫄아요."

욱의 목소리가 갑자기 높아졌다.

"그래, 천하의 길리가 쫄면 안 되지."

수빈은 또 손을 올려 욱의 머리카락을 헝클며 말했다.

"그런데 난 시합 전날에 매번 쫄아. 지금도 마찬가지고. 그런 기분 있잖아. 달리기를 하는데 너무 힘들고 무서워서 그냥 도중에 넘어지고 싶은 기분. 매번 시합 전에 그런 유혹을 받아. 그냥 이쯤에서 넘어지자. 모두 그만두자. 그러면 모든 게 편안해질 거란 생각."

"그 유혹을 어떻게 이겨요?"

수빈은 스스로에게 하는 말처럼 중얼거렸다.

"이렇게 생각하지. 언젠가 분명히 끝이 있다. 그땐 수영장 쪽은 쳐다보지도 않을 거다. 그리고 아주 지긋지긋해서 토 나올 때까지 미친 듯이 놀 테다."

이상하게도 욱은 수빈의 말에 안심이 됐다. 욱만 그런 게 아니었다.

하늘고 스쿨버스가 정류장 앞으로 천천히 지나갔다. 연습을 끝내고 숙소로 돌아가는 모양이었다. 차창으로 흰색 유니폼을 입은 하늘고 수영부원들이 보였다. 욱과 수빈의 스피드 저지를 보고 반갑게 손을 흔드는 여학생도 있었다. 욱과 수빈도 웃으며 손을 흔들었다.

"시합 전 두려움은 누구에게나 있어. 하늘고 애들도 지금 속으로 떨고 있을 거야. 티를 내지 않을 뿐이지. 두려움을 당연한 것으로 생각하면 돼. 원래 두려운 거라고 자연스럽게 받아들이면 두려움을 이길 수 있어."

욱은 수빈의 말을 믿고 싶었다. 두려움을 받아들여 두려움을 이기자. 그런 경험을 하나씩 쌓아 가고 싶었다.

"근데 빠른 05, 둘이 있을 땐 반말 쓴다더니 계속 존대하네?"

수빈이 마주 보고 빙긋 웃자 욱은 말을 더듬었다.

"조, 조금 더 친해지면 그럴게요."

시내버스가 왔다. 수빈은 다시 한번 욱의 머리를 헝클어뜨리고 버스에 올랐다. 욱은 버스가 보이지 않을 때까지 서 있었다.

할아버지는 손님들과 배낚시를 가고 없었다. 욱은 저녁을 준비했다. 어려서부터 혼자 밥을 먹는 시간이 많았던 욱은 요리를 곧잘 했다. 쌀을 씻어 밥솥에 올리고 수조에 있는 오징어 두 마리를 꺼냈다. 전날 할아버지가 낚시로 잡아온 녀석들이다.

전날 욱은 톡으로 영롱을 초대했다. 영롱은 말로 표현하지 않으면 귀신도 모른다고 했지만 욱은 고맙다고 말하기가 낯간지러워서 "밥이나 먹자."고 했다. 가끔씩 서로 속을 긁고 신경전을 벌였지만 영롱은 아버지를 위해, 스피드를 위해 욱의 편에 서서 번뜩이는 추리와 CIA급 정보력으로 큰 힘이 돼 주었다.

영롱은 감독과 욱 사이에 무슨 일이 있었는지 궁금해서 죽을 지경이라고 했다. 아직 아무에게도 약물에 대한 진실을 이야기하지 않았다. 욱의 마음이 먼저 정리된 다음에 말해도 늦지 않을 것 같았다.

할아버지와 영롱이 같이 현관문으로 들어왔다. 가게 앞에서 우연히 만난 모양이었다. 영롱은 소매가 없는 하늘색 원피스를 입고 있었다. 목선과 어깨선이 드러나 청순해 보였다. 영롱은 평소와 사뭇 다르게 다소곳이 할아버지께 말했다.

"할아버지, 좋으시겠어요. 자랑스런 손자를 두셨어요."

어울리지 않게 조신한 척하는 영롱의 모습에 욱은 웃음이 나왔다. 할아버지는 뭐가 그리 좋은지 연신 함박 미소를 지었다.

욱은 주방으로 돌아가 서둘러 요리를 마무리 지었다. 거실에서 영롱의 혀 짧은 소리와 할아버지의 너털웃음이 계속 들렸다. 오랜만에 듣는 할아버지의 유쾌한 웃음소리였다. 고소한 냄새가 피어올랐다. 밥을 퍼 놓고 미리 준비해 둔 찬과 국을 식탁에 올렸다.

"우와! 길리 너 대단하다."

영롱은 오징어볶음을 한 입 먹고 눈이 동그래졌다. 식탐이 다시 올라오는 눈빛이었다. 할아버지는 냉장고에서 소주를 꺼내 왔다. 오징어볶음을 안주 삼아 한잔하시려는 것 같았다.

할아버지는 잔에 소주를 가득 따르는 영롱을 흐뭇하게 바라봤다.

"손자, 드디어 내일이 너의 데뷔전이네. 어때, 자신 있냐?"

욱은 갑작스런 질문에 머뭇거렸다. 영롱은 혀를 쯧쯧 차더니 대신 대답했다.

"할아버지, 얘가 눈치는 없어도 수영은 잘해요. 입부한 지 몇 달

만에 스피드의 에이스가 됐어요. 내일 꼭 이길 거예요."

"영롱 학생, 듣기만 해도 속이 시원하네. 자, 그럼 우리 손자의 첫 승리를 위하여!"

욱과 영롱의 물컵과 할아버지의 술잔이 쨍하고 마주쳤다.

영롱은 지난번에 못 했던 방 구경을 꼭 해야겠다며 기어코 옥탑방으로 욱을 따라 올라왔다. 영롱을 잠깐 밖에 기다리게 하고 욱은 서둘러 방으로 들어와 정리를 했다. 책상 위 책들을 대충 치우고 너저분하게 뒹굴고 있는 옷가지들을 둘둘 말아 침대 아래에 쑤셔 넣었다. 쿰쿰한 냄새가 나는 것 같아 급한 대로 섬유탈취제를 허공에 마구 뿌렸다.

"완전 근사해!"

영롱은 호기심 가득한 얼굴로 옥탑방에 들어왔다. 영롱은 이곳저곳을 두리번거리며 무심한 척 욱에게 물었다.

"길리, 근데 지금까지 이 방에 들어온 여자가 있어?"

"아니, 네가 처음인데."

영롱의 얼굴이 꺼져 있던 형광등을 켠 것처럼 환해졌다.

"남자애 방이 왜 이렇게 깔끔하니? 너무 아늑하다. 옥탑방 완전 내 스타일이야."

욱은 침대 아래로 튀어나온 속옷을 발로 밀어 넣으며 침대 머리맡에 앉았다. 영롱은 책상 위에 놓인 사진 한 장을 집어 들었다. 1991년 전국체전을 마치고 찍은 스피드 단체 사진이었다.

"그 당시 UDT 코치나 스피드 부원들이나 정말 대단했어."

영롱은 사진을 원래 자리에 돌려놓으며 말했다.

"지난번《바다 소리》특집판을 만들 때 감독님을 인터뷰했잖아. 감독님이 그러더라. 일본에서 감독 생활을 하면서 생각이 많이 바뀌었다고. 너희 아버지 때만 해도 스피드 부원들은 수업이고 시험이고 다 빼먹고 수영만 했잖아. 일본은 다르대. 수업을 다 듣고 방과 후에 남아서 자율적으로 부 활동을 한대."

영롱은 얼굴에 붙은 머리카락을 떼어 내기 위해 입김을 불었다.

"어쩌면 감독님은 다시 스피드로 돌아와서 새로운 실험을 해 보고 싶었는지도 몰라. 이번엔 제대로 된 수영을 가르쳐 보려고 했던 거지. 이기기 위한 수영이 아니라 즐기기 위한 수영으로."

욱은 묵묵히 듣기만 했다. 감독이 수업과 성적을 챙기면서 즐기는 수영을 가르쳤다고 해서 예전에 저질렀던 잘못을 덮을 수는 없다. 감독은 과거의 일에 대한 응분의 대가를 치러야 한다.

영롱이 돌아가자 욱은 씻고 자리에 누웠다. 스마트폰을 꺼내 두하의 100미터 경기 동영상을 재생했다. VHS 테이프로 재생되는 화면을 찍은 동영상이었다. 두하도 떨렸을 텐데 겉으로는 늠름하고 여유 있어 보였다. 자신만만한 두하의 모습을 보면서 욱은 스스로에게 물었다.

나도 두하처럼 나 자신을 믿을 수 있을까.

## 27

바하전의 날이 밝았다. 날씨는 청명했다. 파란 하늘 위에 작은 파도를 그려 넣은 것같이 흰 구름이 엷게 떠 있었다. 경기는 아침 9시부터 시작이었지만 스피드 부원들은 7시까지 모여 스트레칭을 시작했다. 하늘고 학생들도 맞은편에서 준비운동을 했다. 수영장 안은 다이빙하는 소리와 물을 가르는 소리만 조용히 울렸다. 레인을 돌면서 욱은 온몸의 근육이 팽팽하게 부푸는 것을 느꼈다. 성수는 아침부터 배탈이 났다며 화장실을 계속 들락거렸다. 시합날만 되면 저런다며 지선은 걱정이 가득한 얼굴이었다.

워밍업을 마친 욱은 유니폼으로 갈아입고 대기실로 갔다. 스피드 부원들이 창가에 모여 수런거리고 있었다. 무슨 일인가 하여 바깥을 내다보곤 깜짝 놀랐다. 어느새 수영장 앞 공터에는 사람들로 북적이고 있었다. 바하전은 항상 두 학교 수영부만의 행사라고 들었는데 올해는 상황이 달랐다. 마치 지역 축제라도 열린 것 같았다. 부모의 손을 잡고 온 어린이들이 보였고 바다고 교복을 입은 학생들도 많았다. SNS를 통한 선전 덕분이었다. 지난 몇 주간 수빈을 중심으로 2학년들은 교내는 물론 강원 지역 수영 커뮤니티들을 상대로 바하전을 알렸다. 미래의 수영 국대들을 보러 오라며 그들을 초대했다. 아울러 스피드가 해체될 위기에 처했다는 소식을 흘리면서 바하전에서 반드시 이겨야 바다고 수영부가 유지될 수 있다며 응원을 부탁했다.

"길리, 나가 보자."

들뜬 수빈을 따라 욱도 뛰어나갔다.

수영장 앞으로 관람객들이 길게 줄을 늘어서서 입장을 기다리고 있었다.

"선생님!"

할머니, 할아버지들이 수빈에게 알은체를 했다. 토요 수영 교실 수강생들이었다. 수빈도 반갑게 인사하며 일일이 손을 잡아 드렸다.

욱과 수빈의 유니폼을 보고 모여든 시민들도 있었다. 자신들을 강릉, 속초 지역 수영 동호회 회원들이라고 소개했다. SNS에서만 알고 지냈는데 실제로 만나게 되어 반갑고 고맙다며 수빈은 고개를 숙였다.

가장 큰 인기를 끈 것은 참치 동상이었다. 성수는 스피드에서 전해 내려오는 전설이 있다고 SNS에 퍼뜨렸다. 예전부터 참치의 튀어나온 주둥이를 만지면 소원이 이루어졌는데 특히 수험생이 만지면 원하는 대학에 합격한다고 전했다. 그 말이 사실인지, 아니 처음부터 그런 전설이 있기나 했는지 아무도 모른다. 성수의 전략은 제대로 통했다. 시민들은 참치 동상 앞에 줄을 서서 차례대로 기념사진을 찍었다. 아버지들은 아이를 목마 태워 참치 주둥이를 잡고 소원을 빌게 했다. 성지순례라도 하듯이 친구끼리 같이 온 고3 학생들도 있었다.

"수빈 학생, 욱 학생, 이사장님 오셨어. 인사드려."

교장선생님이 주차장 쪽에서 한 무리의 사람들을 이끌고 다가왔다.

"학생들, 오랜만이네."

이사장이 손을 내밀었다. 수빈과 욱은 차례대로 악수를 나눴다. 옆에 있는 이사장 부인에게도 가볍게 묵례했다.

"바하전이 이렇게 성황을 이룬 건 처음이야. 애 많이 썼구먼. 얘기 많이 들었네."

이사장은 손수건으로 땀을 훔치며 말했다. 공터 입구로 지역신문 취재 차량이 들어오는 모습이 보였다. 수빈은 지역 방송국과 신문사에 보도 자료를 보냈다. 신문사 차량을 보고 긴장하는 이사장에게 수빈이 힘주어 말했다.

"이사장님, 여기 있는 사람들 다 스피드를 위해서 모인 겁니다."

이사장은 당황하며 억지 미소를 지었다. 자동 반사적으로 욱이 말했다.

"하늘고를 이기겠습니다."

이사장 부인은 입술을 삐죽였고 교장선생님은 난감한 표정으로 이사장을 쳐다봤다. 자기에게 시선이 쏠리자 이사장은 목청을 한번 가다듬고 호방하게 말했다.

"내가 다른 건 몰라도 학생들과 약속한 건 반드시 지킵니다."

이사장 부인의 한숨 소리가 조그맣게 들렸다.

경기를 앞두고 간단한 개회식이 있었다. 200여 개의 객석이 가득 차서 계단에 앉거나 뒤에 서 있는 관람객도 많았다. 두 학교 선수들이 양쪽으로 나누어 섰다. 먼저 방문 팀인 하늘고 선수들이 소개됐다. 격려의 박수가 흘러나왔다. 이어서 홈팀 바다고 선수들이 소개됐다. 한 사람 한 사람 이름이 불릴 때마다 좀 전과는 차원이 다른 엄청난 박수와 함성이 터져 나왔다. 관람객들이 바다고와 스피드를 연호했다. 막대풍선을 두드리고 집에서 만들어 온 응원 도구를 흔들었다. 일방적인 응원에 당황한 건 하늘고 선수뿐 아니라 스피드 부원들도 마찬가지였다. 관람석 가운데에 앉은 이사장과 교장도 뒤를 돌아보며 관객들의 뜨거운 열기에 달뜬 표정이었다.

대기실로 다시 돌아왔다. 멸치 코치를 중심으로 둥그렇게 모였다. 감독 대행을 맡은 멸치 코치는 여느 때와 달라 보였다. 그는 스피드 부원들을 집어삼킬 듯이 한 명 한 명 바라봤다.

"하늘고는 강하다. 역대 전적에서 우리를 훨씬 앞섰고 국대가 세 명이나 있다. 우리는 3연패 중이다."

스피드 부원들은 성난 표정으로 코치를 노려봤다. 코치는 숨을 크게 들이마시고 마지막 출정식을 하는 것처럼 비장하게 말했다.

"하지만 우리도 강하다. 스피드는 50년의 역사를 소중하게 간직하고 있다. 우리나라를 대표하는 선수들을 배출했다. 강원도 최고의 수영 명문 자리를 이제껏 지켜 왔다. 이제 우리 차례다. 오늘 우리가 보여 주자. 하늘고에게, 속초 시민들에게, 그리고 우리 자신에게 보여 주자. 우리가 얼마나 강한지."

스피드 부원들은 둥글게 원을 만들고 가운데로 손을 모았다. 메기의 선창에 이어 부원들이 간절한 마음으로 외쳤다.

"우리가!"

"이긴다!"

경기가 시작됐다. 오전에 여섯 경기, 오후에 다섯 경기, 모두 열한 번의 레이스가 열린다. 마지막 경기인 남자 400미터 계영을 제외

하고 모든 경기는 네 개 레인에서 펼쳐진다. 1, 2번 레인에는 하늘고 선수가, 3, 4번 레인은 바다고 선수가 출전하고 각 경기는 20분 간격으로 진행된다.

아침에 두 감독은 경기당 출전 선수 명단을 교환했다. 다행히 예상을 크게 빗나가지 않았다. 작전은 여전히 유효했다. 버리는 카드는 확실히 버리고 살리는 카드는 반드시 살린다. 상대 팀 에이스와는 가장 약한 멤버를 붙이고 우리가 이겨야 하는 경기에 에이스를 몰아넣어 반드시 승점을 챙긴다.

첫 번째 경기는 남자 평영 100미터였다. 예상대로 하늘고가 가져갔다. 성수는 컨디션이 안 좋은 상태에서 최선을 다했지만 하늘고 주장 황소개구리를 상대하기에는 처음부터 무리였다. 개구리 헤엄이라 불리는 평영에서 황소개구리는 단연 독보적이었다.

이어서 여자 평영 100미터가 이어졌다. 수빈과 지선이 출전했다. 수빈은 스타트부터 앞서기 시작해서 끝까지 리드를 유지했다. 터치패드를 찍고 수빈이 손을 흔들자 객석에서 난리가 났다. 정수빈을 연호했고 바다고 학생들은 준비한 나팔을 불었다. 풀 옆에 마련된 선수석에서도 스피드 부원끼리 서로를 부둥켜안았다. 작전대로 스피드의 첫 승을 수빈이 거뒀다.

하지만 세 번째 경기에서 작전이 꼬였다. 충분히 이길 수 있을 거라 예상했던 남자 배영 100미터를 놓쳤다. 멸치 코치의 얼굴이 심하게 일그러졌다. 3학년 정문호가 너무 긴장한 나머지 몸에 힘이 들어가면서 좌우 균형이 무너졌다. 하늘고 1학년 신예에게 어이없이 당했다. 키가 2미터는 돼 보이는 하늘고 선수는 국가대표급 기량으로 처음부터 정문호를 멀찌감치 앞서갔다. 욱은 비록 라이벌 학교 선수이지만 그의 수영 모습을 지켜보면서 닭살이 돋았다. 그리고 언젠가 그와 한번 겨뤄 보고 싶다고 생각했다.

여자 배영 100미터와 남자 자유형 1,500미터도 하늘고의 몫이었다. 갑자기 분위기가 하늘고 쪽으로 기울었다. 오전 경기를 하나만 남겨 둔 상황이었다. 바다고 벤치는 초조했다. 마지막 경기인 남자 개인혼영 200미터를 반드시 잡아야 했다.

욱은 심호흡을 하고 출발대에 올랐다. 욱에겐 첫 공식 경기였다. 다리가 후들거릴 만큼 떨렸다. 곁눈질로 옆 레인의 메기를 힐끗 쳐다봤다. 메기와 잠깐 눈이 마주쳤다. 메기는 입을 꽉 다문 채 고개를 끄덕였다. 욱은 메기 선배가 옆에 있어 다행이라고 생각했다.

첫 50미터는 접영이다. 접영이 주 종목인 메기는 처음부터 선두로 치고 나갔다. 허리를 넘실거리면서 물 위를 부웅부웅 날아가는 공기부양선처럼 빠르게 나아갔다. 타아앙! 탕! 엄청난 발차기와 물보라 소리가 수영장을 울렸다. 욱의 출발도 나쁘지 않았다.

아직 접영이 몸에 익숙하지 않았지만 메기에게 배운 대로 몸 전체를 이용하여 물결치듯이 전진했다. 배영으로의 전환도 부드러웠다. 두 손으로 터치패드를 찍고 사이드 턴을 했다. 개인혼영은 영법마다 터치와 턴을 하는 방법이 달라 몸에 익숙하지 않으면 헷갈리기 십상인데, 배영은 자유형과 비슷한 부분이 많아 어렵지 않았다. 평영에서 욱은 뒤로 밀려났다. 평영은 '젓고, 차고, 뻗기'의 조합인데 발차기가 엉키면서 속도가 떨어졌다. 앞서가는 주자들의 뒤통수를 바라보며 발버둥 치는 스스로의 모습이 한심했다. 마지막 턴을 하려는데 벌써 메기는 골인 지점으로 치닫고 있었다. 욱은 자유형 50미터 구간을 통째로 스퍼트했다. 한 명이라도 따라잡고 싶었지만 남은 거리가 너무 짧았다.

1등은 메기였다. 욱에겐 기억하고 싶지 않은 데뷔전이었지만 메기의 승리로 바다고는 기사회생했다. 욱은 흐느적거리는 다리를 끌고 메기와 함께 선수석으로 돌아갔다. 부원들이 박수 치며 둘을 맞았다. 하지만 오만상을 찌푸리고 있는 메기 때문에 더 이상 축하를 나눌 분위기가 아니었다. 전체 게임 스코어에서 바다고가 지고 있었다.

성수와 지선이 메기 몰래 욱에게 박수 치는 시늉을 했다. 태호도 팔짱을 낀 채 고개를 까딱하며 욱의 데뷔 무대를 축하했다. 수빈은 욱을 향해 양 엄지를 세우면서 입 모양으로 "잘했어."라고 말했다. 꼴찌를 했는데도 칭찬하고 응원해 주는 동료들이 고마웠다. 욱은 아쉬움이 많았지만 아직 한 번의 기회가 더 남았다고 스스로를 위로했다. 자유형 100미터. 박두하의 주 종목이었다. 욱은 마음을 추스르고 다시 자신에게 집중했다.

점심시간, 선수들은 대기실로 돌아갔다. 오전 경기 중 반타작을 하자는 작전이었는데 게임 스코어가 2 대 4로 뒤진 채 마쳤다. 이겨야 할 남자 배영 경기를 놓치면서 작전이 엉켜 버렸다. 정문호는 주위의 위로와 격려를 받으면서도 표정 관리가 안 됐다. 바하전에서 이기기 위해서는 오후에 펼쳐지는 다섯 개의 레이스 중에 하나만 빼고 나머지를 모두 가져와야 했다. 대기실 분위기가 가라앉았다. 멸치 코치가 부원들을 모았다.

"계획은 원래 반드시 어긋난다. 30년 수영 인생 동안 계획대로 된 적이 한 번도 없었다. 중요한 건 어긋난 상황에서 어떻게 대처하느냐다."

멸치 코치는 화이트보드를 가져와 오후에 남은 경기와 출전 선수 명단을 순서대로 적었다. 반드시 이겨야 할 경기에 밑줄을 그었다.

**여 접영 100M - 최지영(3) 정수빈(2)**

남 접영 100M - 황문기(3) 이태호(1)

여 자유형 100M - 최지영(3) 정수빈(2)

남 자유형 100M - 방성수(1) 박욱(1)

남 계영 400M - 이태호(1) 정문호(3) 이창훈(2) 황문기(3)

최지영과 정수빈은 접영 100미터, 자유형 100미터 두 경기에 같이 출전한다. 문제는 경기의 간격이 너무 붙어 있다는 점이다. 접영을 마치고 20분 쉰 후 다시 다음 경기에 출전해야 한다. 선수 숫자가 적다 보니 겪을 수밖에 없는 또 하나의 불리한 점이다. 멸치 코치는 고심 끝에 작전을 말했다.

"지금에 와서 선수 교체는 불가능하다. 경기 순서도 바꿀 수 없다. 그래서 전략을 바꾼다. 첫 번째 경기 여자 접영 100미터는 지영이가 반드시 잡는다. 뒤에 있을 자유형 100미터는 잊어라. 접영에 모든 걸 쏟아붓는다."

지영이 머리를 끄덕였다. 자신의 주 종목인 접영에선 승산이 있다고 계산한 듯했다.

"수빈은 접영 100미터는 버려라. 참가만 하고 체력을 아끼라는 얘기다. 대신 수빈의 목표는 여자 자유형 100미터다."

코치는 여자 자유형 100미터에 새롭게 밑줄을 그었다. 수빈의 표정이 굳어졌다. 자유형은 평영과 함께 수빈의 주 종목이긴 하지만 하늘고에는 국대가 있었다. 같은 2학년이어도 기록 차이가 컸다.

"수빈이 자유형 100미터를 잡고 나머지 경기를 작전대로 가면 우리가 이긴다."

남자 자유형 100미터에 출전하는 성수와 욱은 자신들에게도 뭔가 작전 지시가 내려오길 기대했지만 그것으로 회의가 끝났다.

"맞구나, 우리는. 버리는 카드, 완전히."

성수가 아픈 배를 문지르면서 욱에게 말했다.

"이번 버리는 카드 살리는 카드 작전, 다 네 아이디어잖아."

욱은 성수의 어깨를 가볍게 주물렀다.

우당탕탕. 요란스럽게 문이 열리며 얼큰 아저씨가 들어왔다.

"이거 먹고 힘내요."

얼큰 아저씨는 아침에 만든 거라면서 도시락을 두 손 가득 들고 있었다. 시합 날 보는 얼큰 아저씨가 너무 반가웠다. 얼큰 아저씨의 넙대대한 얼굴과 푸근한 웃음을 보는 것만으로 스피드 부원들은 승부의 중압감에서 조금 벗어날 수 있었다. 도시락에는 불고기와 간장떡볶이 그리고 감자볶음이 정성스레 담겨 있었다. 얼큰 아저씨는 특별히 인터넷 검색을 해서 경기 당일에 먹으면 좋은 음식으로 만들어 왔다고 덧붙였다. 대기실에 활기가 돌았다. 스피드 부원들이 다 같이 둘러앉아 한결 편안해진 표정으로 밥을 먹었다.

"조금만 먹어라. 배고프지 않을 정도만."

메기가 남은 경기를 의식하면서 부원들에게 주의를 줬다. 얼큰 아저씨가 메기에게 눈을 흘기자 메기는 모르는 척 딴청을 부렸다. 둘은 여전히 어색한 관계였다.

– 잠깐 문밖으로 나와 봐. 할 얘기 있음.

욱이 스트레칭으로 몸을 풀고 있을 때 영롱에게서 톡이 왔다. 대기실을 나서니 영롱이 빙긋빙긋 웃고 있었다.

"깜짝 손님이 오셨어."

영롱이 가리키는 곳을 보니 출입문 쪽에 엄마가 서 있었다. 아버지 사고 이후 수영이라면 질색하는 엄마였다. 그 뒤에 할아버지도 있었다. 엄마가 어색하게 다가왔다.

"욱아, 좀 늦었다. 아침에 회사에서 일이 있었어."

욱은 엄마에게 친절히 말하려 했지만 입에서 나온 말은 곱지 않았다.

"뭐 하러 왔어? 할배는 왜 알려 가지고……."

엄마는 욱의 타박이 익숙한 듯 담담하게 대답했다.

"네 첫 경기, 당연히 엄마가 응원해야지. 할아버지는 아버지 경기를 한 번도 못 본 게 너무 한이 된다고 하시더라. 나도 나중에

후회하지 않으려고 온 거야."

"……."

둘 사이에 불편한 침묵이 흘렀다. 엄마의 네 번째 손가락엔 여전히 반지가 반짝였다.

"스피드 저지를 입은 모습이 참 멋지구나. 우리 아들, 잘생겼네."

욱은 그저 멀뚱멀뚱 서 있었다. 영롱은 두 사람을 번갈아 보면서 놀리듯이 말했다.

"우와, 세상에서 이렇게 어색한 모자지간은 처음 봅니다. 어머니, 얘가 눈치가 없어서 그렇지 스피드의 기대주예요, 어머니."

영롱은 '어머니'란 말을 강조하며 자꾸 반복했다.

"어머니, 제가 자리 다 잡아 놨어요. 같이 응원해요, 어머니."

"들어가 볼게."

욱은 고개를 까딱하고 대기실로 향했다. 문을 닫으며 뒤돌아보니 엄마는 계속 욱을 바라보고 있었다. 욱과 눈이 마주치자 손을 흔들었다. 옆에 있던 영롱은 확성기처럼 두 손을 입에 모으더니 외쳤다.

"아까 마지막 스퍼트 너무 멋졌어!"

욱은 괜스레 무안해져서 말없이 문을 닫았다.

## 28

오후 경기가 시작됐다. 8월의 태양만큼 수영장 안쪽 열기도 뜨거웠다. 모두가 바다고의 막판 대역전극을 염원했다. 너무 일방적인 응원 때문에 하늘고 선수들에게 미안한 생각이 들 정도였다. 통유리를 통해 욱의 등줄기로 쏟아지는 햇볕이 따가웠다. 2층 객석에 할아버지와 엄마의 모습이 보였다. 영롱은 둘 가운데 끼어서 오른쪽 왼쪽을 번갈아 보며 쉬지 않고 종알대고 있었다.

오후 첫 경기인 여자 접영 100미터 경기가 펼쳐졌다. 최지영의 접영은 우아했다. 킥의 템포, 팔 동작 그리고 호흡의 타이밍이 정확히 맞아떨어졌다. 나비처럼 날아 벌처럼 쏘는 것 같았다. 관객들도 넋 놓고 지켜보다가 지영이 골인을 하자 그제야 승리를 확인하고 열광했다. 수빈은 작전대로 4위였다. 수빈은 자유형 100미터를 위해 체력을 아꼈다.

이어진 남자 접영 100미터에서 메기가 1등으로 들어왔다. 최지영에 이어서 메기도 주어진 미션을 100퍼센트 완수했다. 메기는 승리하고도 별다른 세리머니를 하지 않았다. 지켜보는 스피드 부원들에게 끝까지 긴장을 풀지 말라는 무언의 메시지를 던지는 것 같았다. 태호는 역영했지만 1학년이라는 한계를 넘지 못했다.

HOME 4 : 4 VISITOR

전광판에 현재의 게임 스코어가 떴다. 순식간에 동점으로 따라붙자 관중들이 다시 축제 분위기에 휩싸였다. 파도타기를 했고 이어서 스피드 구호을 따라 외쳤다. 하늘고 선수들은 당황하는 모습이 역력했다. 수영장을 가득 메운 속초 시민들의 뜨거운 응원에 기가 죽었고 작년과 달라진 스피드 선수들의 기량에 놀랐다. 겨우 열 명의 부원이 돌아가며 출전하면서도 승점을 차곡차곡 챙겨가는 데에 경외감까지 느끼는 것 같았다. 이제 세 경기가 남았다. 남녀 자유형 100미터와 남자 계영 400미터. 두 경기를 가져오는 학교가 우승한다.

여자 자유형 100미터에서 수빈이 아깝게 1등을 놓치자 코치는 화석이라도 된 것처럼 한참 동안 움직이지 못했다. 하늘고의 3학년 여자 간판선수가 국대의 이름값을 했다. 수빈도 자신의 최고 기록을 낼 정도로 좋은 컨디션이었지만 그것만으로 극복할 수 없는 벽이 엄연히 존재했다. 지영은 4위로 들어왔다. 수빈과 지영이 고개를 떨구고 선수석으로 돌아왔다. 욱은 수빈에게 위로의 말을 전하고 싶었지만 쓸데없다는 생각이 들어 그만두었다.

바하전은 막바지로 치닫고 있었다. 두 경기가 남았고 두 경기 모두를 가져와야 했다.

"관심을 좀 갖겠네, 이제야 우리에게."

성수가 거들먹거리며 말했다. 성수는 말은 그렇게 하면서도 여전히 배앓이를 하느라 화장실을 들락날락했다. 욱은 웃으려고 했지만 얼굴만 어색하게 구겨졌다. 경기를 준비하러 대기실로 가려는데 코치가 둘을 불렀다.

"하늘고에 3학년 국대가 있다. 국대를 따라잡으려 하면 오버 페이스를 하게 되고 그걸로 끝이다."

하늘고 주장 황소개구리의 주 종목이 자유형 100미터다. 그는 이미 평영 100미터에서도 1등을 차지했다.

"스스로를 믿고 자신의 수영을 해라."

멸치 코치의 눈에서 불길이 일고 있었다. 그 불길이 욱의 가슴으로 번지는 것 같았다. 심장이 뜨거워졌다.

"결국 에이스였네, 우리가."

선수 대기실로 걸어가면서 성수가 샐샐 웃으며 말했다. 성수는 두 손으로 아랫배를 계속 문질렀다. 욱은 스트레칭을 하면서 수빈의 말을 떠올렸다.

"두려움을 당연한 것으로 생각하면 돼. 원래 두려운 거라고 자연스럽게 받아들이면 두려움을 이길 수 있어."

욱은 심호흡을 하고 떨리는 두 손을 마주 잡았다. 몇 주간 깎지 않은 긴 손톱의 압박이 느껴졌다. 손톱이 길면 그만큼 터치패드를 빨리 찍을 수 있다.

"모조리 불태우자, 남은 힘. 그리고 죽자, 그냥."

성수가 손을 내밀며 말했다. 욱은 친구의 손을 잡았다. 친구와 나란히 수영할 수 있어서 안심이 됐다. 컨디션은 좋았다. 어느 때보다.

시간이 되어 경기장으로 나갔다. 선수들이 모습을 드러내자 응원 소리가 커졌다. 욱의 가슴이 터질 것처럼 부풀었다. 남자 자유형 100미터. 수영의 꽃이다. 세계적인 수영 스타는 항상 남자 100미터 우승자였다. 이 종목에 스피드 대표로 출전했다는 사실만으로 욱에게는 벅찬 감동이었다.

장내 방송을 통해 한 명씩 선수가 소개됐다. 1, 2번 레인은 하늘고 선수였다. 하늘고 주장이자 국대인 황소개구리는 2번 레인이었다. 가까이에서 보니 황소개구리는 등이 구부정했고 목이 앞으로 나오고 골반이 뒤로 튀어나와 있었다. 오랜 시간에 걸쳐 수영을 할 때 생기는 체형의 불균형이었다. 오늘의 황소개구리가 되기까지의 그가 쌓아 온 훈련량을 알 수 있었다. 3번 레인이 성수, 4번 레인이 욱이었다. 욱은 황소개구리 옆 레인이 아니라서 다행이라고 생각했다. 황소개구리의 페이스에 말릴 위험을 피할 수 있었다. 성수에 이어 욱이 소개됐다.

"빡~욱!"

누군가 새된 소리를 질렀다. 귀에 익숙한 목소리였다. 이름에 성을 덧붙여서 그리고 리듬까지 타면서. 그런데 일이 커졌다. 목소리 주인공 옆에 있던 사람들이 하나둘 "빡~욱!"을 따라 하더니 어느새 눈덩이처럼 불어나 관중 모두가 한마음으로 외치기 시작했다.

"빡~욱! 빡~욱! 빡~욱!"

단체로 욕을 하는 것도 같았고 설악산 뻐꾹새가 떼 지어 우는 것도 같았다. 자기 이름이 이렇게 떼창으로 불릴 줄이야! 어색해진 욱이 잠깐 고개를 들었다. 영롱은 응원단장이라도 된 양 자리에서 일어나 조그만 주먹을 위로 뻗으며 빡~욱 떼창을 총지휘하고 있었다.

"빡~욱! 빡~욱! 빡~욱!"

1번 레인에 있던 하늘고 선수가 객석을 돌아보고 황당하다는 표정을 지었다. 욱은 하늘고 선수에게 미안한 생각이 들면서 영롱이 창피해지기 시작했다. 그러거나 말거나 영롱이 내지르는 주먹은 하늘 높은 줄 모르고 계속 올라만 갔다. 2번 레인의 황소개구리는 눈 하나 꿈쩍하지 않고 상체를 숙인 채 어깨만 돌렸다.

삑삑.

휘슬이 짧게 두 번 울렸다. 선수들은 출발대로 가까이 다가섰다.

삑—

욱은 긴 휘슬 신호를 따라 출발대에 올라섰다.

차렷!

양손으로 출발대 앞쪽 끝을 잡고 머리를 낮췄다. 햇빛 때문에 수영장 바닥에 격자무늬가 만들어졌다. 빡~욱을 외치던 수영장 안은 리모컨으로 음소거 버튼을 누른 것처럼 순식간에 고요해졌다.

삑!

출발대를 박차고 포물선을 그리면서 멀리 뛰었다. 객석에서 함성이 터져 나왔다. 항상 출발에 자신이 없었는데 이번엔 나쁘지 않았다. 쓰윽 소리와 함께 물속으로 들어갔다. 욱은 돌핀킥으로 나아갔다. 가슴부터 웨이브를 만들어 허리로 반동을 주고 발등으로 물을 눌렀다. 스타트 지점을 벗어나자 경기장 통유리를 통과한 햇살이 물 위로 비쳤다. 마치 아기가 엄마 배 속에서 나오듯이 욱의 몸에서 새까만 그림자가 쑤욱 빠져나와 풀 바닥으로 흔들리며 떨어졌다. 그림자는 욱을 따라 그대로 움직이며 하늘색 타일 위로 미끄러졌다.

15미터 지점에서 잠영을 마치고 물 위로 나왔다. 떠들썩한 응원 소리가 먹먹하게 들렸다. 욱의 폐에는 산소가 충분했다. 숨을 쉬기 위한 동작을 생략하니 가속도가 붙었다. 욱은 권투선수가 섀도복싱을 하듯 수영장 바닥의 그림자와 함께 섀도수영을 했다.

욱은 잠자리에 들 때마다 아버지의 100미터 자유형 동영상을 반복해서 봤다. 나중엔 눈을 감고도 아버지의 수영을 그대로 복기할 수 있었다. 다이빙으로 입수한 지점이 어디인지, 몇 번의 스트로크 만에 첫 번째 숨을 쉬었는지, 몇 미터 지점에서 턴을 시작했는지, 턴을 한 후 얼마나 잠영을 했는지, 그리고 피니시 라인까지 몇 번의 스트로크와 킥을 했는지. 계속해서 영상을 보다 보니 자연스럽게 한 장면 한 장면이 그대로 머릿속에 새겨졌다.

스피드를 줄이지 않고 턴을 시도했다. 속도가 빨라 생각보다 벽에 바짝 붙어서 당황했지만 리듬은 깨지지 않았다. 턱을 당기고 몸을 둥글리면서 돌고 무릎을 충분히 굽힌 후 벽을 박찼다. 물속으로 다시 미끄러져 나아갔다. 처음으로 옆 레인을 돌아봤다. 성수가 뒤늦게 턴을 하고 있었다. 물보라를 만들며 나아가는 황소개구리의 발도 보였다. 욱이 1미터쯤 뒤지고 있었다. 1번 레인 선수는 미처 보지 못했다. 황소개구리를 쫓는 입장이 되자 오히려 마음이 편했다. 코치의 말이 떠올랐다.

이제부터는 나와의 싸움이다. 내 수영을 하자.

빛의 방향이 바뀌면서 뒤에서 따라오던 바닥 그림자가 이번엔 욱을 앞질렀다. 그림자는 욱에게 자기를 따라오라고 손짓하는 것 같았다. 마치 영상 속에 있던 30년 전의 아버지가 물속에서 나타나 욱을 가이드해 주는 것 같았다. 욱은 그림자가 이끄는 대로 새도수영을 했다. 지금까지 수백 번 머릿속으로 반복했던 그대로 몸을 움직였다.

욱에게 아버지는 페이스메이커 같은 존재다. 욱은 목적지가 까마득히 멀리 보이거나 맞는 방향으로 가고 있는지 불안할 때 아버지를 따라갔다. 아버지는 서두르거나 늦장 부리지 않고 한결같은 페이스로 자신의 수영을 했다. 욱은 아버지를 따라가다 보면 언젠가는 목적지에 도달하리라 믿었다. 아버지이자 같은 수영선수인 두하가 곁에 있어서 든든했다.

계획대로 16번째 스트로크를 하고 숨을 쉬려고 고개를 돌렸는데 황소개구리의 머리가 보였다. 욱과 같은 선상에 있었다. 그림자가 앞으로 치고 나갔다. 욱은 그림자를 따라 일찍 스퍼트를 했다. 너무 많이 남지 않았을까 하는 불안감이 들었다. 하지만 그 순간 갑자기 욱의 몸이 가벼워지고 기분이 좋아지면서 힘이 솟아났다. 마라토너들이 격렬하게 달리다 보면 어느 순간 고통이 짜릿한 쾌감으로 바뀌는 러닝하이Running High 상태가 온다. 이와 비슷한 스위밍하이Swimming High 상태가 욱에게 왔다. 롤링하는 양팔에 체중이 온전히 실렸다. 물속으로 터널이 뚫렸고 그 안으로 욱의 몸이 파고들었다. 바닥으로 T자 타일이 보였다. 스트로크를 최대한 짧고 빠르게 했다. 오른쪽 다리가 마지막으로 물을 채찍질했다. 예상한 스트로크 수에 정확히 터치패드를 찍었다. 고글 너머로 바닥을 보니 어느새 그림자는 사라지고 없었다.

수영장 안은 한여름 폭염보다 더 뜨거운 소리로 가득 찼다. 환호인지 탄식인지 분간이 안 갔다. 욱은 레인 줄에 매달려 거칠게 숨을 토했다. 자신을 온전히 믿고 자기 수영을 했다. 그래서 기뻤다. 옆 레인의 성수가 다가왔다. 성수는 도치 미소를 지으며 욱의 머리를 안고 토닥였다.

## 29

다음 날 아침 6시, 바다고 수영장엔 바하전의 여운이 그대로 남아 있었다. 스피드 부원들은 여느 때와 같이 3킬로미터 자유형으로 워밍업을 했다. 전날 이사장은 아무런 말 없이 경기장을 떠났다. 스피드의 운명은 누구도 알 수 없었다. 하지만 스피드는 다음 목표를 9월로 다가온 대통령 배 선수권대회에 맞췄다. 바하전과는 달리 수영 연맹에서 주최하는 공식 대회이기 때문에 부원들은 긴장의 끈을 다시 조였다.

수영장 안으로 태양빛이 비스듬히 쏟아져 들어왔다. 욱은 전날의 역영에도 불구하고 피곤하지 않았다. 자신이 가장 좋아하고 제일 잘할 수 있는 것을 찾았다는 사실이 기뻤다. 무언가 목표가 생겼다는 두근거림이 좋았다. 욱은 물을 가르고 나가면서 아직 가지 않은, 그리고 자기 앞에 펼쳐질 길을 헤아렸다.

욱은 앞으로도 매일 14킬로미터씩 수영할 것이고 실력도 나날이 자랄 것이다. 대회에서 메달을 따고 환호하는 날도 있겠고 경기에 지고 눈물 흘릴 날도 있겠다. 긴 슬럼프에 빠져 힘들어하고 수영을 포기할까 고민하는 순간도 올 것이다. 무지막지한 훈련으로 녹초가 돼 버려 남은 힘이 제로가 되는 기분도 느껴 볼 것이다. 여름 캠프에서 지옥 훈련이 끝난 다음 날 근육통으로 양말도 제대로 못 신고 어기적어기적 기어 다니기도 할 것이다. 내년 문화시에서 열리는 바하전에서 이길 수도 있고 낙심해서 돌아올 수도 있다. 하지만 욱은 다 괜찮을 것 같았다. 장거리 수영을 할 때 100미터 지점, 200미터 지점을 지나고 1,000미터 지점을 지나 피니시 라인에 도착하는 것처럼 앞으로 닥칠 모든 일을 헤엄쳐서 지나갈 수 있을 것 같았다.

삑!

집합을 알리는 메기의 휘슬 소리가 들렸다. 욱은 플립턴을 하고 수영장 바닥까지 가라앉았다. 수면에서 헤엄치는 부원들 아래로 잠영으로 나아갔다. 팔을 젓거나 발을 구르지도 않고 몸통을 움직여 전진했다. 물 가운데 구멍을 만들고 머리와 몸 그리고 발을 집어넣었다. 묵직한 물이 엄마의 품처럼 욱을 감싸 안았다. 먼 여행에서 집으로 돌아온 것같이 아늑하고 편안했다. 욱은 한 마리 작은 고래처럼 물속으로 하염없이 미끄러져 들어갔다.

# 작가의 말

집에 돌아와 보니 국제전화 부재중 번호가 찍혀 있었습니다. 주재원 신분으로 LA에서 1년 남짓 살다 보니 이런 전화는 달갑지 않습니다. 보이스 피싱이거나 복잡한 세금 관련 전화일 때가 많습니다. 내키지 않는 마음으로 전화를 걸었는데 당선 소식을 들었습니다. 말 그대로 이게 꿈인가 생시인가 했습니다. 《스피드》를 응모했다는 사실도 잊고 지냈었습니다. 이미 일곱 번이나 낙방했기에 아무 기대도 없었습니다. 하나님도 양심상 내 글을 차마 뽑지는 못하시나 보다 하고 기도도 안 했습니다. 삶은 참 아이러니합니다. 예전엔 신춘문예나 문예지 발표 즈음만 되면 무관심하려 해도 뭉근히 신경 쓰여 결국 편집부로 전화해서 당선자 통보를 했냐고 묻곤 했습니다. 그런데 이번에는 원고를 보낸 것도 잊고 소설과 담 쌓고 지냈는데 난데없이 당선이라니요. 그날 밤은 잠을 한숨도 못 잤습니다. 머릿속은 캘리포니아 날씨처럼 청명해졌고 땅에서 30센티 붕 떠 있는 발은 내려오지 않았습니다. 뒤척이며 생각해 보니 내가 기도했던 모양새는 아니지만 그보다 더 좋은 것으로 응답받았다는 깨달음이 왔습니다. 일곱 번 떨어지고 퇴고를 거듭하면서 완성도를 많이 끌어올렸으니까요. 글을 쓸 때 퇴고가 절반이라는 말을 실감했습니다. 여느 문예지보다 제 글에 가장 잘 맞는 출판사와 만났다는 생각도 들었습니다. 역시 달콤한 디저트는 맨 마지막에 나왔습니다.

삶의 나이테가 두꺼워져도 내 안에는 아직 '어릴 적의 나'가 살아 있습니다. 칭찬받고 이해받고 싶어 하고 쉽게 삐치고 질투심도 많은 변덕스러운 아이입니다. 네버랜드에 사는 피터 팬처럼 나이를 먹지 않는 이 아이는 제게 뮤즈 같은 존재입니다. 어리다 보니 유치하고 미욱합니다. 하지만 그만큼 순수하고 가볍습니다. 《스피드》는 내 안의 그 아이에게, 그때를 지나고 있는 지금의 청소년들에게, 그리고 내 안에 있는 그 위대한 유치함을 소중히 간직하고 있는 어른들에게 들려주고픈 이야기입니다.

제 사춘기는 지하 1,000미터에 난 아주 긴 터널 같았습니다. 조숙한 건지 늦된 건지 초등학교 6학년 때부터 시작된 질풍노도의 시간이 대학교 2학년 때까지 지루하게 계속됐으니까요. 그때는 왜 그렇게 세상이 커다란 괴물처럼 두렵게만 보였을까요. 그때는 왜 그렇게 스스로에게 엄격했고 자신을 괴롭혔을까요. 시간 이동을 해서 그때로 잠깐 돌아갈 수 있다면 가시를 바짝 세운 채 웅크리고 있는 나를 꼬옥 안고 등을 토닥이며 이 말을 꼭 해 주고 싶습니다.

"괜찮아…… 괜찮아……. 다 잘될 거야……."

한때 동네 스포츠센터에서 수영을 한 적이 있습니다. 새벽어둠과 추위를 뚫고 수영장에 들어서면 딴 세상이 펼쳐졌습니다. 스포츠음료 색깔로 찰랑이는 풀POOL이 좋고 수영복 입은 사람들의 움직임이 좋고 소독약 냄새가 좋았습니다. 내 몸을 스쳐 가는 차가운 물의 느낌이 좋고 고글 너머 보이는 하늘색 바닥타일과 천장 높이 매달린 하얀 LED 등이 좋았습니다.

어둡고 길었던 사춘기와 파랗고 시원했던 수영장. 이 두 가지 이미지를 떠올리면서 소설을 썼습니다. 글을 썼다기보다 그림을 그렸다는 게 더 맞을 것 같습니다. 에드바르트 뭉크의 '절규'와 데이비드 호크니의 수영장 그림을 생각하며 《스피드》를 그렸습니다. 이 둘은 서로 상반되지만 그래서 더 잘 어울렸습니다. 이제야 조금 알 것 같은 인생에 대한 지도地圖도 그려 봤습니다. 때로는 세계 지도처럼 큼직큼직하게, 가끔은 동네 지도처럼 시시콜콜하게 그렸습니다. 초행길이라 많은 것이 낯선 친구들에게, 먼저 길을 간 선배로서 내비게이션보다는 이정표 정도의 역할을 하고픈 바람이 있었습니다.

《스피드》가 탄생하기까지 많은 분들이 도움을 주셨습니다. 먼저 의욕만 넘칠 뿐 덜 영글고 서툰 제 글을 뽑아 주신 심사위원님들께 깊이 감사드립니다. 다시 시작하라는, 제가 좋아하고 잘하는 걸 쓰라는 뜻으로 새겨듣겠습니다. 장편소설의 세상으로 이끌고 실전에 유용한 팁을 전수해 주신 강태식 선생님과 서유미 선생님 그리고 늦깎이 소설가 지망생을 기초부터 챙겨 주시고 격려해 주신 해이수 선생님과 박상우 선생님께도 감사드립니다. 네이버 카페 '문학에 길을 묻다' 회원들와 스터디 멤버 리현님, 혜영님, 혜인님, 설희님에게도 고마움을 전합니다. 문우들이 없었다면《스피드》는 완성되지 못했을 겁니다. 좋은 기회를 마련해 주신 넥서스 출판사 관계자 분들에게도 큰 은혜를 입었습니다. 마지막으로 항상 내 글의 첫 독자가 되어 주고 냉철한 비평가이자 뜨거운 응원단 역할을 해 준 가족들, 고맙고 사랑합니다.

그래도 제일 기쁜 건 내 분신과 같은 바다고 친구들, 오랫동안 내 노트북 속에 갇혀 있던 아이들이 드디어 세상 밖으로 나오게 됐다는 사실입니다.

"욱, 성수, 영롱, 수빈 그리고 스피드 부원들. 이제 너희들의 시간이 왔다. 이 세상을 휘젓고 다 삼켜 버리렴. 우리가! 이긴다!"

2022년 초여름

권석

# 추천의 말

성장은 몸이 자라는 것만을 뜻하지 않는다. 몸이 자라는 만큼 이런저런 고통도 같이 따른다. 이른바 성장통이다. 그래서 성장은 성장통까지 잘 다스려 온전한 인간의 인격체를 갖추는 일이다. '욱'의 성장을 단지 수영 선수로서 자신의 능력을 최대한 발휘하는 것으로만 보지 않은 작가의 마음이 읽힌다. 욱은 아버지의 삶을 되새기는 과정의 어려움을 겪고, 수영부 존치를 위해 애쓰면서 한 뼘 더 자란다.

_**박상률**(시인, 청소년문학가)

《스피드》는 수영을 통해 건강하게 발전해 가는 한 고교생의 이야기를 다룬, 이른바 스포츠 성장소설이다. 수영계의 유망주였지만 약물 복용으로 추락해 간 아버지의 진실을 알아가는 추리적 속성과 그 아버지를 마음속 페이스메이커로 두고 성장해 가는 인물의 성장담으로서의 속성이 최근 가라앉은 우리 사회에 맞춤한 위안과 긍정의 에너지를 불어넣을 것으로 기대된다. 잘 읽히는 문장의 흡인력, 비교적 전문적인 소재를 다루고 이끌어 가는 역량과 희망적인 메시지를 세련되게 다루는 능력이 한껏 미더움을 주었다. 삭막한 경쟁 논리를 뛰어넘는 사랑과 이해의 장이 펼쳐져 성장소설의 한 범례로 우리에게 다가오지 않을까 기대해 본다.

**_유성호**(문학평론가, 한양대 국문과 교수)

많은 면에서 소설은 사람과 비슷한 것 같다. 진지한 소설도 있고 유쾌한 소설도 있고 상대방을 물끄러미 바라보는 듯한 소설도 있다. 이 소설은 어딘가로 달려가는 10대 아이 같다. 그곳이 어디든, 어떤 이유 때문에 그곳으로 달려가거나 그곳에 도달하기 위해서 달리는 것이 아니라 달리지 않으면 견딜 수 없기 때문에 달리는 아이를 보는 것 같다. '여행은 어딘가에 도착하려고 떠나는 게 아니야. 어딘가에 도착하는 순간 여행은 끝나 버리거든.' 이 문장은 이 소설의 정체성을 그대로 보여 준다. 이 소설 속에는 완성되지 못한 청춘들이 있고, 그들의 우정이 있고, 심장이 뜨거워지는 여름이 있고, 가슴 두근거리는 속도감이 있다. 자기를 증명하기 위해 물을 가르며 달려 나가는 아이들, 진 친구에게 박수를 쳐 주는 아이들, 왠지 그들에게는 어른들과 전혀 다른 시간이 흐를 것 같다. 끝까지 눈을 뗄 수 없는 이야기와 그 속에 녹아 있는 진정성과 소설을 대하는 성실함으로 감동을 선사해 준 작가에게 아낌없는 박수와 축하를 보낸다.

**_강태식**(소설가)

이 소설의 지극한 미덕은 '움직임의 힘'을 품었다는 점이다. 속초 바다의 깊고 푸른 파도 같은 에너지가 시종일관 청명하게 넘실거린다. 스토리를 향한 작가의 부드러운 다이빙, 사건의 갈등을 빚어내는 역동적 스트로크, 인물 간 진실의 거리를 좁히려는 막판 스퍼트 그리고 화해와 재생을 위해 간절히 손을 뻗는 피니시까지…… 새로운 챔피언의 등장에 기립 박수를 보낸다.

**_해이수**(소설가, 단국대 문예창작과 교수)

아이들의 시간은 어른들의 시간과 다르게 흐른다. 느리게 일렁이다가도 어느새 소용돌이치듯 저 멀리 손 닿지 않는 곳까지 뻗어 나간다. 먼 바다로 나아가는 소년 소녀들의 첫 파랑에 대한 이야기가 여기에 있다. 올곧지만은 않지만 가장 멀리까지 뻗어 나가는 파랑들의 이야기. 당신이 잊고 있던 꿈의 파랑이 지금 여기에 살아 숨 쉬고 있다.

**_임지훈**(문학평론가)

권 선배가 별일 아닌 듯 툭 전해 준 당선 소식은 전혀 예상 밖이었다. 대상에 당선됐다는 것도 쇼킹했지만 평생 방송 PD로만 살아온 선배가 그동안 소설가를 꿈꾸며 묵묵히 소설을 써 왔다는 사실이 더 놀라웠다. 그리고 선배가 보내 준 원고를 읽으면서 또 한 번 진심으로 놀랐다. 잘 읽히는 문장, 살아 있는 캐릭터, 깨알같이 숨어 있는 유머 그리고 생생하게 그림으로 그려지는 장면들, 마치 드라마 한 편을 보는 것 같았다. 사실 소설을 쓰는 것도 결국 프로그램을 연출하는 것과 다를 게 없지 않을까. 《스피드》는 선배의 또 하나의 연출 작품인 셈이다. 권 선배의 〈무한도전〉은 여전히 현재진행형이다. 그의 멈추지 않는 도전을 응원한다.

**_김태호**(방송 PD)

아하하하하! 자랑스러운 YMCA 아기스포츠단 출신으로, 더욱더 흥미진진하게 넘겨 본 스피드!!! 본인이 잘하는 것과 하고 싶은 것을 찾은 캐릭터의 성장 스토리는 읽을수록 공감 가고 흐뭇했던!!! 역시 재밌는 거 하고, 하고 싶은 거 하는 게 최고!!! 최고!!! 최고!!! 이 책 안에 이정표가 고스란히 있네!!!

"재밌는 거 하고 살아, 하고 싶은 거 하고 살아."

**_노홍철**(방송인)